民國文化與文學研究文叢

（四川大學特輯）

八　編

李　怡　主編

第 1 冊

「蔣夫人文學獎金」徵文匯考（上）

陳思廣、劉安琪　編

國家圖書館出版品預行編目資料

「蔣夫人文學獎金」徵文匯考（上）／陳思廣、劉安琪 編 — 初
版 — 新北市：花木蘭文化事業有限公司，2017〔民106〕
序 16+ 目 2+162 面；19×26 公分
（民國文化與文學研究文叢 八編；第1冊）
ISBN 978-986-485-032-7（精裝）
1. 中國文學 2. 文集
820.9   106012782

特邀編委（以姓氏筆畫為序）：

丁　帆	王德威	宋如珊
岩佐昌暲	奚　密	張中良
張堂錡	張福貴	須文蔚
馮　鐵	劉秀美	

ISBN-978-986-485-032-7

民國文化與文學研究文叢
八 編 第 一 冊　　　　　　　ISBN：978-986-485-032-7

「蔣夫人文學獎金」徵文匯考（上）

編　　者　陳思廣、劉安琪
主　　編　李　怡
企　　劃　四川大學現代中國文化與文學研究中心
　　　　　北京師範大學民國歷史文化與文學研究中心
總 編 輯　杜潔祥
副總編輯　楊嘉樂
編　　輯　許郁翎、王　筑　美術編輯　陳逸婷
出　　版　花木蘭文化事業有限公司
社　　長　高小娟
聯絡地址　235 新北市中和區中安街七二號十三樓
　　　　　電話：02-2923-1455／傳真：02-2923-1452
網　　址　http://www.huamulan.tw 信箱 hml810518@gmail.com
印　　刷　普羅文化出版廣告事業
初　　版　2017 年 9 月
全書字數　261068 字
定　　價　八編 12 冊（精裝）新台幣 22,000 元

「蔣夫人文學獎金」徵文匯考（上）

陳思廣、劉安琪　編

編者簡介

陳思廣（1964～）男，新疆庫爾勒人。文學博士，四川大學文學與新聞學院中文系教授，博士生導師。先後畢業於陝西師範大學（1986），西北大學（1994）武漢大學（2003）。主要從事中國現當代小說及作家作品研究。著有：《戰爭本體的藝術轉化——20世紀下半葉中國戰爭小說創作論》、《審美之維——中國現代經典長篇小說接受史論》、《中國現代長篇小說編年》、《中國現代長篇小說史話》、《四川抗戰小說史》、《身份的印迹——中國文學論片》、《中國現代長篇小說的傳播與接受研究》等。

劉安琪（1992～），陝西安康人，文學碩士。合作發表有《抗戰時期的「蔣夫人文學獎金」徵文》、《誤讀·認同·反省——中國現代長篇小說的域外傳播研究（1937～1952)》、《〈文藝復興〉與現代長篇小說的傳播與接受》等論文。

提　要

1940年舉辦的「蔣夫人文學獎金」是以宋美齡個人名義設立的、以《婦女新運》雜誌為平臺的一項重要的文學徵文活動。在抗戰建國的歷史語境下，這一徵文的目的不僅僅是為了選拔青年女作家，更是一場動員廣大婦女投身社會、救亡圖存的愛國宣傳活動，一次鼎新除弊的思想文化工程。此次徵文的獲獎論文雖然各抒己見，但文章所呈現的「國家解放先於婦女解放」，以「義務平等」彰顯「男女平等」、「本位救國」的價值導向與話語基調，契合了時代的潮流，成為社會普遍的共識與輿論導向；以「抗戰建國」為主旨的文學作品其文學性與審美性雖有待昇華，但作品所塑造的女性覺醒者、成長者的形象，所弘揚的女性依然可以為民族解放出力奉獻的自我存在感，以及與祖國同在，與時代同呼吸，共命運，共憂患的愛國主義情懷，彰顯出抗戰時期廣大婦女崇高的歷史使命感和社會責任感，其歷史意義應予以充分肯定。徵文所發掘的女作家，之後也大多成為各行各業的精英人士，為時代做出了應有的貢獻，應該為歷史所銘記。本書彙集了此次徵文的全部獲獎徵文及相關史料，考辨了獲獎作者的生平事蹟，對人們進一步探討抗戰文學與文化具有重要的意義。

構建中國現代文學研究「川大群落」的雛形——《民國文化與文學研究文叢》四川大學特輯引言

李　怡

　　2012 年，我開始與花木蘭文化出版社合作，按年推出「民國文化與文學」論叢，2014 年以後又按年加推「人民共和國文化與文學」論叢，可以說，鼓舞我完成這兩大學術序列的堅強的動力就在於我本人的「四川體驗」，更準確地說，是我對於四川大學學術群體的深切感受和強烈期待。「民國文化與文學」與「人民共和國文化與文學」論叢自誕生的那一天起，就是以中國現代文學研究「川大群落」的存在爲「學術自信」的，四川大學學人的身影幾乎在每一輯中都有出現，儼然就是這兩大序列的內在的紐帶和基石。迄今爲止，我們已經在論叢中集中推出了「南京大學特輯」、「中國人民大學特輯」與「蘇州大學特輯」，編輯出版「四川大學特輯」則是計劃最久的願望。

　　在當代中國的學術版圖上，四川大學留給人們的印象常常是古代文化的研究，包括「蜀學」傳統中的中國古代史、古代文學、古代漢語研究，新時期以後興起的比較文學研究也擁有深刻的古代文學背景，其實，中國現當代文學的發展和學術研究也與四川大學淵源深厚。

　　作爲西南地區歷史久遠的高等學府，四川大學經歷了一系列複雜的演化、聚合與重組過程，眾多富有歷史影響的知識分子都在不同的時期與川大結緣，構成「川大文脈」的一部分。例如四川省城高等學校下屬機構的分設中學堂時期的學生郭沫若與李劼人，公立外國語專門學校時期的學生巴金，成都高等師範學校時期的受聘教師葉伯和，國立成都大學時期的受聘教師李

劫人、吳虞、吳芳吉，國立四川大學時期的陳衡哲、劉大杰、朱光潛、卞之琳、熊佛西、林如稷、劉盛亞、羅念生、饒孟侃、吳宓、孫伏園、陳煒謨、羅念生、林如稷，新中國以後的川大學生中則先後出現過流沙河、童恩正、楊應章、郁小萍、易丹、張放、周昌義、莫懷戚、何大草、徐慧、趙野、唐亞平、胡多、冉雲飛、顏歌等。作爲學術與教學意義的中國現當代文學，也在川大早早生根，文學史家劉大杰在川大開設「現代文學」必修課的時間可以追溯到 1935 年，是中國較早開展新文學創作研究高校之一。新中國成立後，隨著中國現代文學（新文學）學科的建立，四川大學的相關學者代代相承，在各自的領域中成就斐然，成爲中國現代文學研究界的主要力量。林如稷、華忱之先生是新中國中國現代文學學科的奠基人之一，新時期以後，則有易明善、尹在勤、王錦厚、伍加倫、陳厚誠、曾紹義、毛迅、黎風等持續努力，在郭沫若研究、李劫人研究、四川作家研究、中國新詩研究等方面做出了引人注目的貢獻，是中國西部地區最早培養碩士生與博士生的學術機構。〔註1〕

我是 2004 年加入四川大學學術群體的，當時中國高校的「學科建設」的大潮已經開始，許多高校招兵買馬，躍躍欲試，而川大剛好相反，老一代學者因年齡原因逐步淡出學術中心，相對而言，當時地處西部，又居強勢學科陰影之下的川大現代文學學科困難重重。在這個情勢下，如何重新構建自己的學術隊伍，尋找新的學科優勢，是我們必須面對的頭等大事。幸運的是，我的川大經歷給了我許多別樣的體驗，以及別樣的啓迪。

首先是寬闊、自由而富有包容性的學術環境。雖然生存在傳統強勢學術的學科陰影之下，但是川大卻自有一種巴蜀式的特殊的自由氛圍，學人生存方式、思想方式都能夠在較少干擾的狀態下自然生長，也正如「海納百川，有容乃大」的川大校訓所示，古典的規誡中依然留下了現代學術的發展空間。在學院的支持下，四川大學現代中國文化與文學研究中心成立，中國現當代文學學科有了學科設計、學科活動的平臺，2005 年，《現代中國文化與文學》創刊，除中國現代文學研究會的《中國現代文學研究叢刊》外，這在當時屬於國內僅有一份由高校創辦的現代文學研究叢刊。八年之後，該刊被南京大學社科評價中心列爲 CSSCI 來源輯刊，算是實現了國內學界認可的基本目標。

其次是相對超脫、寧靜的治學氛圍。進入川大以前，我所服務的高校正

〔註1〕 參見程驥：《四川大學與中國現代文學》，《現代中國文化與文學》2008 年第 5 輯。

處於「學科建設」的焦慮之中，那種「奮起直追」、「迎頭趕上」的熱烈既催人「奮進」，又瓦解著學術研究所需要的從容與餘裕心境。到川大沒幾天，我即受毛迅教授之邀前往三聖鄉「喝茶」，山清水秀的成都郊外風和日麗，往日熟悉的生存緊張煙消雲散，「喝茶」之中，天南地北，學術人生，無所不談，半日工夫雖覺時光如梭，但卻靈感泉湧，一時間竟生出了許多宏大的構想！毛迅教授與我一樣，來自步履匆忙、心性焦躁的山城重慶，對比之下，對成都與川大的生存方式多了幾分體驗，在後來的多次交談中，他對這裡的「巴蜀精神」、「成都方式」都有過精闢的提煉和闡發，據我觀察，這裡的「溢美之辭」並非就是文學的想像，實則是對當今學術生態的一種反省，而只有在一個成熟的文化空間中，形形色色又各得其所的生存才有可能，學術生活的多樣化才有了基礎，所謂潛心治學的超脫與寧靜也就來自於這「多元」空間中的自得其樂。〔註2〕春日的川大，父親帶著孩子在草坪上放風箏，老者在茶樓裏悠閒品茗，學子在校園裏記誦英文，教授一時興起，將課堂上的研究生帶至郊外，於鳥語花香間吟詩作賦、暢談學問之道，這究竟是「學科建設」的消極景觀呢？還是另一種積極健康的人生呢？真的值得我們重新追問。

第三是多學科砥礪切磋的背景刺激著現代文學的自我定位。在四川大學，中國現當代文學並非優勢學科，所以它沒有機會獨享更多的體制資源，但應當說，物質資源並不是學術發展的唯一，能夠與其他有關學科同居於一個大的學術平臺之上，本身就擁有了獲取其他精神資源的機會。與學科界限壁壘森嚴的某些機構不同，我所感受到的川大學術往往形成了彼此的對話與交流，例如文學與史學的交流，宗教學、社會學與其他人文學科的交流，就現代文學而言，當然承受了來自其他學科的質疑與挑戰——包括古代文學與西方文學，然而，在古今中外文化的挑戰中發展自己不正是中國現當代文學的實際嗎？除了挑戰，同樣也有彼此的滋養和借鏡，例如從中國少數民族文學中發展起來的文學人類學，原本與中國現當代文學關係密切，但前者更為深入地取法於文化人類學、符號學、民族學、社會學等當代學科成果，在學術觀念的更新、研究範式的革命等方向上大膽前行，完全可以反過來啟示和推動現當代文學研究的發展。

以上的這些學術生態特徵也是我在川大逐步感受、慢慢理解到的。可能也正是得益於這樣的環境，我個人的學術方式也與「重慶時期」有所不同了，

〔註2〕李怡、毛迅：《巴蜀學派與當代批評》，《當代文壇》2006年2期。

更注重文學與史學的結合，更注意史實與史料的並重，也有意識地從其他學科中汲取靈感，跳出現代文學研究閉門造車式傳統套路，將回答其他學科的質疑當做學術展開的新起點。也是在四川大學，我更自覺地在一個較爲完整的歷史框架中思考中國現代文學的發展方向，進而提出了「從民國歷史發現現代文學」、「民國文學機制」等新的設想，在構想這些新的學術理念的時候，我能夠深深地意識到來自周遭的歷史信息與學術方式的支撐力量，那種生發於土壤、回應於知音的精神基礎，那種彌漫於空氣中的「氣質型」的契合⋯⋯是的，新的學術之路也關聯著現有的社會文化格局。幾年之後，我重新打量這裡的學術同好，在毛迅對「巴蜀自由」的激賞中，在姜飛對國民黨文學挖掘中，在陳思廣對現代長篇小說史料的鉤沉中，啓示也都透出了某種共同的文史互證的趣味，這可能就是悄然形成的中國現代文學「川大學術群落」的氣質吧。

最值得稱道的還是在這一氛圍中成長著的年輕的學子們，從某種意義上說，努力將前述的「川大學術氣質」融入研究生教育，這可能是我們自覺不自覺地一種追求。在我的印象中，可能源於毛迅教授，我自然也成爲了自覺地推手。在三聖鄉的「茶話會」誕生了「西川讀書會」，從讀書會發展成爲全國性的「西川論壇」，繼而將「論壇」開到了日本福岡，成爲中日現代文學學者的兩國對話，從《現代中國文化與文學》的格局開闢出了《大文學評論》的方法論探求，最後兩岸合作，創辦《民國文學與文化》，誕生《民國文化與文學》論叢、《人民共和國文化與文學》論叢，以及《民國文學史論》、《民國歷史文化與中國現代文學研究》等大型叢書，一批又一批的四川大學的博士研究生在這樣的學術格局中發現了新鮮的話題，滿懷興趣地耕耘著他們自己的學術領地，關於民國文學，關於解放區文學，關於魯迅，關於通俗文學⋯⋯作爲導師，能夠「快樂著他們的快樂」，大概再沒有比這樣的時刻更讓人興奮的了。這至少說明，我們對川大學術積極意義的理解和發掘是正確的選擇，這樣的選擇無愧於川大，無負於我們自己，也對得起中國現當代文學！

限於論叢規模，《民國文化與文學研究文叢・四川大學特輯》在 2017 年只收錄四川大學資深學者的論著，以及四川大學中國現當代文學專業畢業的博士生尚未出版的論著，這樣的原則，顯然是將兩類川大學子排除了：一是著作已經先期出版了，二是在川大接受了良好的碩士訓練，並繼續沿此道路在其他學校取得博士學位者。這樣一來，某些洋溢著「川大氣質」的優秀論

著便無緣進入論叢了。不過，我想，遺憾只是暫時的，在不久的將來，我們完全可以重新編輯一套完整的「中國現當代文學川大學人論叢」，只要這「川大學術氣質」眞的不是曇花一現，而是持續性的日長夜大，在當代中國的學界引人矚目。在那時，作爲川大學術的曾經的見證人，作爲川大氣質的第一次的闡釋者，我們都樂意以「川大群落」的一員爲驕傲，並繼續爲它添磚加瓦。

2017 年春節於成都江安花園

序言：抗戰建國語境下的「蔣夫人文學獎金」徵文

陳思廣　劉安琪

　　抗戰爆發之後，國民生活被納入戰時體制，建立抗日民族統一戰線，動員國內外各行各業的愛國同胞救亡圖存，是時代也是歷史賦予每個中華兒女的神聖使命。這其中，如何獲得婦女力量的支持，號召佔全國人口半數的二萬萬廣大婦女從事戰時服務工作，顯得尤為重要。這也是以宋美齡為主導的全國婦女工作者的工作重心。同樣，在抗戰軍興的時刻，如何將婦女解放與民族解放相結合，在針對婦女的宣傳動員中恰當地處理與解決兩者之間的關係，也成為當時女性雜誌普遍關注和討論的話題。1940 年 9 月，由新生活運動會婦女指導委員會會刊《婦女新運》主辦的「蔣夫人文學獎金」徵文活動，就在這一歷史語境下應運而生。

一

　　《婦女新運》是 1938 年 12 月在大後方重慶創刊並發行的一份女性雜誌，是新生活運動會婦女指導委員會（以下簡稱新運婦指會）下設的文化事業組負責的機關刊物，由婦指會的總幹事張藹真負責編輯。作為新運婦指會的會刊，《婦女新運》的主要內容是宣傳介紹婦指會下設的各個機構的工作狀況，也刊載一些關於婦女、家庭、兒童問題的論文和文藝作品。婦指會的工作綱領遵循 1938 年宋美齡「廬山談話」所通過的《動員婦女參加抗戰建國工作大綱》，「有計畫有組織地來推動全國婦女大眾，參加神聖的抗戰建國工作」〔註 1〕，因而《婦

〔註 1〕 蔣宋美齡：《動員婦女參加抗戰建國工作大綱》，《新運導報》，1938 年第 17 期。

女新運》的宣傳立場也非常明確，即：「負起指導全國婦女參加抗戰建國工作，創造新中國新婦女的新生活」。〔註2〕1940年2月，《婦女新運》以「蔣夫人」宋美齡的名義向全國女性文學愛好者進行徵文。徵文啟事如下：

一、定名：定名為：蔣夫人文學獎金。

二、宗旨：以獎勵婦女寫作及選拔新進婦女作家為宗旨。

三、金額：總額參千貳百元。

四、徵文種類：共分兩種。

甲、論文：凡關於婦女問題，婦女工作，婦女修養，婦女運動等研究著述。

乙、文藝創作（小說、短劇等）以在抗戰中的婦女生活，婦女活動為中心題材。

五、作者資格，限於三十歲以內之女性，未曾出版單行本著作者。

六、錄取名額及獎級：甲乙兩種各取第一名一名，每名給獎伍佰元。第二名各取二名，每名給獎二百五十元。第三名各三名，每名給獎一百二十元。第四名各四名，每名給獎六十元。

七、字數：甲種每篇五千至一萬字，乙種每篇五千字至一萬五千字。

八、報名：願應徵者須於今年六月底以前向婦女指導委員會文化事業組報名。可以通訊辦理。報名時須填具姓名，年齡，籍貫，學歷，經歷，應徵種類（甲種或乙種）及通信住址，並繳最近二寸半身相片兩張。如在報紙刊物上發表作品者，並填明該項作品之名稱及發表之刊物與時期。

九、截稿期限：廿九年八月底截止，交稿時稿面上只寫號數，不書姓名，並須密封。

十、評刊：特聘作家七八人至十一人組織評刊委員會評定之。

十一、揭曉：廿九年雙十節

十二、證明：作品經錄取後，應經二人之證明，確為該作者所著而未經他人修改者，方得領獎。

十三、版權：凡錄取作品之版權，歸婦女指導委員會所有。未

〔註2〕 《卷首語》，《婦女新運》1938年第1期。

經錄取之稿件一概負責退還。

　　十四、地址：報名及交稿請寄重慶曾家岩求精中學內婦女指導委員會文化事業組。封面書明：「應徵蔣夫人文學獎金」。〔註3〕

　　啓事一經刊出，迅速得到其他媒體的支持與回應，《中央日報》（重慶）、《大公報》、《江西婦女》、《湖南婦女》、《廣西婦女》、《崗哨》、《文化教育》等報刊紛紛刊載，號召廣大婦女撰文應徵，不少知識女性也表示了自己的欣喜。「這件事，婦女們及文藝寫作者極表歡迎，幫助文藝運動的開展，提高婦女寫作的興趣，各種文學獎金，是應該由政府有計畫的，而且應該經常舉辦的。『蔣夫人文學獎金』我們希望它是由此鼓勵起姊妹們的寫作興趣，進而造就許多的新進的作家。在民族革命的鬥爭中，那種控制人們靈魂的文學武器應該被重視。」〔註4〕由於報名人數眾多，又時值戰亂，交通不便，原本定於雙十節揭曉的徵文活動，不得不應各地徵稿者的要求，將交稿延期到十月底，揭曉期延期到元旦日。後又因「評判員散處各地，稿件寄遞須時」〔註5〕，直至 1941 年 9 月，「蔣夫人文學獎金」徵文活動才塵埃落定。評閱此次徵文的評委由文藝界的資深作家和新運婦指會的成員共同構成。論文組由陳衡哲、吳貽芳、錢用和、陳布雷、羅家倫負責；文藝組則由謝冰心、郭沫若、楊振聲、朱光潛、蘇雪林負責。經統計，此次報名應徵文學獎金人數爲 552 人，實際收到稿件 360 件，其中論文組 146 件，人數雖少，但得分較高，錄取 11 人；文藝組 214 件，得分較低，本著寧缺毋濫的原則，將第一名空缺，錄取 8 名。1941 年 9 月，《婦女新運》雜誌第 3 卷第 3 期以《蔣夫人文學獎金徵文專號》的形式，揭曉並公佈了全部獲獎作品及其全文：

論文組

　　第一名：陳廷俊《婦女修養》

　　第二名：王文錦《文藝中的女性》，潘毓琪《我國青年婦女的心理健康問題》，趙蓉芬《時代婦女應有的自覺和解放》

　　第三名：李鴻敏《從中國婦女在禮法上的今昔地位以瞻其解放的前途》，阮學文《從我國教育史的分析談到我國婦女運動的將來》；蔡愛璧《家庭教育史上的兩個基本問題》；范祖珠《中國新女性與民

〔註3〕　《蔣夫人文學獎金簡則》，《婦女新運》1940 年第 2 期。

〔註4〕　陰文：《蔣夫人文學獎金》，《浙江婦女》1940 年第 4 期。

〔註5〕　《蔣夫人文學獎金專號‧編後記》，《婦女新運》1941 年第 3 期。

族文學》

　　第四名：饒藹林《戰時家庭婦女生活之改進》，廖志恪《論婦女工作者之修養》（此文被檢），郭俊《工作與教訓》

文藝組

　　第一名：(無第一名標準分數，故缺。)

　　第二名：朱瑞珠《晨星》，朱桐先《賣歌女》

　　第三名：蕭鳳《達可兒》，高鍾芳《除夕》

　　第四名：石傑《劉大媽》，錢玉如《恒河》，桂芳《新的生路》，潘佛彬《扣子》〔註6〕

　　從以上名單可以看出，獲獎作者皆為讀者比較陌生的文壇新人，其中大部分作者是首次刊發作品，凸顯出此次徵文活動旨在鼓勵、選拔新人的目的。宋美齡特意在《專號》中撰文強調：「我們這一次舉行文藝競賽，目的在藉此鼓勵女界青年熱心於寫作」，因為「我們中國受過教育的婦女，在全國女同胞總數中所佔的比例，實是太小了，而能夠運用優美的文字，表達胸中的思想的，更是不多。」她鼓勵女界青年應有堅忍不拔之毅力，方可獲得文學上的成功，希望「因這次競賽而提高我們女界青年寫作的熱心和興趣」，並「祝頌我們中國女界文藝的進步」。〔註7〕

　　作為抗戰期間專門針對女性群體而設立的文學徵文活動，「蔣夫人文學獎金」雖以宋美齡個人名義設立，獎金也由其捐獻，但其意義顯然不僅僅是為了選拔女性作家，而是作為抗戰建國語境下的一次重要的、動員廣大婦女投身社會、救亡圖存的愛國宣傳活動，一次鼎新除弊的思想文化工程來實施的。

二

　　從獲獎作品來看，論文組的作品分別從戰時婦女修養、婦女的今昔地位、婦女心理健康、女子教育、新女性與民族文學等方面切入，痛斥封建社會對女子的壓迫與摧殘，鼓勵婦女解放自己，但又不約而同地指出，在全民抗戰時期，民族解放應當先於婦女解放；而文藝組的作品為了表現「抗戰中的婦

〔註6〕《蔣夫人文學獎金專號‧編後記》解釋「論文第四名廖志恪君論婦女工作者之修養一文，為重慶市圖書雜誌審查委員會檢去，故闕。」

〔註7〕蔣宋美齡：《告參與新運婦女指導委員會文藝競賽諸君》，《婦女新運‧蔣夫人文學獎金專號》1941年第3期。

女生活」之主題，皆以女性人物爲主角，或寫女性在抗日諜戰中的智謀與勇氣（《賣歌女》）；或寫已參軍婦女驚心動魄的戰鬥生活（《扣子》）；或寫年輕女性在殘酷的抗戰中的覺醒與反抗（《晨星》、《達可兒》、《除夕》、《新的生路》）；或寫農村婦女掙脫家庭，鼓勵丈夫兒子打游擊的新生活（《劉大媽》、《恒河》）等，傳遞出女性理應爲國難擔當的時代呼聲。事實上，在舉國抗戰的環境影響下，在《婦女新運》的輿論引導下，社會語境必定給此次應徵作者的話語表達構成一定影響，在限定的題材範圍內，戰爭、婦女與國家的關係表達成爲書寫中心，獲獎文本也因此呈現出兩個特點：論文大多圍繞婦女解放與民族解放之間的關係展開；文藝作品則著力刻畫廣大婦女在抗日民族救亡運動中發揮的積極作用，二者相輔相成，共同彰顯出抗戰時期廣大婦女高漲的愛國主義熱情和社會責任感。

　　1938 年 4 月 1 日，國民政府通過了《抗戰建國綱領》，系統地提出了抗日救國的宣傳主張，《綱領》第三十二條明文號召「訓練婦女，俾能服務於社會事業，以增強抗戰力量」。〔註 8〕在黨、政、軍、農、工、商各界都開始進行抗戰總動員時，婦女就作爲重要的儲備力量，自然被納入到戰時體制中來。在民族危亡之際，走出家庭、追求男女平等、要求合法權利的婦女解放訴求讓位於爭取民族解放的時代訴求，讓每個女性都自覺地擔負起抗戰建國的使命，把自己融入到民族解放的時代潮流中，成爲社會的共識，婦女在「天下興亡，匹婦有責」、「愛國愛國、匹婦有責」的口號下投身時代，視國家觀念高於一切，社會價值至高無上，成爲戰時婦女動員工作的基本國略與指針。

　　作爲「國家第一夫人」、新運婦指會指導長，宋美齡團結社會各界女性知識份子，號召全國婦女有組織地進行宣傳、救護、徵募、慰勞、救濟、兒童保育、戰地服務、偵查漢奸、勞作生產等抗戰建國任務。她在抗戰時期發表的數篇文章裏多次提到婦女工作的重要性：「國家戰爭之能繼續維持，與婦女精神力量能支持與持久的程度，有密切的關係。全國婦女苟能急公忘私，歷久不懈地爲國家盡忠，爲戰時工作服務，則其所以振作前線士氣，與安定後防秩序，必能對於抗戰勝利的歷史中，成爲一個極重大的決定因素。」〔註9〕

〔註 8〕 《抗戰建國綱領宣傳指導大綱》，《抗戰建國綱領》，國民黨中執委宣傳部編，
　　　　衡陽區書刊供應處 1938 年版，第 42 頁。
〔註 9〕 蔣宋美齡：《中國婦女抗戰的使命：爲婦女指導委員會三週年紀念作》，《湖南
　　　　婦女》1941 年第 2 期。

她一再闡明民族解放與婦女解放的關係:「中國婦女運動之中心,特別是在抗戰期中,已不是向國家爭婦女權利地位的平等,這是我們的法律已明白的規定了,而是對國家爭貢獻與服務,這事今日未能充分發揮的。我們不應當僅為個人或婦女界的自由平等和解放而努力,我們的更大使命,是要集結全國婦女與全國男子站在同一線上,共同努力,來爭取我們中國民族的自由平等和獨立。」〔註10〕「我們今天來談女子解放,也要曉得國家沒有解放,我們全國的女子就得不到真正的解放,我們國家今天受敵人這樣的欺侮侵略,整個民族處在暴力的總要之下,全國同胞流離痛苦,我們不先把這個危急的國家扶救起來,我們四萬萬五千萬人無分男女,都要做亡國奴隸,更從何處談女子的解放,更向何人去要求女子的解放?」〔註11〕宋美齡的呼籲是將國家整體利益置於女性話語與權力之上,顯現出其對國家獨立的訴求與焦慮,這種「重義務、輕權利」的價值取向也是當時婦女工作者的普遍共識。曾任婦指會文化事業組組長沈茲九強調:「目前婦女運動就是婦女參加抗戰的運動。在爭取民族復興的過程中,也就是奠定婦女解放的基礎。中國婦女隨著抗戰而新生了,抗戰正因為婦女的知道「匹婦有責」,將加速達到勝利。」〔註12〕鄧穎超也認為:「中國婦女解放也只有在參加抗日的民族自衛戰爭的最後勝利中才能獲得……環繞著抗戰的總方針之下,動員廣大的婦女群眾,參加抗日戰爭動員的各個方面,是目前婦女運動總的任務。」〔註13〕在「國家本位」的時代訴求之下,救亡圖存的現實壓倒了一切,以「義務平等」彰顯「男女平等」的宣傳話語取代了過去以「權利平等」追求「地位平等」的解放話語。

由此反觀其獲獎文章所傳達的觀點,與當時的抗戰建國語境保持了高度一致。如論文組獲獎作品就結合實際生活,對戰時婦女生活和修養提出了新的要求和建議。《婦女修養》一文認為,「在此抗戰期中,婦女的修養應該有一個共赴同歸的方向……我們今日不要對國家爭取我們個人的自由平等,正要與全國人民不分男女站在統一戰線上,來爭取國家民族的自由和在國際上的平等。不必對國家爭取我們個人的獨立和解放。正要與全國男女同胞站在

〔註10〕 蔣宋美齡:《中國婦女抗戰的使命:為婦女指導委員會三週年紀念作》,《湖南婦女》1941年第2期。
〔註11〕 蔣宋美齡:《婦女解放與民族解放——在婦女節紀念會訓詞》,《婦女新運》1939年第2期。
〔註12〕 茲九:《抗戰以來的工作成果》,《婦女生活》1940年第7期。
〔註13〕 鄧穎超:《對於現階段婦女運動的意見》,《婦女生活》1938年第6期。

同一陣線上，來完成國家民族的獨立解放大業。」而婦女應當對國家社會負起責任，「婦女對國家社會的貢獻愈多，就是婦女對國家社會所負擔的責任愈大；婦女對國家社會的責任愈大，就是婦女在國家社會中的地位愈高。我們所爭取的是義務，不是權利，也不是以義務來交換權利，而是以義務來謀取大眾的幸福。」〔註14〕《戰時家庭婦女生活之改進》一文指出，由於「女子教育不普及」、「職業範圍太狹窄」、「兒童公育不普遍」，導致女子不能全數脫離家庭的枷鎖，而「改進家庭婦女的生活，不僅有利於家庭婦女本身，而且有利於抗戰建國……家庭婦女正應該各人站在自己的崗位上，充實自己的生活，改進自己的生活，拯救自己，同時也拯救了國家。」〔註15〕《我國青年婦女的心理健康問題》一文，分析了心理健康對青年婦女的重要意義。作者認為，心理問題會對社會、經濟、個人產生危害，尤其對民族生存和抗戰建國有不良影響，將會減低我們抗戰能力，增加建國大業的困難，要促進青年婦女心理健康，需從修養和教育兩方面入手。〔註16〕《時代婦女應有的自覺和解放》則從歷史、環境、社會制度等方面探索了婦女地位變化的原因，指出「婦女解放的真義，是要使婦女大眾自動自覺的狀況下，利用應有的機會，發揮優良的性能」，婦女解放的目的是建立起「兩性互助合作和精神協調的團體」，要達到這樣的目標，「必須婦女自身，徹底覺悟」。〔註17〕《文藝中的女性》和《中國新女性與民族文學》從文學的角度分析了文藝作品中的男女作家風格差異，並對女性作家提出了新的要求。前者通過文藝性別調查，探討男女性在作品上的區別及一般人對男女性文藝上的見解，後者則以中外女作家為例，指出從事民族文學可以啟發女性文學天才，尤其在抗戰期間，「民族文學是促進民族生存最偉大的工作」。〔註18〕《從中國婦女在禮法上的今昔地位以瞻其解放的前途》和《從我國教育史的分析——談到我國婦女運動的將來》兩文，皆討論了中國封建社會在道德、禮法、教育、宗教上對婦女的約

〔註14〕陳廷俊：《婦女修養》，《婦女新運・蔣夫人文學獎金專號》1941年第3期。

〔註15〕饒藹林：《戰時家庭婦女生活之改進》，《婦女新運・蔣夫人文學獎金專號》1941年第3期。

〔註16〕潘毓琪：《我國青年婦女的心理健康問題》，《婦女新運・蔣夫人文學獎金專號》1941年第3期。

〔註17〕趙蓉芬：《時代婦女應有的自覺和解放》，《婦女新運・蔣夫人文學獎金專號》1941年第3期。

〔註18〕范祖珠：《中國新女性與民族文學》，《婦女新運・蔣夫人文學獎金專號》1941年第3期。

束，並對婦女運動提出了新的要求。認爲在當今時代下，婦女唯有投入抗戰才能被社會廣泛承認，才「證明了唯有自由身所奮鬥爭取的地位，才是光榮的，才是眞正的勝利。」〔註19〕《女子教育》則認爲中國婦女須認清時代，確立獨立的人格，以「三民主義」爲信仰，培養革命的人生觀，肩負起轉移風氣的使命，在抗戰時期，更要對國家、民族、社會、家庭負起責任，而「最主要的任務就是擔當起抗戰期間一切最艱巨的責任，以期早日促成最後勝利。」〔註20〕除此之外，《家庭教育史上的兩個基本問題》圍繞兒童教育的重要性，探討兒童教育的方法，如維護兒童的健康、尊重兒童的人格等。《工作與教訓》則以作者在中條山從事八個月的政治工作經驗爲依據，總結了在農村進行婦女抗戰宣傳所遇到的問題與教訓。認爲，「婦女解放必須建築在男女互尊的信念上」，只有解決封建傳統思想的束縛、婦女經濟不能獨立以及部分女性雖然不受封建思想之束縛、經濟獨立，但由於主觀方面喪失自信和勇氣而苟安墮落這三個問題，婦女才有「解放」可言。最後，作者還認爲，婦女解放與『抗戰建國』最高國策相調協，相互爲用。〔註21〕通過以上分析，不難看出，論文組的不同文章雖涉及婦女生活的各個方面，但都與時代訴求密切聯繫，緊扣「抗戰建國」之主題，將民族解放與婦女解放運動相統一，堅持「本位救國」的基本觀點，宣導婦女在自身修養、家庭生活、文藝創作、保育兒童等方面爲國家民族貢獻出自己的力量，成爲中華民族爭取自由解放的一份子。

文藝組獲獎的八篇作品更是通過小說、短劇的形式，刻畫了女性在抗戰中的覺醒、成長與奉獻的光榮歷程。達可兒本是草原上單純無憂的少女，戰爭卻徹底改變了她的生活：哥哥印化魯麻木遲鈍，被徵去當了僞軍，她則遇人不淑，與僞軍葛於普古私奔，不料葛將她拐騙至住營地後把她賣到了妓院，達可兒在墮落的生活中日漸頹靡，所幸抗日游擊隊隊長石如珍看見了達可兒的悲傷與無助，將其發展爲地下聯絡員，負責保護機密檔，經歷了數次戰鬥的達可兒認清了民族仇恨與自己苦難的根源，石如珍犧牲後，她返回家鄉，積極參與抗日救亡的宣傳活動，希望「以一個蒙古人的鑰匙的資格，去爲祖

〔註19〕 李鴻敏：《從中國婦女在禮法上的今昔地位以瞻其解放的前途》，《婦女新運·蔣夫人文學獎金專號》1941 年第 3 期。

〔註20〕 阮學文：《從我國教育史的分析談到我國婦女運動的將來》，《婦女新運·蔣夫人文學獎金專號》1941 年第 3 期。

〔註21〕 郭俊：《工作與教訓》，《婦女新運·蔣夫人文學獎金專號》1941 年第 3 期。

國啓發那團龐大無比的烈火」〔註22〕（《達可兒》）。「我」父親是美國人，母喪後「我」隨父親傳教來到中國，並深深地愛上了這片土地，「我」為要去美國念書而離開中國感到悲傷。父親去世後，我放棄了國外優越的環境和萌芽的愛情，回到中國的女子學校工作，抗戰爆發不久後，上海淪陷，「我」決定留在上海，利用自己的身份之便在收容所裏安置、照顧難民，不料某日日本兵強行闖入收容所，逮捕工作人員，在衝突中「我」被日本兵開槍打傷⋯⋯日方最終礙於「我」的膚色，釋放了被捕人員，「我」感到「肩頭的重壓」，因為「我們自己解釋這是負著泥土和磚塊的肩頭，它將幫助建成一座新的更堅固的偉大的長城，能夠趁這國家遭到困難的時候為它多做點事，使將來生活在新社會裏的時候因為曾經效力而無慚氣⋯⋯」這樣想著，病癒的我便看見象徵著黎明的晨星在梧桐樹頭高高掛起⋯⋯（《晨星》）〔註23〕小說寫即便是黑暗中也信然堅定信心，做一顆晨星給他人帶來光明，帶來希望。還有《新的生路》中的小玉，她在上海一家環境惡劣、薪水微薄的日本紡織廠工作，日軍進攻上海後，工人們不僅沒有討到工資反而遭遇轟炸死傷無數，流離失所的小玉流浪到租界，不料再次落入地獄——她工作的新紡紗廠實際是招收女工替日本人賣淫的魔窟，走投無路之際，小玉收到好友大肚皮阿嫂的來信，大肚皮阿嫂已經開始了抗戰的實際工作，小玉看完信，設法離開了紡紗廠，開始了「新的生路」〔註24〕。又如《除夕》中的貴太太陳蘊華，她的丈夫吳少文以洋行經理的身份為掩護，參與義勇軍在哈爾濱的救亡工作，不知情的蘊華卻不滿生活現狀，遂向漢奸黃存義提出為丈夫在政府謀求差事的要求，黃存義假意答應卻試圖從蘊華口中得知吳少文及其同志的消息，並告訴她日軍機關長松井除夕之夜有要事相商，蘊華滿口答應，卻未料松井一見到她便暴露出禽獸本相，關鍵時刻，吳少文及其他同志出現，原來他們早已策反了偽軍，生擒黃存義與松井，蘊華幡然醒悟，開槍打死了黃存義與松井，成為一個「新中國的女兒」。〔註25〕再如《劉大媽》中，草原上生活的劉大媽一家和其他鄉民一樣，不得不在鬼子的「空室清野」行動中背井離鄉，周寡婦的女兒被鬼子殺害，劉大媽的房子也被付之一炬，但暴行並未摧毀劉大媽的鬥志，她號召大家重建家園，鼓勵自己的丈夫和兒子參加戰地服務隊。某天深

〔註22〕蕭鳳：《達可兒》，《婦女新運·蔣夫人文學獎金專號》1941年第3期。
〔註23〕朱瑞珠：《晨星》，《婦女新運·蔣夫人文學獎金專號》1941年第3期。
〔註24〕桂芳：《新的生路》，《婦女新運·蔣夫人文學獎金專號》1941年第3期。
〔註25〕高鍾芳：《除夕》，《婦女新運·蔣夫人文學獎金專號》1941年第3期。

夜，突然有掉隊的傷兵在劉大媽門口求救，希望村民將其抬到百川堡傷病招待所，而此時村裏的男丁都在五原前線，女人們猶豫不決，認爲「女人哪里抬得動？再說哪有女人出頭露面的？」，劉大媽卻鼓勵大家「咱們女人也一樣的給國家出力！」，終於，在婦女們的共同努力下，傷兵被及時送到了百川堡，「劉大媽帶回了個人勝利的喜悅，更帶回了全國喜悅的五原大捷的消息。」〔註26〕而《恒河》中的知識女性丁寧，致力於「用各種方法輸送知識到全村婦女的頭腦中去，增強她們的國家觀念。」在她的努力下，同村的素杏和瑛也積極參加鄉村婦女運動，辦婦女學校，爲婦女們宣傳「終有一天，敵人會侵略到我們的頭上來，我們要使每個婦女都直接或間接地成爲戰士！要掃除歷代以來重男輕女的習慣，要爲一切含辱受死的女同胞復仇。」恒河懶蛇村的婦女們各司其職，鼓勵丈夫參軍，連平日懼怕丈夫的阿法媳婦也說服阿法去打鬼子，而男人們自發成立了自衛軍，在敵人到來之前做好了一切準備……〔註27〕

　　與上述作品不同，《扣子》和《賣歌女》則直接表現了前線女兵和地下工作者的戰鬥生活。《扣子》中「我」和念石是長白山下的義勇軍，也是一對戀人，念石被捕後犧牲，留下遺物——用戒指溶成的兩枚扣子，「我」決心復仇，在一次軍事行動中，我獨自跟隨著潰敗的日軍來到 TS 城並獲得重要情報，我委託城中老婦將情報送出，自己則喬裝成尼姑前往 MA 城，決心殺死害死念石的漢奸孫福蔚。雖然未能成功，但部隊用「我」的情報打了勝仗，孫福蔚也畏罪自殺。〔註28〕小說雖富有傳奇色彩，但共赴國難的決心與意志，歷歷可感。《賣歌女》則講述了喬裝爲賣歌女的革命女青年與日本軍官鬥智鬥勇的故事。鄭孟虹是一名革命青年，他整日以吃喝玩樂掩日耳目進行地下工作，孟虹的戀人方奕萍並不知情，對孟虹的改變感到十分詫異和失望，日軍佔領縣城，孟虹的父親在逃難中被日軍打死，孟虹悲痛萬分，告訴了奕萍自己的眞實身份，並交給她一個任務：設法拿到軍官鹽谷大佐的秘密進攻圖。奕萍和同志趙清秋、孟虹的妹妹孟痕喬裝爲賣歌女，取得了漢奸胡德夫和鹽谷的喜愛，並使二人爭風吃醋，產生裂痕，在一次活動中，得知孟虹被捕的孟痕在憤怒中向鹽谷舉起手槍，情急中奕萍制止了她，鹽谷大怒，抓捕孟痕，反而更加信任奕萍，邀請奕萍到日軍司令部唱戲。奕萍在司令部偷聽到攻打游擊隊的

〔註26〕石傑：《劉大媽》，《婦女新運・蔣夫人文學獎金專號》1941年第3期。

〔註27〕錢玉如：《恒河》，《婦女新運・蔣夫人文學獎金專號》1941年第3期。

〔註28〕潘佛林：《扣子》，《婦女新運・蔣夫人文學獎金專號》1941年第3期。

消息，便立刻打電話通知戰友，不料胡德夫在一旁偷聽，他得意地告訴奕萍想要的秘密作戰圖在他手中，並威脅她要告訴鹽谷，奕萍心生一計，告訴鹽谷胡德夫要偷走作戰圖，本就十分厭惡胡德夫的鹽谷舉槍打死了他，但並不知道作戰圖就藏在胡德夫的屍身中，鹽谷突然下令殺死孟虹和孟痕，奕萍只好表明身份，以作戰圖的去向爲威脅要求鹽谷放人，鹽谷放了二人但將奕萍扣押爲誘餌，關鍵時刻，被釋放的孟虹立即組織義勇軍的同志們攻入了司令部，活捉了鹽谷並拿到作戰圖並高喊：「最終的勝利屬於我們！」〔註29〕

誠然，由於作者沒有親身參戰的經歷，作品難免傳奇有餘而寫實不足，技巧也稍顯稚嫩，在文學性與審美性上有待昇華，但以「抗戰建國」爲主旨塑造的充盈著不屈鬥志的女性覺醒者與成長者形象，傳遞的共赴國難，共擔痛苦，共用歡樂的愛國主義精神，至今讀來依然感人至深，令人敬佩，它們與論文組的題旨相輔相成，共同契合了「蔣夫人文學獎金」在抗戰建國語境下的時代訴求。

三

歷時一年的「蔣夫人文學獎」徵文活動在戰時語境下結束了。這次徵文雖然是以宋美齡的個人名義設立，但以宋美齡的特殊身份及其在婦女界的影響力而言，此次徵文的輿論引導與宣傳意味遠遠大於徵文本身的文學意義。在《婦女新運》刊出徵文細則後不久，就有讀者評論此次徵文：「抗戰以後，像揭開雲幕似的，一切都活躍起來，婦女參加了神聖的戰鬥，生活經驗豐富了，寫作題材也充實了，新進女作家，新的作品，也正在增加和提高她的品質，不過到目前爲止，不但少有硬朗的作品，健康的作者，連抗戰中的指導婦女行動，反映婦女要求，動員婦女方法的正確的婦運理論，還是不夠……只有真正參加實際工作，在鬥爭中成長，不脫離集團生活的作者，才能夠攝取豐富的現實的題材。而有了『手觸生活』的經驗，更要根據科學的理論，進步的思維，去分析她，把握她，以便反應出這時代的生活重心，與最基本的東西。指導婦女運動的理論，更其重要，『只有民族解放，才有婦女解放』，『婦女佔人口的半數，必須參加抗建工作，才能獲得勝利。』這些固然是至理名言，然而真正的要求，已不是人云亦云的口號或八股可以滿足的了，我們要知道的是爲什麼？和怎樣？怎樣配合著具體條件，客觀環境，走向實際

〔註29〕朱桐先：《賣歌女》，《婦女新運‧蔣夫人文學獎金專號》1941 年第 3 期。

行動的方法，以及抗戰勝利以後，理想的婦女生活，所謂平等，自由，幸福，到底是怎樣的？」〔註30〕而由前文分析可知，徵文活動最終的獲獎作恰恰是回答了這些疑問。

可以毫不誇張地說，在抗戰建國的歷史語境下，這一徵文的目的不僅僅是爲了選拔青年女作家，更是一場動員廣大婦女投身社會、救亡圖存的愛國宣傳活動，一次鼎新除弊的思想文化活動。此次徵文的獲獎作品雖然在理論深度及文學性與審美性上有待昇華，但其所呈現的「國家解放先於婦女解放」，以「義務平等」昭示「男女平等」、「本位救國」的價值導向與話語基調，契合了時代的潮流，成爲普遍的社會共識與輿論導向；以「抗戰建國」爲主旨的文學作品所塑造的女性覺醒者、成長者的形象，所弘揚的女性依然可以爲民族解放出力奉獻的自我存在感，以及與祖國同在，與時代共呼吸，共命運，共憂患的愛國主義情懷，彰顯出抗戰時期廣大婦女崇高的歷史使命感和社會責任感，其歷史意義應予以充分肯定。徵文所發掘的女作家，之後也大多成爲各行各業的精英人士，爲時代做出了應有的貢獻，應該爲歷史所銘記。

行文至此，本已結束，但我們仍願再贅言幾句，因爲她們是時代女性的優秀者，是女性自強不息的傑出代表，她們的事蹟令人感動，她們的才能令人敬佩。我們願再次寫下她們的名字和我們所知道的她們散碎的後來，並希冀永遠銘記她們的功績。我們所惜者，由於時代等因素，個別獲獎作者的身份經歷未能查明，懇望能得到後人或方家的補充。若有錯訛之處，亦望能得到後人或方家的糾正。

願健者長壽，逝者安息！

陳廷俊（不詳），上海市人，1930 年就讀河南大學法律系，1932 年轉上海法政學院法律系，1934 年畢業。餘不詳。

王文錦（1915～1956），浙江杭州人，1935 年考入浙江大學中文系，1938 年 1 月轉西南聯合大學中文系三年級，1938 年 11 月與陳立在桂林結婚。發表有《抗戰中的家庭主婦》,《人生與服務》等文。

潘毓琪（1918～），浙江海寧人，1938～1942 年就讀於中央政治大學經濟系，曾在上海同慶錢莊工作，後調至北京人民銀行工作，直至退休。

〔註30〕俞中寄：《蔣夫人文學獎金與女作家》,《建國月刊》1940 年第 1 期。

趙蓉芬（1917～2005），江蘇無錫人。西南聯大（北大）史地系學生，未報到。1938～1942 年就讀於中央政治大學教育系。1945 年與梁聲泰先生結婚，1946 年在南京教育部工作，1947 年來美就讀於哥倫比亞大學教育系，1961 年至 1970 年在聯合國經濟和社會事務部執行長辦公室任事務員，後入聯合國秘書處中文組工作，襄助丈夫服務僑社，成績卓著。

李鴻敏（1919～2009），北京市人，1937～1941 年就讀於西北聯大國文系，長期從事教育教學工作，曾任大學教師、北京師範大學附中教師、女 15 中教導主任，第 116 中學副校長，第 11 中學校長，崇文區教育局教研室主任等。

阮學文（1919—？），安徽人，太原平民中學高中畢業，1938～1942 年就讀中央政治大學教育系。後去美國加州留學。與吳思琦結婚後定居美國。發表有《今日中國的婚姻糾紛》等文。

蔡愛壁（1915～1981），江蘇鎮江人，曾任江蘇省立大港鄉村教育實驗區教師，當過幼稚園園長，級任，小學校長。發表有：《小學音樂成績考查法》、《一般家庭教育方法的分析研究》、《幾個家庭教育方法的錯誤及及矯正》、《大港鄉村教育實驗區女教師的自我素描》、《怎樣尊重兒童的人格》、《我為何獻身教育》、《怎樣指導學生講演》、《介紹一個幼稚園的歷史》等文。出版有《兒童教育的經驗》（貴州文通書局 1946 年版），《給父親和教師介紹幾種教育讀物》(湖北人民出版社 1956 年版)。後任甘肅省立蘭州女子師範學校教師。

范祖珠（1918～1995），江蘇南通人，1938 年入浙江大學教育系。1944 年與王玖興結婚並同考入西南聯大附設清華大學理科研究所心理學部研究生，1945 年入學。發表有《無敵之人》、《三八獻辭》；散文《在桂南前線》等。

饒藹林（1913～2004），北京人，北平大學女子文理學院附屬高中畢業，1931～1935 年就讀於武漢大學文學院。晚年任湖北文史館館員。

廖志恪（1915～1980），四川達縣人，曾用名姚佩群，姚文。1931 年考入民國大學，不久又加入中國共產黨。1933 年 10 月 28 日被捕，1937 年 9 月出獄。以廖志恪本名寫《論婦女工作者之修養》，

獲第四名（被檢），文章被檢的原因可能與她曾是共產黨員以及被捕的經歷有關。1951 年 8 月任第一屆新疆省民主婦女聯合會主任（後改名婦聯）。爲新疆的建設與發展特別是婦女工作的建設與發展做出了重要貢獻。

郭俊（1919—？），湖南湘潭人，1938～1942 年就讀於武漢大學法學院經濟系。餘不詳。

朱瑞珠（1916～2003），浙江寧波人，1935～1939 年就讀於金陵女子大學中文系，曾任上海北郊中學校長，上海市北虹高級中學校長，上海市虹口區政協常委，上海教育出版社特約編委。1960 年獲全國三八紅旗手稱號。

朱桐先（？～1955）。本名朱桐仙，創作有戲劇《鐵血將軍》、《警報之後》，小說《懶人的幸運》等，抗戰後期曾在貴州畢節弘毅中學從事教學與演劇活動。

蕭鳳（1917～1995），北京人，1937 年曾就讀於北京師範大學歷史系，1938 年參加「平津學生演劇隊」，1939 年路經延安到綏西參加抗戰工作。1947 年創作中篇小說《王愛召的故事》。1940 年代後期任《平明日報》、《大公報》高級記者。1950 年代在《進步日報》工作，1957 年不幸被打成右派。1980 年代後出版長篇小說《巴山不了情》，自傳體長篇小說《草木一生》。

高鍾芳（不詳）。

石傑（1916～2001），北京人，1938 年參加「平津流亡學生演劇隊」，「新西北劇團」。1942 年在寧夏奮鬥小學，後爲北京奮鬥小學，任教導主任。

錢玉如（1921～），浙江諸暨人（生於杭州）。原名錢玉如，筆名錢起、鬱茹、茹茹。抗日戰爭爆發後，孤身離開故鄉，輾轉流浪到重慶。1939 年寫成短篇小說《恒河》，後被介紹入《文藝陣地》社協助編輯。1941 年創作中篇小說《遙遠的愛》，參加文協。1946 年到上海《新民晚報》工作。次年去香港，任《華商報》記者。1949 年起任廣東《南方日報》記者、文藝部副主任。1957 年調作協廣東分會，從事文學創作。1960 年曾任中共新會縣委委員、公社黨委副書記，後任廣東省文聯委員、省作協駐新會理事兼《作品》編委。

出版有《曾大惠和周小荔》、《一只眼睛的風波》、《我們小時候》等。

桂芳（1915～1990），浙江定海人。本名武桂芳，筆名桂芳，木圭。1935年與金性堯結婚。曾在上海《申報》、《文藝新潮》、《救亡日報》、《文匯報》、《新中國文藝叢刊》等發表創作多篇。抗戰時在上海孤島與王任叔、唐弢等從事文化活動。獲獎小說《新的生路》稍加改動後以《新生》之名收入1941年大華圖書公司出版的作品集《背上了十字架》。

潘佛彬（1919～2005），遼寧法庫人。筆名潘人木，1938～1942年就讀於重慶中央大學外文系。畢業後曾隨丈夫去新疆工作，1949年去臺，歷任臺灣省教育廳兒童讀物編輯、總編輯，專事寫作。曾獲多項文學獎。著有長篇小說《蓮漪表妹》、《馬蘭的故事》，短篇小說集《哀樂小天地》，兒童文學《吉吉會唱營養歌》、《汪小小學醫》、《誇我》、《老冠軍》等。

目

次

附　錄

下　冊

蔣夫人文學獎金簡則

一、定名：定名爲：蔣夫人文學獎金。

二、宗旨：以獎勵婦女寫作及選拔新進婦女作家爲宗旨。

三、金額：總額叁千貳百元。

四、徵文種類：共分兩種。

　　甲、論文：凡關於婦女問題、婦女工作、婦女修養、婦女運動等研究著述。

　　乙、文藝創作（小說、短劇等）以在抗戰中的婦女生活，婦女活動爲中心題材。

五、作者資格，限於三十歲以內之女性，未曾出版單行本著作者。

六、錄取名額及獎勵：甲乙兩種各取第一名一名，每名給獎伍佰元。第二名各取二名，每名給獎二百五十元。第三名各三名，每名給獎一百二十元。第四名各四名，每名給獎六十元。

七、字數：甲種每篇五千至一萬字，乙種每篇五千字至一萬五千字。

八、報名：願應徵者須於今年六月底以前向婦女指導委員會文化事業組報名。可以通訊辦理。報名時須塡姓名，年齡，籍貫，學歷，應徵種類（甲種或乙種）及通信住址，並繳最近二寸半身相片兩張。如在報紙刊物上發表作品者，並塡明該項作品之名稱及發表之刊物與時期。

九、截稿期限：廿九年八月底截止，交稿時稿面上只寫號數，不寫姓名，並須密封。

十、評刊：特聘作家七八人至十一人組織評刊委員會評定之。

十一、揭曉：廿九年雙十節

　　十二、證明：作品經錄取後，應經二人之證明，確爲該作者所著而未經他人修改者，方得領獎。

　　十三、版權：凡錄取作品之版權，歸婦女指導委員會所有。未經錄取之稿件一概負責退還。

　　十四、地址：報名及交稿請寄重慶曾家岩求精中學內婦女指導委員會文化事業組。封面寫書明：「應徵蔣夫人文學獎金」。

載 1940 年 3 月 8 日《中央日報》，1940 年 3 月 9 日、10 日《大公報》，《婦女新運》1940 年 9 月第 2 期。

蔣夫人文學獎金

蔣夫人為提拔新進女作家，鼓勵婦女寫作，在今年「三八節」，舉辦「蔣夫人文學獎金」。

這件事，婦女們及文藝寫作者極表歡迎，幫助文藝運動的開展，提高婦女寫作的興趣，各種文學獎金，是應該由政府有計劃的，而且應該經常舉辦的。

「蔣夫人文學獎金」我們希望牠是喚起人們重視文藝工作的開端，並希望由此鼓勵起姊妹們的寫作興趣，進而造就許多優秀的新進的作家。在民族革命的鬥爭中，那種控制人們靈魂的文學武器應該被重視。

但，單單「文學獎金」的舉辦，還不能完成這些任務，保障文藝作者的生活，提高作者的稿費，嚴厲防止出版商人對於作者的剝削，是更重要迫切的事情。

至於切實執行抗戰建國綱領，保障人民言論出版的自由，更不能與保障作家物質生活分開，至少凡是審查機關准予發行出版物，不應該有甲地可以發行，乙地不准出售的事情。這樣，作者絞心血的作品才會被重視，作者寫作的情趣才會提高。

廣泛而深入地組織文學研究會，寫作座談會，文學晚會，文學俱樂部，更是培養新進作家，教育和團結作者所必需做的事情。這不單用到婦女，而且用於一般。假使這些事情都能辦到，「蔣夫人文學獎金」的作用一定更大吧！

原載《浙江婦女·職業婦女特輯》1940 年第 2 卷第 3/4 期

蔣夫人文學獎金與女作家

　　中國古代女作家如後漢班昭，為著迎合封建心理，邀取榮寵，作《女誡》來束縛婦女。蔡文姬的《胡笳十八拍》，可以說是稍有民族意識，然亦以感情為重。唐宋女詩人，女詞人如李清照的《漱玉詞》，朱淑貞的《斷腸集》，大都是吟風弄月，因情寄感的閨閣瑣事。民國「五四」以後，女作家冰心著《寄小讀者》，《超人》，《繁星》等，廬隱著《海邊故人》，《潮汐》，以及蘇雪林的《綠天》，凌叔華的《花之寺》等，算是以新文學的姿態出現。但當時的作品都是描寫自然，描寫母愛，歌頌海，和描寫以愛情為中心的身邊瑣事，直到丁玲以《莎菲女士日記》，《在黑暗中》，冰瑩以《女兵日記》等著作問世，這時候中國女作家的作品才以革命題材為內容。胡蘭畦的《在德國女牢中》，則更是充滿了女性參加革命工作熱情的實錄。

　　抗戰前是個密雲未雨的時期，新的女作家很少出現，婦女作品也少有豐富的題材，這時候倒是被美國布克夫人賽珍珠女士寫了一部《大地》，丁玲也寫了一部《水》，最為人注意的怕還是蕭紅的《生死場》。抗戰以後，像揭開雲幕似的，一切都活躍起來，婦女參加了神聖的戰鬥，生活經驗豐富了，寫作題材也充實了，新進女作家，新的作品，也正在增加和提高她的品質，不過到目前為止，不但少有硬朗的作品，健康的作者，連抗戰中指導婦女行動，反映婦女要求，動員婦女方法的正確的婦運理論，還是不夠。這在婦女界不能不算是一個遺憾！

　　蔣夫人看到這裡特捐鉅金倡辦「蔣夫人文學獎金」，來「獎勵婦女寫作，及選拔新進婦女作家」。獎金總數三千二百元，獎額取廿名，內容分論文；與文藝創作兩項。這一倡導實在具有重大的意義，就是開展和推廣文藝寫作；到青年婦女中間去；女學生，女太太，職業婦女，女工人，農村婦女，大家

都可以參加。她不但可以培養婦女大眾以文藝寫作爲自己的工具，也打破過去少數婦女包辦文壇的現象。而在這種鼓勵與扶植之下，一定可以大大增加婦女寫作者的數量，和提高婦女作品的內容。

提到女作家和作品，就使我們聯想到女作家的生活和認識，只有眞正參加實際工作，在鬥爭中成長，不脫離集團生活的作者，才能夠攝取豐富的現實的題材。而有了「手觸生活」的經驗，更要根據科學的理論，進步的思維，去分析她，把握她，以便反映出這時代的生活重心。

指導婦女運動的理論，更其重要，「只有民族解放，才有婦女解放」，「婦女佔人口的半數，必須參加抗建工作，才能獲得勝利。」這些固然是至理名言，然而眞正的要求，已不是人云亦云的口號或八股可以滿足的了，我們要知道的是爲什麼？和怎樣？怎樣配合著具體條件，客觀環境，走向實際行動的方法，以及抗戰勝利以後，理想的婦女生活，所謂平等，自由，幸福，到底是怎樣的？

文藝界抗敵協會曾經代《武漢日報》重金徵求十萬字的長篇小說，新運女作家參加或許要考慮一下；這次，蔣夫人文學獎金，文長不過一萬五千字，固然文精不在多，然而比較起來，要容易得多了。我們希望：

（一）從保障作家生活中看，女作家茶米油鹽的生活是不安定的了，所以我們要設法減輕女作家家庭的繁瑣和負擔。

（二）擴大蔣夫人文學獎金，或如諾貝爾獎金一樣，設置永久獎金，有文藝，科學其他著作的各種獎金，年選或季選，使女作家源源產生。

（三）對於青年女作家，初學寫作者，指導寫作，批評寫作，比發表寫作，更其重要；我們希望各文化團體，或文藝組織，有指導青年寫作的一部門工作。

（四）我們要求老作家和編輯盡量推薦新作家，新作品；在文藝雜誌，文藝副刊上出女作家特輯，選擇作品時，要先讀「文」，不要先看「名」。

（五）學校，女工，職業婦女，婦女團體，自動發起「蔣夫人文學獎金」競賽會，成立文藝寫作會，參加文藝團體，從事討論寫作的方法，搜集材料，使她變爲廣泛的婦女青年參加文藝寫作的運動。

愛好文藝，學習寫作，一切從事抗建事業，文化工作的青年姊妹們，勇敢地向前吧，到這座蔣夫人搭的文藝擂臺上來比武，不要怕拿不到冠軍。就是做一次文藝「接力」也是有著勝利的意義的。

原載《建國月刊》1940 年第 1 期

蔣夫人文學獎金延期報名

　　蔣夫人文學獎金自發表以來，各地來函報名應徵者非常踊躍，茲循各地
要求，並使各地婦女普遍的參加應徵起見，特將報名期延到八月底截止，交
稿延期到十月底截止，揭榜期延期到元旦日。希望本會同仁暨各服務隊工作
同仁快快參加。

原載《婦女新運通訊》1940 年 2 卷 6 期

蔣夫人文學獎金徵文截稿延期

新運會婦女指導委員會舉辦之「蔣夫人文學獎金徵文」，原定八月底截止報名，十月底截止收稿，茲以交通關係，并應各地徵稿者之要求，決將截稿期延至本年底止，該項徵文，應於年底前寄至該會。

原載《江西婦女》1940 年 4 卷 3/4 期

蔣夫人文學獎金評判員名單

　　蔣夫人文學獎金評判委員會主任委員由謝冰心擔任，秘書由錢用和擔任。評判分兩組：論文組有陳布雷、錢用和、羅家倫、吳貽芳、陳衡哲。文藝組有謝冰心、郭沫若、蘇雪林、朱光潛、楊振聲，全部稿件已開始評閱云。

原載《江西婦女》1941 年 4 卷 5/6 期

蔣夫人文學獎金揭曉

　　蔣夫人文學獎金獲獎名單，二日已揭曉。計論文組第一名陳廷俊，第二名王文錦、潘毓琪、趙蓉芬三人，第三名李鴻敏、阮學文、蔡愛璧、范祖珠四人，第四名饒藹林、廖志恪、郭俊三人。文藝組因作品較差，第一名缺席，第二名朱瑞珠、朱桐仙二人，第三名蕭鳳、高鍾芳二人。第四名石傑、錢玉如、桂芳、潘佛彬四人。

原載《江西婦女》1941 年 4 卷 5/6 期

蔣夫人文學獎金揭曉，
滬陳廷俊獲論文組冠軍

　　蔣夫人文學獎金得獎者業於本月二日揭曉公佈，計論文組，第一名陳廷俊、第二名王文錦、潘毓琪、趙蓉芬，第三名李鴻敏、阮學文、蔡愛璧、范祖珠，第四名饒藹林、廖志恪、郭俊，文藝組（成績水準稍低故缺席第一名）第二名朱瑞珠、朱桐仙，第三名蕭鳳、高鍾芳，第四名石傑、錢玉如、桂芳、潘佛彬，共十九人，論文組第一陳廷俊係在上海，文藝組第二名二人均在湖南，此次渝市得獎人，則僅有一二人，以後是否再辦，尚未確定云。

原載《申報》1941 年 7 月 12 日

蔣夫人文學獎金揭曉

　　蔣夫人文學獎金得獎者，六月二日揭曉，爲我國婦女文藝界之創舉。蔣夫人文學獎金徵文係始於去年二月，原定去年雙十節揭曉，因諸種原因延期至於最近，此次獎金係蔣夫人付給。據婦委會負責人談：此次應徵人數爲五百五十人，實際收到稿件三百六十件，計論文組一百四十六件，文藝組二百一十四件，論文組人數雖然少，成績則較高。最高分數達八十餘分，取錄十一人。文藝組最高分僅七十餘分，故缺第一名，取錄八名。據稱：第一名之題目爲《婦女修養》，第二名三篇爲《文藝中的女性》、《我國青年婦女之心理健康問題》、《時代婦女應有的自覺和解放》，第三名三篇爲《從中國婦女在禮法上的今夕地位以瞻其解放的前途》、《家庭教育上的兩個基本問題》、《中國新女性與民族文學》。應徵人之地區的分佈，據謂現時交通不方便，應徵者卻幾乎遍及全國，如論文組第一名陳廷俊女士，係在上海，文藝組第二名二人尚在湖南，此次渝市得獎者則僅有一二人。

原載《國內時報‧教育》1941 年 7 月

由評閱蔣夫人文學獎金
應徵文談到寫作的練習

謝冰心講，宋雯記

今天張總幹事要我藉著紀念周的機會和大家講講話，所以我就從「評閱蔣夫人文學獎金應徵文卷談到寫作的練習。」

這次應徵蔣夫人文學獎金的姊妹有五百五十二人，收到的應徵文卷只有三百六十本，經本組初審後，刷去了了二百四十本。保留一百二十本，除論文卷子由陳衡哲先生及其他四位評判員評閱外，文藝的由我們五個來看，大概說來，不好的較多，好的較少。在好的方面說：

第一：作者寫她們自己親切的生活環境。

第二：作者描寫其本地風光，如蒙古，平津等地的風光，這一點是近代歐美小說最注意的一點。

說到壞的方面，普通的缺點是：

一、不會運用標點符號，例如引號的不對，每段的第一個字不低一格。

二、別字太多，這多半是由於粗心的緣故，例如「恐怖」誤爲「恐佈」，「顫動」誤爲「擅動」等等。

三、技術之劣，這是普通一般初學寫作者的共同缺點，現在分爲三點來說：

  A 英雄主義——如古彈詞之十全十美的英雄美人，主人翁必是「文章魁首」，或是「仕女班頭」在心理的過程上沒有矛盾沒有衝突，而矛盾衝突便是悲劇中的最重要的條件。

  B 作者只描寫大時代中的大事——如戰場，間諜，毒殺敵方軍官等，

像這樣冒險描寫非本身經驗以內的事，完全憑一種想像，所謂「努力出稜，有心作態」，不但不能感動人，且適得其反。說到這裏，我又想起了我那篇《一個軍官的日記》，也是犯了同樣的毛病。

C 缺少剪裁——文章的剪裁是藝術中最重要的一個條件，很多作者都不善於剪裁，以致事實雜亂，人物太多，輕重倒置，無法收場。譬如說《西遊記》，《封神榜》，《水滸》，《儒林外史》等小說，都是人物很多，事實相當的繁雜，但是最後都有個總結束，如《西遊記》之「八十二難」，《封神榜》之「封神」，《水滸》之「一夢」，《儒林外史》之「入祠」。短篇小說都不能這樣收束的。

現在說到寫作的條件。

有人說：「寫作靠天才。」其實，這話並不盡然，所謂天才是什麼？天才的定義，是一分靈感（Inspiration），九分出汗（Perspiration），這句話就是說要多寫多看。

關於多看，中外書籍都應當看，不但是文學，就是心理學，自然科學，社會科學等都應當抱著「開卷有益」的態度去多看。胡適之，梁任公，都有青年必讀書目，要選擇去讀。因為多看可以：

一、擴充情感上的經驗，使未經驗過的事能以從書上經驗到。

二、學習用字，用字對於寫作，正像鑰匙開鎖一樣，只要運用得純熟，便可門門俱通。拿個事實來說吧：有一次我在輪船上，鎖鑰丟了，無論怎樣打不開箱子，後來找到一個專門開鎖的人，他有一大串鎖鑰，他告訴我，這串鎖鑰曾經打開了許多人的箱子，果然，我的箱子也被打開了。這字眼便像鑰匙可以打開許多難題。

三、學習用一樣譬喻。會講演的人，多是用比喻，以具體的事物去形容抽象的東西，如孔子論「君子之過也，如日月之蝕焉」，這便是說明了君子之過失，好像日蝕月蝕一樣的顯明，人人都能看得見，又如耶穌講天國，也是把天國比做具體的事物。

除以上所述以外，一個作者還應當：

一、多接近前輩作家，多和他們談話，因為談話也是一種藝術，富於熱情的人，他的談話有力，富於想像力的人談話很美，頭腦清楚的人，他的談話有條理；這三種便是寫作三個最重要的條件。使你聽了，自然感覺到輕鬆，愉快而有意味。

二、多認識不同性不同行的人，尤其是醫生，律師和心理學家，聽他們述說經驗以內的事。有一次，我在火車上，碰著了幾位空軍壯士，於是我便問他們，「當你們駕機騰空和敵機戰鬥的時候，心情究竟怎麼樣？是不是像一般人所認為的那樣英勇？那樣光榮？」他的回答是：「那兒有的事，當敵機快來轟炸我們的時候，我們馬上就得加好了汽油，穿好了服裝，配備好了戰鬥的工具，然後坐在機房內，把穩了飛輪，看準了時刻，一分，二分，三分，五分，十分，二十分的等待著，眼不能展，頭不能動，四肢連伸都不能伸，周身像木片一般的麻木，敵機臨空了，便起飛，當驅逐和戰鬥的時候，既不懼怕，也不英勇，心裏只好像一張白紙。」由此看來，一般作者形容的空軍壯士，都是客觀的，不是主觀的；是想像的，非經驗的。

三、多旅行多看山水風物；城市鄉村的一切，便可多見事物的背景，多搜集寫作的豐富材料。例如各地的風俗，人情，習慣都是值得作者研究和寶貴的。

再說到多寫，多寫和多看同樣的重要。

一、興到就寫不拘體裁──當你有什麼感觸的時候，馬上就把她寫下來，留待以後再整理。

二、不要寫經驗以外的東西──一定要寫你經驗以內的事實，不然，便太冒險了。

三、細心觀察──凡是一個寫作對象的一舉，一動，一言，一語，都要仔細去觀察，分析，不但是大事，而且小事，不僅是表面，而且內衷，尤其要注意話後的背景和引起的反應。

四、練習觀感──這也是寫作中重要的條件。

  A 視覺──要注意形式顏色等，譬如說白人、白馬、白玉和紅布、紅絨、紅綢，雖然都是白的和紅的，然而她們中間有著很大的差別。

  B 聽覺──當你和別人談話時，要注意音調和字句，即使你一個人靜侍的時候，也應當留心周圍環境的聲音。譬如《秋聲賦》，完全是各種聲音的描寫。

  C 嗅覺──如同香，臭，辛，辣，而且要會描寫出來。

  D 味覺──要辨別各種食物的滋味，就如說，那種東西是甜的，牠是怎樣的甜，那種東西是苦的，牠又是怎樣的苦。

  E 膚覺──如同冷熱，鬆，緊，粗細，乾濕等，而且要會描寫出來。

最後是作者本身的修養，一個作者一定有其作者的風格，並且每個作者都有其特殊風格。平常說風格有兩個定義：

作者把適當的字眼用在適當的地方。

二、風格就是代表作家自己，（style is the man himself）換句話說，就是文如其人。

所以一個作家要養成他的風格，必須先養成冷靜的頭腦，嚴肅的生活和清高的人格。

一、作家應當呈示問題，而不應當解決問題，也就是說作家應當站在客觀立場上來透視社會，解剖社會，社會黑暗給暴露出來。就好像易卜生的拉那，也不過是呈示婦女問題罷了。所以當著婦女們歡宴恭請他的時候，他只說了一句「我寫拉那的時候，並沒有想到您們。」

二、不要先有主義後寫文章。因為先有主義便會左右你的一切，最好先根據發生的現象，然後再寫文章。

三、不要受主觀熱情的驅使，而寫宣傳式的標語口號的文藝作品。使人看到感覺濫調和八股。

現在還有五分鐘，（她看一看手上的錶）讓我來給大家說個笑話，作為結束吧。

話說某某老翁，有幾畝田地，讓張三耕種，他每次要穀的時候，張三總是殺雞給他吃。但有一次的例外，沒有殺雞，於是這個老翁便生氣了，便在牆上寫著「此田不與張三種」七個大字，張三看見了，連忙殺了一隻雞送來。這個老翁見了雞，連忙又寫了「不與張三更與誰」一句。張三見了很奇怪，便問他究竟是什麼意思？老翁說：「上句是無雞之談，下句是見雞而作。」兩人啞然而笑了。今天我所講的也是無「稽」之談，希望各位見「機」而作。

原載《婦女新運》1940 年第 2 卷第 9—10 期合刊。

評閱述感

謝冰心

　　從去年三月八日蔣夫人文學獎金舉辦以後，轉眼已一年多了。現在本會第三期季刊擬出徵文專號，要我說幾句話，我就把這次徵文的經過情形和評閱文卷的一點感想約略說說，以供讀者們的參考。

　　這次應徵蔣夫人文學獎金的姊妹有五百五十二人，收到的應徵文卷只有三百六十本，經本組初審後，保留一百二十本。論文卷子由陳衡哲先生，吳貽芳先生，錢用和先生，陳布雷先生及羅家倫先生評閱；文藝的卷子由郭沫若先生，楊振聲先生，朱光潛先生，蘇雪林先生和我五人來看。這些稿件正如蘇雪林先生來信所說的：「……所閱稿子中，盡有佳作，思想之高超，題材之得當，結構之美滿，技巧之純熟，雖抗手一般老作家，亦無愧色，可見新文學前途自有希望。……」

　　此次徵文稿件中，優點固多，而缺點也不少，現分別敘述於後：

　　一、論文方面：論文的卷子，雖不是由我看，但據陳布雷先生寄來的評語，對於首二三名都有很好的稱譽。大概思想純正，主張切實，內容精審，文字通暢，組織嚴緊，是她們的長處。其餘的卷子，好的地方固然也有，欠佳之處卻不少。比如空論太多，證據太少，研究的工夫做得不夠，例證的事實不足，而語意重複，結構累贅，都是她們一致的毛病。

　　二、文藝方面：文藝的稿子，我是負責評閱的，知道的當然是比較詳盡一點。現在先說好的方面：

　　第一是自己親切的生活環境的敘述。列如恆河一篇，寫知識階級婦女戰時怎樣的在鄉村工作，教鄉村婦女認識字，使她們明瞭抗戰的意義，推動她們參加抗戰工作。這種經驗是戰時每一個知識階級的女子都有機會經歷的。

站在自己的崗位說話，自然來得親切動人。

第二是本地風光的描寫。如達可兒的寫蒙古女兒，英勇強悍的個性，和種種異地的奇異風格，真令人神往。又如《劉大媽》和《釦子》兩篇表現對東北的懷想，描寫東四省的風物，都是很好的例證，這種本地風光的描寫，是近代歐美小說最注意的一點。

第三是抗戰意識的增進。這些作品，大半都能以這個抗戰的偉大時代作背景，尤其是能指示和促進婦女們怎樣的從事抗建工作。如劉大媽能不避眾議，率領婦女黑夜護送傷兵等事情都有很純正的抗戰意識。

說到壞的方面，可分題材，技巧，文字三者言之：

關於題材，最大的缺點是太偏重英雄主義。如古彈詞之十全十美的英雄美人，主人翁必是「文章魁首」，或是「仕女班頭」。在心理的過程上沒有矛盾沒有衝突，而矛盾衝突，便是悲劇中的最要條件。這些寫英雄主義的作者們，大概是受了不良舊式小說的影向。這一點，青年的作家們，不可不注意的。

其次是愛寫理想的事物，不求經驗，作者只描寫大時代中的大事，如戰場，間諜，毒殺敵方軍官等。像這樣冒險描寫非本身經驗以內的事，完全憑一種想像去寫，那是不成的。所謂「努力出稜，有心作態。」不但不能動人，且會引起人家的反感，真是弄巧反拙，那又何苦呢？

不過我們若只寫自己親身經歷的事，寫作的範圍不是太狹窄了嗎？所以我們要多認識不同性不同行的人，尤其是醫生，律師和心理學家。聽他們述說他們經驗以內的事。有一次，我在火車上，碰著了幾位空軍壯士，於是我便問他們，「當你們駕機騰空和敵機戰鬥的時候，心情究竟怎麼樣？是不是像一般人所認為的那樣英勇？那樣光榮？」他的回答是：「那兒有的事？當敵機快來轟炸我們的時候，我們馬上就得加好了汽油，穿好了服裝，配好了戰鬥工具，然後在機房內。把穩了機輪，看準了時刻，一分，二分，三分，五分，十分，二十分的等待著。眼不能展，頭不能動，四肢連伸都不能伸。周身像木片一般的麻木，敵機臨空了，便起飛，當驅逐和戰鬥的時候，既不懼怕，也不英勇，心裏只好像一張白紙。」由此看來，一般作者形容的空軍壯士，都是客觀的，不是主觀的。是想像的，非經驗的。但是只憑想不靠經驗和觀察寫出來的東西是空泛的。不易成功的。但可惜青年的作家們犯這毛病的很不少。

在技巧方面，最大的缺點，就是缺少剪裁。文章的剪裁是藝術中最重要的一個條件。很多作者不善於剪裁，以致事實雜亂，人物太多，輕重倒置，無法收場。譬如說西遊記，描神榜，水滸，儒林外史等小說，都是人物很多，事實相當的繁雜，但是最後都有個總結束，如西遊記之「八十一難」，封神榜之「封神」，水滸之「一夢」，儒林外史之「入祠」。短篇小說都不能這樣收束的。

關於文字方面的缺點，不是文藝的稿子，就是論文的卷字也犯了同樣的毛病。

第一、不會運用標點符號。例如引號的不對；每一段第一個字不低一格；句號的疏略，應當用句號的地方不用句號，每每在一段很長的文章中，只有在一段的最後的地方，才發見一個句號。這樣便把文章弄得拖泥帶水，眉目不清。這許是平日一般中學的國文教師太不注意學生們怎樣運用標點符號，以致青年的作家們有這樣的毛病。負有青年學業指導責任的教師們，不可不注意這一點。

第二、別字太多。這多半是由於粗心的緣故。

譬如「恐怖」誤爲「恐佈」，「顫動」誤爲「擅動」，這種錯誤，都是由於寫文章時太不小心，因此便弄得別字連篇。所以一篇文章寫好的時候，自己當要多看兩遍，細心要求有沒有不經意誤犯的毛病。最好還能請人家幫忙覆閱一遍，那麼定能減少一點別字了。

文章的優劣，也許不只這一點點，不過就一時觀見所及的，拉雜說說。希望這對於應徵的姊妹們和讀者們在閱讀時有點幫助，而那些落選的姊妹們也可藉此略知自己毛病所在，能加以改善。

原載《婦女新運・蔣夫人文學專號》1941 年第 3 卷第 3 期。

告參與新運婦女指導委員會
文藝競賽諸君

蔣宋美齡

　　我們這一次舉行文藝競賽，目的在藉此鼓勵女界青年熱心於寫作。我們中國受過教育的婦女，在全國女同胞總數中所佔的比例，實是太小了，而能夠運用優美的文字，表達胸中的思想的，更是不多。我們國家正在邁步進入於現代國際的舞臺，在一切方面要獲得與並世列國同等的地位，因之就必須提高我們國內的文化，普及國民知識，使人人有發表意見的能力。對於教育國民，發揚輿論，沒有比文字這個工具更重要的。在二十世紀的世界中，無線電和有聲電影對於現代民眾生活誠然有很大的影響力量，然而並沒有奪去報紙雜誌與書籍的地位。實際上有了這些新發明以後，報紙和雜誌的推行，更見普遍而廣遠了。

　　文藝的門戶是敞開的，人人都有機會成為良好的作家。一般人對於作家及其作品，每每稱譽過當，替他們加上一層神秘色彩，似乎這些能做文章的人們，都是得天獨厚，不可追攀的樣子，大體說來，這種見解是不對的。會寫文章，正像會說話，會讀書，會走路一樣，對於我們是一件極自然的事情。這些都是學習而能的技術。我們盡可以運用我們的腦力來修練這些技術。世上正有不少的作家因學習而成功，凡是生理上和心理上健全的人們，每一個人都有學習寫作，成為良好作家的能力。

　　我說良好作家，當然不是指文學天才而言。天才與常人之間確是有著很大的距離的。我們仰望燦爛的星空，可以看到有若干行星比一般的小星特別顯得輝煌，同樣在繪畫，雕刻，詩歌，劇曲，散文等等一切文學藝術的園地

裏，亦必有若干大師，其成就和聲名特別卓越於同輩之上，正像巨星與小星之別。然而我們切不可因爲巨星的美麗與光明，就抹殺了小星的功用，它們在天體的組織之中也自有它們的地位。

不論是天才，不論是平常人，不論是男作家女作家，欲求寫作成功，都得經過艱苦的工夫，長期的習練，而且還須有堅忍的毅力像英國詩人拜倫那樣旦夕成名的固然也有，然而此外還有無數作家，他們在文壇上獲得地位，都在經過多年謹愼小心的努力以後，更有若干偉大作家，直待到身後數百年，他們的作品方始被認爲不朽的名著。

此次參加競賽中，收到了不少優良的作品，我們對於女界青年應徵的踊躍，十分欣慰。其中不幸而落選的各位，我要勸你們切勿灰心。在文學上原來很少有初次嘗試而就能得到成功的。西洋有很多男女作家，在未登文壇以前，往往攜稿求售，走遍出版家之門，而所受到的不是尖冷的婉卻，就是正面的譏誚。可是其中有不少人到後來成名了，於是出版家轉而登門請求，願意承受他們所寫下來的任何作品。古人說：「天下無難事」，又說：「事在人爲」，我們中國男女青年向來對於學問都有鍥而不捨，堅忍不拔的優良品性，我相信你們初次試驗的失望，暫時的失望，決不會影響到你們將來的成功，請你們記在心頭，有一分努力總有一分成功，成功決不是僥倖獲得的。我希望因這次競賽而提高我們女界青年寫作的熱心和興趣，我祝頌我們中國女界文藝的進步。

原載《新運婦女·蔣夫人文學獎金專號》1941 年第 3 卷第 3 期。

響應蔣夫人「文學寫作」號召！

克璨

今年「三八節」那天，蔣夫人在報紙上發表了設立文學獎金，意在鼓勵新女作家寫作應徵——這是一個偉大的號召，是號召我們婦女注意寫作：通過文藝的形象，反映中國婦女動態，這是值得我們注意的，而且應該著重地提出來討論！

必然的，隨著戰爭的進展，中國社會階層有了顯明的變化與發展；以婦女來說吧，在反侵略的戰爭中，或綏或激的站了起來，走出廚房與閨閣，走向各種生產部門，走入戰場，走上鬥爭的大道，戰鬥的洪流，是異樣雄偉有力地奔騰著！然而我們還不能很清楚的知道抗戰對於各階層婦女的眞實影響，我們還不能很清楚的知道淪陷區的婦女遭污害及反抗的情形，我們還不能很清楚的知道戰前工業部門的女工現在在上海是如何的用各種方法與敵人鬥爭；我們更不能清楚的知道少數的婦女在參加行政工作中是怎樣做縣長去領導人民。

我們雖然看到《東北抗日聯軍中的兒女們》、《抗戰一年》、《抗戰二年》及各地婦女刊物等的少數作品是出自婦女們的手筆，但這些都僅是局限於婦女生活與活動的一角，顯得窄狹粗淺，不夠深入，不夠廣泛，總之：婦女不能寫出特別優異的文學作品，特別是關於婦女本身的。

當然，這也有著他的客觀原因的存在，比如婦女還不能在各種領域中取自動的地位，寫作技術不夠，物資條件的局限等等，正因爲有這些原因存在，我們更應該廣泛的響應蔣夫人這一次的號召：因爲它一方面是主觀的要求婦女注意寫作（甚至不會寫而嘗試去寫），反映婦女的生活動向，並創造在中華民族解放鬥爭裏爲求自由平等幸福的新中國的英雄婦女典型；一方面是客觀

地作為有意義的運動在推行，指示我們婦女去學習，鼓勵我們婦女去戰鬥——同時作為爭取大多數尤其是勞動婦女作獨立活動及婦女地位的改良要求等的一種運動看。誰都知道，婦女運動伴著民主政治運動的發展，發揮的力量是驚人的！

　　因之，我們響應蔣夫人的號召，在積極意義上，我們叫出一個口號：「姊妹們應當從事寫作，用文學的語言來反映我們生活的動態，創造新中國的典型女英雄！」

　　　　　　　　　　　　　　　原載《廣西婦女》1940 年第 3 期。

二年來的湖南婦女戰時工作

薛方少文

今年三月間，我們爲著獎勵本省婦女同胞研究文學和提高她們的寫作能力與興趣起見，特發起爲響應蔣夫人文學獎金而舉辦「湖南婦女文學獎金」徵文，從三月開始，到六月止，一共收到應徵文章四十二篇，事前並經聘定方委員學芬，朱廳長經農，伍委員仲衡，任參事啓珊，周委員天璞幾位擔任評閱，七月已將評判結果公佈，依照徵文簡章規定，取錄正獎五名，附獎五名，並在「湖南婦女」八月號上將各取得正獎者的應徵文章刊載出來，共餘附獎的亦已逐期先後登載，至於獎金，亦跟著按照各得獎者地址分別匯發，這樣，算是在荒蕪的湖南婦女文學園地裏激起了一番繁榮的風信，湖南婦女的文藝執筆者，都已經活躍的起來，守住他們的崗位，爲抗戰建國的文化工作而努力。

原載《湖南婦女》1941 年第 3 卷第 1 期。

附　錄

《婦女新運・蔣夫人文學獎金徵文專號目錄》（1941 年 9 月第 3 卷第 3 期）

新運婦女指導委員會　蔣夫人文學獎金徵文揭曉

蔣夫人文學獎金徵文揭曉，於本年七月二日已在報端登載。現為徵文專號讀者便於查核起見，特再將得獎者姓名及應徵文題，次列於左：

論文組

第一名：陳廷俊《婦女修養》

第二名：王文錦《文藝中的女性》，潘毓琪《我國青年婦女的心理健康問題》，趙蓉芬《時代婦女應有的自覺和解放》

第三名：李鴻敏《從中國婦女在禮法上的今昔地位以瞻其解放的前途》，阮學文《從我國教育史的分析談到我國婦女運動的將來》，蔡愛璧《家庭教育史上的兩個基本問題》，范祖珠《中國新女性與民族文學》

第四名：饒藹林《戰時家庭婦女生活之改進》，廖志恪《論婦女工作者之修養》（此文被檢），郭俊《工作與教訓》

文藝組

第一名：（無第一名標準分數，故缺。）

第二名：朱瑞珠《晨星》，朱桐先《賣歌女》

第三名：蕭鳳《達可兒》，高鍾芳《除夕》

第四名：石傑《劉大媽》，錢玉如《恒河》，桂芳《新的生路》，潘佛彬《扣子》

婦女修養

陳廷俊

引 言

人類生活是歷史的產母，同時也是歷史的產兒。在三千多年來男系的宗法制度下，早定了尊卑內外之分，動靜剛柔之德，以順爲正的婦女生活，一天天墮入痛苦沉鬱的深淵！把屈辱悲哀，認爲合理，認爲宿命，於是養成了消極的和靜止的性能。優柔卑屈，俯仰隨人，這種環境便把大多數婦女，活活的送入無知識，無職業，無地位的境界，並把她們優良活潑的精神和自尊獨立的意識，根株剷除淨盡！

近代世界各國婦女多提倡解放運動，解放運動的目的，原來是想推翻了男尊女卑，男外女內，男動女靜，男剛女柔等類偏頗的理論，使一般婦女與男子在政治上，法律上，經濟上，教育上，同取得平等的待遇，同成爲社會的一員。因爲男女的聰明才智原來相同，不能因後天的失調，便認爲先天的差異。婦女如果能夠和男子同樣，得到政治上，法律上，經濟上，教育上的平等，那麼從前歷史上造成的男女性格地位的差別，自然可以一掃而空，不必斤斤的爭自由，自由自可以實現了。

但是，現代激進者又每每假自由之名，矯枉過正，專求皮毛而忽略了實質。在舊道德破產，新生活才萌芽的過渡時期，有好多意志薄弱的婦女不免爲狂濤捲進而陷溺了自己！所以在解放的初期，青黃不接，新舊道德遞嬗，婦女的犧牲。並不比沒有解放時期減少。推其原因，大概皆由於修養的不夠。這是不容諱言的。

什麼叫做修養？切磋琢磨之謂修，董陶涵育之謂養，修以求其粹美，養以期其充足。前者是整飭其未盡善者使之歸於盡善，後者是培養其未成爲習

慣者使之成爲習慣。修養並不是任性所之，也不是汨沒天性，乃是因勢利導，將本來的良知良能，納之於禮義廉恥的軌範之中。習慣爲第二天性，所以修養久了，一切行爲便不知不覺地合乎規律矩範，成爲一個遵守秩序和循行紀律的人。個人的行爲所負的使命非常重大，因爲一個小我，是構成大我的一份子，小我個個完全，就是完成大我的基礎。我們不要小看自己，應該用我們受有時間限制的小我生命，去爭取永生不滅的大我生命！大處著眼，小處著手，這是我們最好的教訓。

在歷史的過程中，婦女所負的使命，每因時代不同，所以婦女修養的範圍，也應當以在某一時代中所負使命爲界限。在舊時代中，婦女的任務較少，修養範圍亦較狹。現在與全國人們並肩踏入一個大時代中，凡屬國家社會家庭等任務，均與男子平等分擔，任務的範圍既已不同，修養的範圍也要盡量的擴大。近代婦女修養的範圍，斷非一人的見解所能列舉，這裡姑就管見所及，提供一二，願我女界先進，有以教之，並願與諸姑姊妹，各抒己見，身體力行！

一、注重身心鍛鍊

國家是個人的集合體，一個國家的強盛，必由他的國民優良性質醞釀而成，而這種優良性質大多產生在困苦顛連之中。孟德斯鳩說：瘠土之民多奮勵，沃土之民多不才，可見困心橫慮，操危慮深，便是鍛鍊人類心性體格的洪爐。聖賢之所以成爲聖賢，佛祖之所以成佛，都在受大難折磨之後。我們試看近百年來的新興國家，沒有一個不是經過這一歷程而自己振作起來的。現在我們的國家遭遇嚴重的敵國外患，人以爲可危。但是孟子反說：「出則無敵國外患者國恒亡」。可知國家興亡，責在自己，如果我們能自己振作，那麼敵國外患不但不是滅亡國家的原因，反而是興盛國家的原因。今天敵人逼迫我們到不能不自覺，不能不自強的地步！可是「困之進人也，爲德辨，爲感速，」災害患難，最是迫人進步促人猛省的原動力。因爲我們的人品學問事業，必須從困苦患難中磨鍊出來，方可立下基礎。在雙重壓迫下求解放的婦女，不但要痛下解放自身的工夫，並且要痛下解放國家民族的工夫。怎樣運用我們的聰明才智，來適應時代，改造時代，救護國家的生命！發揚民族的精神，乃是我們婦女在抗戰時期雙重責任。我們要想盡這雙重責任，必先要具備下列的條件：

1. 思想正確：思想是人類解決困難問題的工具，工欲善其事，必先要得到頂好的工具。美國哲學家杜威以為人類不遇到困難問題發生，便用不著思想，思想的發生，必在遇到困難不能解決的時候，所以認定困難是產生思想的母親。但是思想是不是真理，這個問題，不能由思想的本身決定，應該由思想的效果決定。我們應該用科學家在試驗室中尋求真理試驗真理的態度，求實地試驗思想的效果，再由所得的效果來判定思想的價值。所以我們既認定困難是產生思想的母親，應該更認定實驗又是產生正確思想的母親。我們的思想不能以主觀的見解為主，應該以客觀的事實為憑。科學家是從客觀的事實之中，找出具體的規律，歸納起來，建為科學的定律，我們的思想必須要合乎科學的定律，才能算是正確的思想。抱著正確的思想來處理事務，那麼解決困難，猶如庖丁治牛，批卻導窾，迎刃而解，解決糾紛，猶如絲人治絲，絲來線去，無多纏繞。世事萬殊，我們抱定一理以御之，自能從紛紜擾亂之中，清理出一個頭緒來。這就是以一理御萬殊，以不變應萬變。這個「一理」，這個「不變」就是合乎科學定律的正確思想。

我們要尋求正確的思想，尤其要首先求得正確思想的方法。尋求正確思想的方法，最忌的是重主觀而忘記了客觀的條件，重抽象而拋棄了具體的事實，重演繹而忽略了歸納的方式。玄學家重玄想，科學家則重證據，凡拿不出證據來的理論，多半屬於空譚，不是我們初學的人們所當取法的。我們要知道高深的哲理，往往發見於平凡的細事之中，看鷗鳥忘機，可以悟幽深的禪理，看擔夫爭道，可以悟玄妙的書法。古聖賢的至理名言，多散見在日常細故之中。我們不當僅以學校為學校，凡社會家庭以及自然世界，都是我們的學校，隨時隨地，都可以求到知識。我們一身應付千千萬萬的事務，就應當從千千萬萬事務中求出一個道理來。我們讀書，應該心到眼到口到手到，博學審問慎思明辨之後，終之以篤行。心不停思是求學，眼不停看也是求學，手不停記是求學，口不停誦也是求學。把一理應用到萬殊是學問，從萬殊中找出一理更是學問。我們從大處著眼，是想放開眼界，從小處著手，是想立定腳跟，眼界放得寬，腳跟立得穩，便是求正確思想的正確方法。

2. 道德高尚：無論何種民族，他的社會內，必定有人人遵守的規律，他的歷史中，必定有人人信仰的信條，他的學說中，必定有人人服膺的格言。這就是我們所說的道德。法律的效力由外而入，道德的效力自內而生；法律可以制裁人的外行，道德可以感化人的內心。所以入人之深，感人之切，不

待威權而自能使人心悅誠服的，首推道德。一個人的道德，不但可以化人於千里之外，並且可以感人於千年之後，潛在勢力，蒂固根深。一面可以濟法律之窮，一面可以補學術之闕。家庭的倫理，社會的秩序，以及國家的紀律，皆有賴於道德在無形中予以維持。禮義廉恥，由道德而生，五常六類由道德而行。所以道德的功用，真有大之則充塞天地，小之則深入隱微之勢。凡屬秉彝之倫，沒有一個能逃出他的範圍。

凡是舊道德的人，他的隱微處固然無愧青天，他的緊要處尤在大節凜然，不可或犯。不言而教，不威而行。以身作則，跬步不離規矩，其初或勉強而行，久之則隨心所欲，自中準繩，不拘拘於規矩，而自能神明乎規矩。所以道德為人生無形之寶，不獨可以立己，而且可以正人；不獨可以淑身，而且可以淑世。小之可以化家庭，大之可以化國家天下。

3. 體格健全：人類壽命至多不過百年，但是人生所最可寶貴的不在百年，而在頃刻；人類所流連者既往，所希望者將來，但是人生所最可寶貴的不在既往，不在將來，而在現在。百年為頃刻積累而成，既往將來亦由現在而起。光陰如白駒過隙，毫無停滯之時，世間祇有暇人，從無暇晷。凡是建大功，成大事的人，都是終天忙碌日不暇給的人。所以凡是愈忙的人們，所成就的事業愈多。反之優游歲月的人們，光陰虛度，終身一事無成。我們生在今世，事務蝟集而急待處理的不知凡幾，如果今天推明天，明天推後日，便終無做事成功的時候了。所以要成就許多事業，必須以一人做兩人的事，以一日做兩日的事。無論是一人做兩人的事，或是一日做兩日的事，都非有健全的體格不可。

人類審美觀念，今古不同，我國古代婦女以細弱柔婉而帶有幾分病態為美。愛美者每矯揉造作自毀其天然的健康，以求適合於婷婷嫋嫋的姿態。而不知天然美健康美尤為可貴。一部廿四史中，女子幹功立業的很少，都是崇尚病態美的錯誤觀念所造成。體格為萬事之本，德智體三育雖然鼎立，但是健康的身體卻是道德與知識的基礎。

以上所說的思想正確，道德高尚，和體格健全三種，都是修養的基本條件。個人的修養，必須先從自己本身做起，有諸內，形諸外；修之於身，見之於事。鍛鍊自己的身心是修養，就是所謂「體」；致力於社會事業，改良家庭環境，及協贊抗建大業，也是修養，就是所謂「用」。體用兼備，才可以成為一個完全的人。

二、致力社會事業

婦女無論在生理上性格上情緒上都有和男子不同的地方。我們所要求的男女平等，衹是說在法律之前，一切平等，並不是說男子所能做的工作，件件都適宜於婦女；或婦女所做的工作，樣樣都適宜於男子。社會事業種類很多，有的是不分男女都可以同做的，有的是非男子不能做，或非婦女不能做的。就是男女可以同做的事業，其中也有讓男子去做，或讓婦女去做，格外適宜的。這就是我們主張男女分工合作的原因。

1. 教育事業：美國的中等以下學校，幾乎完全由婦女主辦，成績優良實駕乎他國之上。因為兒童自出家庭，入幼稚園，入小學校，必須教訓與保育兼施，精神與身體並重，以婦女作師保，恰合這種需要。因此，學校與家庭更相接近，學校生活即不異家庭生活。古代所謂「家有塾，黨有庠」，就是這個意思。不但幼稚園中教授歌唱遊戲等課程的保姆工作，以婦女擔任為適宜，就是兒童期的教育與兒童的身心發育有莫大的關係，也必以婦女擔任為切當。這個期間，正是易經上所謂「蒙以養正」的時期。所以使婦女擔任中小學校教育工作，認識兒童的心性情緒意志等較男子更能體貼入微。

2. 慈善事業：歐美各國的慈善事業，亦以婦女擔任者為多。凡撫育孤兒，救濟貧民，看護病人，等等工作，都以婦女擔任為最適宜。因為婦女本性，多屬於慈祥愷悌，社會中不幸有此類事件發生，非具有怵惕惻隱之心，抱有博施濟眾和民胞物與之志願的，斷難擔負這種耐苦耐勞的工作。所以慈善是婦女的天性。多為慈善事業服務，也應為婦女所最值得遵守的信條，最值得信仰的宗教。

3. 主產事業：生產的廣義解釋，就是凡一切出產，衹要是有用的和必要的，這種出產行為，便是生產行為。由這種行為而得到的效果，都叫做生產。這樣說來，不但農業工業等等是生產事業，就是商業交通業等等也是生產事業。歐洲自工業革命以後，婦女多走進社會的各個生產部門，職業婦女的名稱於是成立，人數日益加多，地位也日漸增高。例如蘇聯在兩個五年計劃中，替婦女開拓了許多新生產和新職業，證明了婦女的腦力和體力並不比男子低弱，衹要有機會，她們的才能和智慧都會盡量的發揮出來。英美各國的工場，有許多部門幾乎完全為婦女所獨佔。尤其是國家對於戰爭時期，男子多往前線效力，後方的許多生產事業，幾乎全靠婦女出來維持，歐戰時期，就是實例。所以當對外戰爭的時候，婦女每做生產事業的生力軍。雖然希特拉常高

唱著「婦女回到廚房去」，可是一朝有事，男子被徵入伍，婦女就補充男子所站的崗位，成為社會上生產服務的中堅。

我們並不想把婦女所能做的職業，一一列舉，不過想說明有許多社會事業，婦女可以同男子一樣去做。有許多社會事業，如讓婦女去做，比讓男子去做，更覺適當。藉作男女分工的一個證據罷了。

三、改進家庭環境

男女雖然同為家庭組織的一分子，但是婦女和家庭的聯繫，尤為密切，這是誰也不能否認的。家是國的單位，家族是民族的基本，有了健全的家。才能建立健全的國！家是老年人頤養天和的安樂窩，是兒童們生長涵育的發祥地，也是每一個人進德修業的自修室。牠是精神上的安慰，身體的保養上所不可缺少的優美的樂園，對這個樂園的健全完美，樂園的主持者豈容忽視！

1. 物質生活的改進：家庭中的物質生活，不外衣食住數項。衣的材料不必是綾羅文繡，衣的式樣不必求奇麗華豔，總以輕暖適體為主。在荊釵布裙之中，取得輓車舉案的樂趣，總勝於霓裳羽衣。終陷入淫亂荒亡的境地。食也不必是山珍海味，就是自摘園蔬，自種瓜果，自挑野菜，自煮粗肴，反更饒有澹泊親切的風味，祇須營養適宜，何須美味雜陳。但是「祭而豐，不如養之薄也」，對於長上的奉養，卻不可不力求豐裕。住也不必求高樓大廈，就是竹籬茅舍，祇要種樹蒔花，灑掃清潔，亦很得自然的天趣。尤其要抱定一個志願，從自身做起，並作普遍的宣傳，使廚廁分離，成為國人共守的矩範。

經濟是家庭生活快樂的基礎，同時也是家庭中感情破裂的原因，有許多人家因為經濟關係鬧得舉家不和互相決裂。最低限度，要在消極方面免去浪費。在積極方面，先定預算，力求生活合乎經濟的原理。粒米寸薪，當思來處不易，布衣粗食，也能頤養天和。必使男子無內顧之憂。室家無懸罄之慮，才可算是盡了職分。

園藝畜牧也是家庭中必不可少的事件。桑麻雞犬，美竹嘉花，與竹籬茅舍相掩映，自是人生樂趣。春江水暖，鵝鴨成羣，秋圃霜清，瓜肴紛列。日暮歸來，見牛羊下山，淵魚喋月，自覺畫境之中饒有詩意。無論終天怎樣勞頓，得此自能優游涵泳，逸趣橫生，這是恢復人生疲勞的特效劑！

2. 精神生活的改進：家庭生活的美滿，固然先要充實物質生活；但是精神生活的充實，尤其重要。家庭的壽命是賴有老幼互相銜接，「敬老」「慈幼」，

是精神生活中最重要的事件。桑榆晚景，來日無多，身體上的痛苦增加，全賴精神上的愉快爲他醫治。萊衣戲彩，菽水承歡，都是安慰老年人精神的一種方法。至於天眞爛漫的小天使們，如能在親愛精誠的空氣中，生長發育，於端莊中見活潑，於誠篤中見和諧，自足收家教優良的效果。至於配偶間的精神生活，更佔重要成分，中國聖賢對於夫婦關係，提出一個「敬」字，歐美學者對於夫婦關係，提出一個「愛」字。其實敬與愛是有關連性而不可偏廢的。敬之極自然生愛，愛之深亦自然生敬，因敬生愛。因愛生敬。推到終極，往往敬即是愛愛即是敬。是無法可以分開的。此外夫婦之間，更須特別注意的，就是事業上的互動。男子在事業上不能沒有煩惱，更不能沒有失敗，如果因煩惱失敗而灰心，所做的事業難免半途而廢。所以安慰與鼓勵，更是精神上的強心劑，和起死回生的神方。

　　3. 兒童生活的改進：兒童是民族的幼苗，培植民族的幼苗，也像培植各種植物一樣，自勾萌析甲而後，必須爲牠擇土壤，施肥料，修枝葉，除害蟲，然後才能蔥蘢茂盛，蔚爲棟樑。父母對於兒童負教養的責任，精神物質雙方，必須兼顧。蒙以養正，端在這個時期。現在家庭通弊，多視兒童爲取樂品，高興時則逗趣取笑，興去時則丟之腦後，不但不能身教，並且不爲擇取保姆。多數兒童每藉傭奴之手，輔養成人。未出家庭之前，腦筋中就充滿了牛鬼蛇神般迷信離奇之說，這種深入腦際的錯誤觀念，就是費盡教育的力量，也往往不能剷除。所以兒童生活的改進，尤爲婦女最重要的責任。

　　中國婦女的典型，在能做良妻賢母，但賢母之責尤其重大，因爲兒童的教養。幾乎是婦女的專責。而教的工作比養尤爲繁重。養應當注意的飲食衣服等，如能具有衛生常識，就可以應付裕如。惟教的責任，內容既多複雜，時間亦甚久長，自妊娠以後母性的感應起到呱呱墜地以至長育成人，皆無日不在母教的煦育之中。在「兒童期」中的兒童。就是自六歲到十四歲和小學教育相當的時期。這個時期，兒童的各方面均日漸發展。以智力言，他的知覺記憶想像等作用極強；如能將正當的理解灌輸進去，可以養成一個識解正確思想健全的基礎的完人。以情感言，他的情緒豐富，一切身心的行，動容易受情緒的支配；如能因勢利導，使他的情感走入正常軌範，應用起來，自能發而中節。以意志言，他的各種欲望，連續不斷而生，怎樣克制他的不良欲望，怎樣助長他的正常欲望，皆在教育者的「薰陶亭毒」之中。兒童的一生，所受的教育效果，自當以這個時期爲重大，而這個重大的責任，正落在

母親的雙肩；如果做母親的是一位修養充足的人，以家庭教育來協贊學校教育，不但可以使家庭革新，並且可以使國家興盛。

家庭生活重要事件當然不止於上述幾項，但是上述幾項卻是最重要的，現代新婦女要想為國家民族建功立業，當然先要從自己的家庭環境改造著手。

四、協贊抗建大業

英國的婦女參政運動，有組織的進行到數十年之久，始終沒有得到參政的權利；直到上次歐戰（一九一四年）開始以後，英國的國會才把參政權授給婦女。我國男女政權的平等，早在黨綱和訓政時期約法上明文規定，但是由選舉或任命而得到政治上地位的婦女，至今仍為少數。可知參政權的獲得，和政治上地位的取得，不在婦女對國家社會要求的力不力，而在婦女對國家社會貢獻的多不多。參政權雖不能說是國家社會對婦女貢獻的酬報，總不能不說是婦女對國家社會貢獻成績的證明。婦女對國家社會的貢獻愈多，就是婦女對國家社會所擔負的責任愈大；婦女對國家社會的責任愈大，就是婦女在國家社會中的地位愈高。我們所爭取的是義務，不是權利，也不是以義務來交換權利，而是以義務來謀取大眾的幸福！

1. 關於抗戰的義務：在抗戰期間，婦女除兵役外，都應該和男子負起同樣的任務，同在「有錢出錢，有力出力」的原則下，同赴國難。例如節約獻金，慰勞看護，募製寒衣，救撫難民，保育兒童等等，都是適宜於婦女性情習慣的工作。抗戰實力，包括人力物力在內，關於物力的增加和消費，婦女所能盡力的地方最多。不但應該免除奢靡浪費，就是增加生產的工作，也多要婦女出來替代男子。至於壯丁應徵的踴躍，多半由於他們的母親和妻子從中鼓勵勸勉；男子在前線浴血抗戰，毫無內顧之憂，又多半由於他們的母親和妻子在家中擔當門戶和撫育兒女。反觀敵人的反戰空氣所以日益濃厚，都由於他們全軀保妻子的室家觀念醞釀而成，我們從戰場上拾到敵人的書信，十之八九都是系念妻子，而東京的索夫團，和攀火車，臥軌道，攔阻他們丈夫兒子的出征，又都是婦女們鬧出來的笑話。所以凡是富於愛國心和治家能力的婦女，自然能夠使出征軍人抗戰意志的愈加堅決。

2. 關於建國的義務：建國工作，第一當以教育工作為重要，我們在此抗戰建國期中，尤其應該負起教育的責任。世界各國國家的盛衰，和戰爭的勝負，每每由小學教育的成績而定。例如一八七○年的普法戰爭，和一九○四年的日

俄戰爭，戰勝的國家在論功的時候，都歸功於小學教育和小學教師。因為愛國心的提高，民族意識的發展，國家觀念的喚起，都是從小學教育著手做起的。建國是全體民眾的事業，應由全體民眾一律參加工作。建國工作中最直接的，當然要推政治工作。例如參政會，各省臨時參議會，國民代表大會，以及各級政府中的政治工作，婦女都應該和男子同樣的擔負起來，以奠定國家的基礎。此外如經濟的建設，婦女尤應盡量參加，多數男子以抗戰來建國。多數婦女以參加生產來建國。就是在抗戰期中的男女分工。人力戰與物力戰同時並進，婦女參加生產工作，也不啻親臨戰場，同負這千載一時的巨責。

泰山不壞土壤，江河不擇細流，抗建工作也不分大小輕重，都是於國家有裨益的。無論什麼事，一面需要有先知先覺的發明創造，一面又須要有不知不覺的實地奉行。先知先覺的成績固然很大，但是對於不知不覺的成績也不能估價過低。因為國家事業是互相關聯的，政治軍事經濟文化等等都有連帶的關係，必須人人從各方面努力。使件件事都能辦得完善。抗建大業才算成功，所以在抗建期中，無論是擔負大事或小事，都是一樣有價值的。我們應該但求實效，不尚虛榮；祇要埋頭苦幹，不必騖遠好高！

結　論

前面說過，現代婦女所負的使命，幾乎與男子相等；故婦女修養的範圍，自應隨婦女負擔任務的範圍大小而定。今日的婦女，可以為母，可以為師，可以為農，可以為工，可以為醫士，可以為技師，可以為官吏，可以為學者，任務的範圍既然這樣廣大，所以修養的範圍亦應該隨之擴張。做人的基本條件，如德育智育體育，乃是各個婦女人人都應該注意的，這一類的修養，必須一一具備，方可成為一個完人。此外，所有的修養，往往人各不同。例如為母的修養，不能適用於為農；為師的修養，不能適用於為工，為醫士的修養，不能適用於為官吏，為師的修養，不能適用於為學者。所擔負的任務既然不同，所以修養的內容，亦必因之差異。在分工的社會之中，每一種特殊的修養，既然祇能適用於每一個任務；那麼，每一個人如要負擔某一種任務，自應富有某一種修養，所以現代婦女的修養既因婦女進入社會的結果而範圍日見廣大。又因婦女分工的結果，而內容復日趨於專精。因材任職，因職分修，合而言之，都是修養，分而言之，則千差萬殊，絕不是在此短篇中所能一一列舉的。

　　但是在此抗戰期中，婦女的修養應該有一個共赴同歸的方向。我們從世界各國女權發達史上所見到的婦女運動。總是婦女對國家爭自由爭平等爭獨立解放的運動。我國今日婦女運動，情形自有不同，因爲男女平等。已由學者理論而成爲法律條文，所以我們現在不是對國家爭權利的時候，乃是對國家爭貢獻的時候。我們今日不要對國家爭取我們個人的自由平等，正要與全國人民不分男女站在同一陣線上，來爭取國家民族的自由和在國際上的平等。不必對國家爭取我們個人的獨立和解放。正要與全國男女同胞站在同一陣線上，來完成國家民族的獨立解放的大業。

　　在抗戰期中，婦女的修養既有這樣一個共赴同歸的方向，自當集合全國婦女的羣策羣力，以堅忍不拔的決心，一致向這個方向前進。我們認定今日的抗戰，是光明和黑暗的決鬥，是正義和暴力的決鬥，是人道和獸性的決鬥。所以我們婦女的修養，自應集中在這一方面，用全力來完成我們中華民族自有史以來最艱難的使命。我們今日首先要養成至大至剛的「正氣」。古今世界上的光明正義和人道，全賴這個正氣扶持。配義與道，充塞蒼冥。可以立地維，可以尊天柱，可以動天地，可以泣鬼神。「可以貫日月，可以壯河山」。綱常名教，皆由這個正氣負之以趨。這是我們爭取國家自由平等獨立的第一武器。其次要鍊成至堅至定的「大節」。志氣是大節的根本，志堅金石，氣配乾坤。三軍不能奪，威武不能撓，刀劍不能傷，鼎鑊不能屈。光明磊落，炳若日星。這是我們爭取國家自由平等獨立的第二武器。再其次要養成艱苦卓絕的精神。動心忍性，以負起天降的大任，臥薪嘗膽以雪此不共戴天之仇。取法孤臣孽子的操心，洗盡鉛華脂粉的惡習。這是我們爭取國家自由平等獨立的第三武器。

文藝中的女性

王文錦

（一）引言

　　說到文便令人聯想到弱，提及弱便又使人聯想到女子；似乎文藝和女性的聯繫很密切，至少流行的見解總如此。這是一個很值得注意的問題。文藝是心理的表現，我們要討論女性對於文藝是否有特別的偏向或天才，便不得不先研究男女性的心理區別。男女性即使有區別，但文藝是否反映出這些分別？因此，我們便不得不提出自我表現與社會影響的兩種因素。但如此反覆討論，仍祇及於理論，事實如何？應得證明。因此作者便編製了一些測驗，調查一般人對於文藝中男女性的見解，再以他們的判斷結果中，分析文藝中所表現男女性之特徵，這樣不但女性之表現於文藝者有了梗概，就是女性在文藝中的地位亦可估值較當。文藝中的女性一題，範圍甚廣，如仔細分析，則凡文藝中所表現的女性，女性給文藝的影響，以及女性史觀等等無不包括在內。如果這樣寫起來，非特篇幅冗長，而且議論必流空泛。所以我們便祇提出上面所列舉的幾點，作爲本文主題。

（二）男女性的心理區別

　　男女兩性，無論在思想上、志趣上、行爲上，有無基本的不同？是一個曾經引起許多人注意的問題。一般持先天論者，以爲男女生而有別，因之主張一個人的思想、行爲，早已決定於呱呱墮地時。但近來許多心理學者，根據於比較的研究，則主張男女性情所以不同，完全是後天習得的。這兩說各

有長短，不能遽爾斷定誰是誰非。但兩說儘管不同，而在現實社會下男女性之大有差別則一致。我們在本文討論性別時，便採取這種現實的態度。至於先天後天的起源，則不在本文討論之內。

按照類型心理學的分類，一般的女子似乎偏於內向型，男子則偏於外向型。女性似乎多些神經症候，男性則比較多自信與自恃。男子易於激動，表露的機會多，女子較為矜持，以嫻靜為美德。這都表示女子的趨於內向，男子的偏於外向。又如按照 Spranger 人類型式的分類，則女子在藝術、社交，與宗教方面較優。男子在政治、經濟，與理論方面較長。這又無疑地指出女性的柔與男性的剛。

在思想及興趣方面，男女也有顯然的差異。男性的思考是深謀遠慮的，女性是敏捷明曉的；男性長於將學習所得應用到實際上去，女性則厭恨那些刻板的規則；男性是粗暴的、冒險的、侵佔的、進取的、理智的、分析的、富於研究心的；女性是柔和的、謹慎的、保守的、情感的、道德的、具體的。女性嫻於辭令，而談吐狹隘；男性雖拙於措辭，而所論廣闊。興趣方面：男性好野外及勞力工作，女性則愛從事美術及撫育工作。總之：男女性之分別，不論為先天的，抑或後天的，要皆為人格之重要問題。所以 Milas 與 Terman 曾說：「男性或女性，非僅加於人格之一種色彩或氣味，它是人格之核心，環此核心而人格結構才能逐漸成形」。——見 *Sex and Personality* 結論。

因為女性在人格方面所表現的是神經質，神經質的人都是情感重於理智的，文藝是屬於情感的，所以女性和文藝總究成了莫逆之交。據 Castle 的調查，在四二個國家內，歷史有聲望的女子共八六八人，但文學家竟佔了三三七人。文壇上的變遷不外婉約和豪放兩種趨勢，無論那種文體，無論那個時代的作風，都可包括在這兩種趨勢中。但二者尤以婉約文學為正宗。因為文藝是情感的結晶，一切文學的主潮，無不傾向婉約方面發展。女性文學是婉約文學，所以有人說：「沒有女性便沒有文學」。女性和文學的關係已是不言而喻了。

因為女子之豐於情感而為文多婉約，及男子之富於理智，而為文多豪放，就有一種男剛女柔的趨勢。但剛柔是相對的，而非絕對的。沒有人敢說女子的作品一定是柔性，男子的作品一定是剛性。女子中的班昭所作賦頌，沒有情感的流露，也沒有女子氣概。同時男子中也盡有許多文人學士在那裡擬作閨怨、閨情。但是我們要記得文藝的每一個表現，那有自覺的與不自覺的兩方面。女子的為文婉約是自發的，不自覺的，是無所為而為的，而男性的擬

閨怨，則是自覺的，有所爲而爲的。譬如演戲，盡有男扮女裝的事，一個男伶盡心揣摩女角的一舉一動，他是有目的的，是自覺的，但無意中仍不免有男性本色的流露，這就是自發的，不自覺的。可是扮演者無論怎樣盡力去體會女子心情，他能比女子自己瞭解更真切嗎？文人學士無論怎樣盡力去描寫閨怨，入情入理，他們能比女子自己表現更恰當嗎？總之：男女性區別，是重要而且基本的。而文學與女性更有密切的關係。但表露於文藝中的，究竟有無男女性的區別呢？這就是以下所當討論的。

（三）文藝中的自我表現

　　文藝是抒情和慰情的工具，沒有真的情感。寫不出偉大的文藝作品。作家們憑著豐富的經過，經過了相當時間的醞釀，形諸筆墨，才成了文藝作品。因爲各人的經驗之和個性不同，作品的風格亦隨之而異。風格在心理學上講來，是整個人格的表現。它不僅顯示著某人的外表並且包括他整個的思想和活動等內潛意識。法國有句俗語：「Le style est la personne-meme」（「風格就是人的本身」）。L.Macneice 曾說：「每一個作家是每個時代精神的播音機而因播音機自身之不同，遂變更了原來的情調」*Modern Poetry* P89.這表明作品和作家個人的密切關係。不特文藝作品如此即每個畫家、雕刻家、伶人、音樂家、戲劇家，都有他獨具的作風。單從這些作品的風格上，我們就能認識這是某人或某人所作的。

　　風格在心理學上是一個極有興趣的問題。譬如單以文藝而論吧，風格在詞義、韻律、想像等特徵上表現出來。有人寫作時，喜歡用幽默的口吻，有人喜歡用熱鬧的句調，有人愛作悲劇的結局，有人愛作喜劇的收場，有人愛用聽覺的想像，有人愛用視覺的想像。所以風格決不是機械地僅代表著文法或修辭的格式，而是整個人格的表現。

　　風格是日積月累而成的，它在每人心靈深處潛伏著。一篇短文，就隱藏著它主人以搖籃時代到成年時的整個歷程。一首寥寥數語的詩，已經顯示了他繁雜的一生。中國文人中，如屈原、杜甫的詩，充滿了憂世忠君的熱情，因爲他們是憤世嫉俗者。柳宗元、陶潛慣作山水遊記等詩文，因爲他們愛好自然。西洋作家如高爾基寫無產階級，和流浪者的生活與性格，最所擅長，因爲他自己完全從患難困苦中奮鬥出來。這些作家們的作品，彷彿就是他們自己的生活的寫照。

又因為大多數的作家，都在精神上有了缺陷，他們心腔中充滿了憎惡，痛苦，不滿意，才來創作。所以創作又無異是內心情緒的自招。歌德因為戀愛失敗而寫成《少年維特之煩惱》，柴霍夫有肺結核病，他的小說裏充滿了陰鬱沉悶的氣氛。在中國這類文人更多。我們讀李商隱的詩，總覺得有點不易捉摸。近來蘇梅先生考據出他會和女道士、宮女戀愛。將這一腔熱情，用詩詞隱隱約約抒寫出來。近人蘇曼殊是一個和尚，身世又有難言之痛，幾度戀愛都不圓滿，所以他的小說和詩，都以他的戀愛的隱痛為根據。司馬遷因為受了宮刑，雖有一腔怨氣，但在專制的帝王下，決無反抗之可能。他只好用著書來表現自我，所以他寫失敗的英雄，如項羽，激昂壯烈，最為出色；寫反抗的戰士，如荊軻，慷慨悲壯，最為精彩。因為他和他們有類似的心境，給他們寫傳，無異替自己伸訴。所以凡內心有缺陷的作家，借寫作以昇華未達到的願望者，他們的作品多是一字一淚交織成的珍品。

女作家們——尤其是歷史上中國女性作家——因為在男性中心社會下，女性對付男性的方法，不外投降與反抗兩途，所以她們作品所表示的，也以此二者為依歸。她們終身禁錮家庭不問外事，經濟又不獨立，所以她們大都站在投降方面，所表現的不過是貞和容。班昭《女誡》全篇沒有一處不是說明三從四德之義，最足以表示封建制度下女子寄食於人，《藉歌行》：「常恐秋節至，涼颼奪炎熱」自比秋扇，甄后《塘上行》「莫以魚肉賤，棄捐蔥與薤，莫以麻枲賤，棄捐菅與蒯」，自居卑賤；都是女性受威迫後而以消極的守「貞」。希冀感悟男性的表示。站在反抗陣容上的女子多表現於文藝的內容就兩樣了。如卓文君《白頭吟》「聞君有兩意，故來相決絕」，魚玄機：「自能窺宋玉，何必恨王昌」。是何等大膽乾脆的主張，但也有不能積極反抗而消極的自怨自艾者，如朱淑貞在《斷腸集》裏，「鷗鷺鴛鴦作一池，須知羽翼不相宜」。「對景如何可遣懷，與誰江上共詩裁」。是對所偶非倫而作奈何之歎的。又如李冶和薛濤過的都是送往迎來的生涯，她們的身世又很飄零，所以李冶曾說「強勸陶家酒，還吟謝客詩」；薛濤會說：「但娛春日長，不管秋風早」。這些女作家所表現的不論是投降抑或反抗，但其作品的題材和內容都祇限於婦女本位。不過這不是說女子僅能寫風花雪月哀怨悽惻的詞句，女子中也偶然有突破藩籬，如蔡琰之《絕塞長征》，亦能描述現實社會反映大眾生活。她的《悲憤詩》：「……斬截無孑遺，尸骸相掌拒，馬邊縣男頭，馬後載婦女……或有骨肉俱，欲言不敢語。失意幾微間，輒言斃降虜」。寫漢末離亂情形，又豈在

韋莊的《秦婦吟》之下？女性之所以只能寫些身邊瑣事，是因為不能和大社會接觸。但飽嘗了憂慮困苦的文姬，不是一樣能夠認識社會嗎？

不特每個作家的個性經驗可以在作品中窺得全豹，就是作者寫作的時間和意境也在作品中可以體會到。大凡英華煥發的總是少年時代作品，枯槁憔悴的是老年時代作品。意境方面：則人在歡喜時寫的文字，橫溢著喜悅的情緒；悲傷時，即使是寫風月花草，也覺黯淡愁苦。惜別時，蠟燭可以垂淚；興到時，青山亦覺點頭。同一情景，因作者個性之不同，可以喚起各種不同的意象，和情感。「昔我往矣，楊柳依依，今我來思，雨雪霏霏」，以楊柳為友情的象徵，「無情最是臺城柳，依舊煙籠十里堤」。楊柳又被視為無情的象徵。同樣海棠可以凝愁，也可帶醉，浮雲可以視之為蒼狗，也可視之若白衣，因為情感的不同，所喚起的聯想也就不同了。

總之無論什麼偉大的文藝作品，都是從作者苦悶，悲痛，流離顛沛中產生出的。文藝可以征服苦痛，所以痛苦愈多，體驗愈深，作品亦愈豐富。這是男女都相同的，不過在古時，中國女子所接觸的祇限於家庭之一隅，所以她們的寫作意境不大開拓。近代女子，據 Stendhall 在《戀愛論》裏說：「婦女以作家而成功的，很是稀少，因為在她們的纖細筆尖之下決不肯有赤裸裸地記述。這對她們可以說與不穿裏衣就出外是一樣的。至於男子十之八九都是隨著自己想像之所到而去寫作，是絕不附帶一些限制的。」也許女作家之所以少有偉大作品問世，就是因為被嬌羞膽小所限制的緣故。

（四）文藝與社會影響

文藝固然是自我表現，但這種表現必須經過社會的方式。即文藝固可在某些細緻內容上表現作者的自我，但內容的形式是必承襲社會的。所以一時代必有一時代的作風，好像我國在神聖抗戰中，抗戰文學也就成了一種特殊的作風。具體一點的講，文藝的表現方式是文字，然文字是社會的。文字有一定的文法，修辭有一定的格式，甚至文章的結構也有一定的章規，但這一切都是社會所決定，而自我便在這社會的承襲的形式中消失了。——至少隱蔽了。例如北宋的詞，大家都接近平民文學，都採用樂工娼女的聲口，以致作品彼此容易混淆，馮延巳的詞往往混作歐陽修的詞；歐陽修的詞又往往混作晏氏父子和朱淑真的詞。（如《生查子》即有人以為朱作）兩性的差別在社會的均齊勢力下，便少刻然的劃界了。

　　文藝的形式，普通所謂詞藻的，是一個值得研究的問題。為達到藝術的目的，詞藻的修飾是不可免的。固然有許多人主張詞藻不是文藝中的主要問題，但一首詩，到底不是平常口中的話，一篇文藝作品，也不是信口而出的閒談。——雖然就是口語，也是社會所決定的。形式修飾是不可免的，而修飾是受社會影響的。四言詩，楚辭，樂府，都有他們的社會，正如唐以前不會有整齊的律詩，和「五四」以後方言白話詩一樣。在某一種空氣中，便養成某種特殊的體裁。師承決定了一個人的作風時代，時代更決定了一個人的表現方式，而歷史上的事物，就成為作品的骨幹，這樣個人的自我，便沈汩在社會的巨浸裏。

　　但一個人不是祇有追隨時代而完全被傳統的空氣所包圍的。一個人也可以創造，文藝中也有革命。不過革命不是單純的個人意識所決定，而是社會意識通過個人意識而表現的。「五四」時代的胡適之，陳獨秀等提倡白話文即是一例。革命的白話文，非僅胡陳二人之自我表現，而是時代精神通過胡陳二人之自我表現於文學中。文藝的演進都有其必遵循的歷史，所以表現的方式就脫離不了社會的影響。

　　社會的存在，決定自我意識。所以不僅文藝的形式是被社會所決定，即文藝的內容亦被社會所限制，中國在宋以前，對女子的改嫁並不重視。所以蔡琰會大言不慚地說：「胡人寵我兮有二子，鞠之育之兮不羞恥」。若照宋儒的眼光看來，文姬豈不是蕩婦嗎？明代是小說的黃金時代，如唐寅，陳繼儒等都在這時突破禮教，恢復了他們固有的人性，因而有《金瓶梅》的產生。所以「每個作家是時代精神的播音機」是不錯的。文藝的內容既取材於現實的社會，其思想內涵自然亦被該時代所決定，而種種判斷受著時代倫理思想的影響，亦莫不蒙深厚的社會色彩。

　　甚至有人主張兩性間的區別，完全是後天的，教養得來的。例如 Mead 調查紐幾尼島土人，其男人的性格宛如現社會的女性，而其女人則有現社會一般男性的性格。因為生產（打漁）是女人，作工是女人，男人多從事藝術生活，以致在性格上，亦有此陰陽顛倒。所以經濟的生產方式——社會的條件——不但可以決定文藝的內容與形式，而且可以決定基本的性徵。

　　時代的巨流，又有將文藝驅於某一類型之可能。例如北宋詞深，內容簡單，不是相思，便是離別：不是綺語，便是醉歌。形式上近似女性。南宋詞大，無論什麼題材，都可入詞，悲壯，蒼涼，哀艷，閒逸，頹廢，譏彈，詼

諧，都呈現在各人詞中。形式上又近乎男性。又如十八九世紀的英國文學，多少帶些女性；喬治王時代則漸趨中性，而今日又有趨向陽性的現象。所以在某一時代的作家有全偏於男性或女性的可能。這種影響，自然又使文藝中性別表現較難區別。

總結以上所論，我們不得不承認文藝因為是自我的表現而有男女性的區別，但因為同受社會的影響而為社會的決定因素所限制，以致文藝中表現的性別就模糊難辨。原因是社會的因素本沒有性別的。

（五）文藝性別調查

為了要探討男女性在作品上究竟有無分別，及一般人對於男女性在文藝上的見解（即何者為男性文藝，何者為女性文藝），作者曾做了一個調查。這調查的內容，是收集六十首詩詞，男女兩性各作一半，以抽籤方法排定次序，男女互相參雜，請二十名男女評判者逐首詳細揣摩其語氣，風格，題材，而後決定其性別。

選擇作品費時很久，因為搜集材料既不易，而既有材料，又因特殊原因不能匯入，如：（甲）男女性的作品本不應僅限於韻文方面，但中國古時女作家的散文作品寥寥無幾，篇章又復較長，不易比較，所以不能將散文採入；（乙）大多數中國古時女子，處在一個和男子迥然不同的環境中，她們很少有論國家大事，及憤世嫉俗的，她們所表現於作品的也不外身世感慨，遇人不淑等悲吟，要區別兩性的作品決不能拿男人的《從車行》，和女人的閨怨來比較。所以選題材時，祇能以女性為主，而在男性中另覓和她們相似的題材為配，要其意境和作風亦相仿的。例如：「落花飛絮，杳杳天涯人甚處。欲寄相思，春盡衡陽雁漸稀。離腸淚眼，腸斷淚痕流不斷。明月西樓，一曲欄干一倍愁」。——曾布妻魏夫人《減字木蘭花》；和「一帽征塵，留君不住從君去。片帆何處？南浦沉香雨。回首風流，紫竹邨邊住。孤鴻語。三生定許，可是梁鴻侶」。——納蘭容若《點絳唇》，這樣才可避免一些不相干的外來因素的影響；（丙）女作家之作品如班婕妤之《怨歌行》，李易安之《武陵春》、《聲聲慢》、《如夢令》等都是每人所熟悉的詩詞，自不能選作測驗材料；（丁）有許多妓女的詩詞，難免不出狎客浪子之手，所以除歷史上真有其名者如薛濤、魚玄機之流外，其他一概不錄。

作者因欲測驗的可靠性和效能增高起見，在測驗的說明上，如評判者之

決定作者性別，係根據題材？語氣？風格？抑或完全猜測？評判者對讀詩詞之作者，確知其名？依稀記得？抑或完全生疏？對於判斷是否有十分把握，幾分把握，抑或全無把握？皆逐條加以詢問。末後並附以被試者之感想，反對本測驗之意見。務使評判者既不虞茫無根據，又有自由發表意見之機會。評判人員廿名都有大學以上的程度，而且對文藝都有相當興趣。

　　本測驗詩詞六十首，評判人員二十名，所以總共有一千二百個判斷。其中有朱淑眞作品曾經三人指出，王右丞和李清照的作品各經二人指出，這七個判斷自然不能作算。但因她比例甚少，不能影響結果達可辨程度，所以亦未會因此而將結果另算。

　　這一千二百個判斷，如盡爲亂猜，則正確判斷和錯誤判斷各占一半。所以總答案中應有六百個正確判斷六百個不正確判斷。而事實上正確判斷爲五九五個，錯誤判斷爲六○五，與理論出入甚小。照這樣看來，本測驗的判斷不是直等於盡憑猜測嗎？然而事實並不如此。今將每題之正確判斷數按類次圖解，則得下圖：

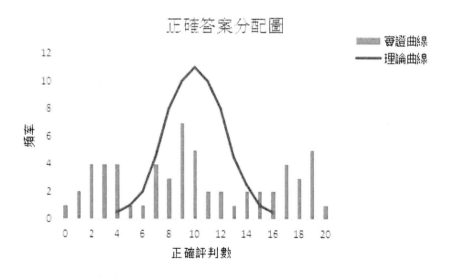

　　測驗結果，有一首詩是廿人都判斷正確的，亦有一首詩是廿人都不正確的。如是盡憑猜測，則按理論分配，應如虛線所示。是與實際所得出入很大。事實上一個題目如果要廿人完全憑猜而皆判斷錯誤，其機會約爲一萬七千分之一，一個題目如果要廿人皆判斷正確，其機會爲一萬七千分之一，（詳細分

析另詳峕文）。所以機會很小。本答案之結果，也決不是憑猜測的。在這六十
首詩詞中，細分析其判斷結果，可分三大類：1.性別顛倒者，有十五首；2.性
別顯然者，約十五首；3.性別不易辨識者，有卅首左右，茲各舉一例如下：

1. 性別顛倒者，例如：

「閒散身無事，風光獨自遊。斷雲江上月。解纜海中舟。琴弄蕭梁寺，
詩吟庾亮樓。叢篁堪作伴，片石好爲儔。　燕雀徒爲貴，金銀志不求。滿杯春
酒綠，對月夜琴幽。繞砌澄清沼，抽簪映細流。臥床書冊遍，半醉起梳頭」
——唐魚玄機道懷

這首詩似乎完全不是女子口吻，誠如評判者的某一人所說：古時中國女
子，決不會爲遊覽而獨自出遠門，所以不能如「江上月」、「海中舟」；更不求
富貴，故亦不會想到「燕雀徒貴」、「金銀不求」。古時女子閒散是她的本分，
自不用她來歌頌。正如功名富貴與她無緣，用不著求一樣。寫超逸，正表白
一般人之不超逸，寫瀟灑正表白一般人之不瀟灑。但古代女子幽居深閨，一
味嬌慵，不混入塵世，不汲汲於富貴，過的是超脫瀟灑的情感生活，無功利
的沾染，現實本如此，她又如何必讚頌閒散隱逸的生活？因此在題材和語氣
的表現中，絕大多數人便以爲本詩是男性的作品。

但文藝的表現，在有意識或有目的的表現外，尚有無意識的人格表現。
所以我們也應在膚淺的表層下，找出更深的原因，魚玄機是一個具有男子
性格的女子，她不像一般的女子，屈服在社會的勢力下面。她有男性的反
抗意識，她因丈夫虐待，竟敢主張自由戀愛，所以有「自能窺宋玉，何必
恨王昌」的大膽語。她深恨自己是女子，不能廁身士林，所以看見新及第
的榜，就歎「自恨羅衣掩詩句，舉頭空羨榜中名」。她的浪漫無羈，愛慕虛
榮，醉心功名，凡是男性所有的一切傳統思想，她無一不齊備。這在她的
《道懷詩》的反面，都赤裸裸地呈現了。那麼大多數人以詩爲男性所作不
是沒有理由的。

2. 性別顯明的

（甲）顯然男性的，例如：

「胡風吹朔雪，千里度龍山，集君瑤臺裏，飛舞兩楹前，茲辰自爲美，
當避豔陽年。豔陽桃李節，皎潔不成妍。」——鮑明遠學劉公幹一首。

一般人鑒別文藝中的男女性，每從風格著手，以爲風格高的便是男性。鮑明遠此詩風格高超，且含意深蓄，所以一般評判者多視爲男性作品。尤其是起句「胡風吹朔雪，千里度龍山」。寫邊塞風光工藝，更易指爲男性。唐鮑徵君女君徵所作《關山月》，因爲有「朔風悲邊草，沙漠昏盧營」，竟使全體評判者，都當爲男性作品。何況明遠此時，富有政治意識，包含君子小人的比興，不是更充分暴露男子心理嗎？所以此詩是絕無例外的視作男性作品。

（乙）顯然女性的，例如：

「山亭水榭秋方半，鳳幃寂寞無人伴，愁悶一番新，雙蛾只暗顰。起來臨繡戶，時有疏螢度，多謝月相憐，今宵不忍圓。」——朱淑眞《菩薩蠻》。

從語氣講「寂寞無人伴」、「雙蛾只暗顰」、「月相憐」、「不忍圓」自嗟自傷，正是女子口吻。何況「鳳幃」、「繡戶」更容易使人聯想到女子呢！單從題材和內容上看，本詞自是女性作品，如再進一步從作者人格上探討，朱淑眞決不是魚玄機一流人物。淑眞才學聰明，或且高於魚玄機，但她仍不失爲傳統空氣下的女性典型，她祇是逆來順受，一味地委曲，不敢反抗，所以有「女子弄文誠可罪」、「始知伶俐不如癡」等自怨自艾的詩句，她的「一陣挫花雨，高低飛落紅，榆錢本萬疊，買不住春風」，正是弱女子不能奈何環境的折磨寫照，她和魚玄機相比，無疑地一是典型的女性一是具有男子氣概的女性。所以表現於詩詞的是如此。

3. 性別不易辨認者

（甲）男性中性，例如：

「畫屏無睡，雨點驚風碎。貪話零星蘭焰墜。閒了半床紅被。生來柳絮飄零，便教咒也無靈，待問歸期還未，已看雙睫盈盈」。——納蘭容若《清平樂》。

這首詞視之爲女性的大概以「半床紅被」「柳絮飄零」以及全篇詞境都是「愁」與「情」的表現，這都是女子傳統的吟誦資料。視之爲男性的，則以爲全詞風格好，音調自然，雖有纏綿悱惻之情，亦可視作男性代擬者。其實這兩種看法，都是膚淺的，以「自是天上多情種，不是人間富貴花」自視的納蘭容若，在他的詞裏，沒有難懂的哲理，沒有古拗的典故，只有情感的跳躍，所以情多處，正如女子。而新鮮的意象，自然定筆法，又像男子作風。所以他的詞也就令人依稀莫辨其性別。

（乙）女性中性，例如：

「黃昏畫角歇，南樓雁絕，遲遲更漏初長夜，愁聽積雪溜松稠也，紙窗不定，不定風如射。牆頭月又斜，牀頭燈又滅，紅爐火冷心頭熱」。——楊愼妻黃夫人《羅江怨》。

這首詞是懷念遠人的相思情調。本來懷遠一題，出之於女人，多由思念丈夫而發，出之於男人，多爲思念至友，或代擬女子口吻。所以以題材本身，可男可女。但這詞清淡不修飾，如「牀頭燈又滅，紅爐火冷心頭熱」，出於摯誠，似乎不是代擬者所能體會，更非普通一般懷念至友的情緒。但又豪放不羈，沒有女兒忸怩腔，又似男性。原來楊夫人天性就是一個多情而又悅爽的女子，所以爲文也多少帶點男子氣。例如她因丈夫另有所歡，而在《得勝令》「小賤才假鴛鴦的嬌模樣，休忙，老虔婆惡狠狠做一場」。大罵丈夫的外遇爲「小賤才」，又自稱「老虔婆」，其潑辣竟如此。然當她丈夫遠謫時，她又相思纏綿，懨懨成病，我們雖不能承認她有兩種人格，但她之令一般人難辨其性別，也是自然的事。

這些結果，出人意料的只有女性顛倒的詩，而無男性顛倒的詩，女性顛倒的十五首，細考各詩詞之內容風格，確有酷似男性的作品，而女性化的男人，如納蘭容若，溫庭筠等詞，任憑他們如何纏綿俳惻，仍有人認爲男性所作。評判者把握住一種成見，就是古代女子學文，原是意外的事，所以即使女子能弄墨吟文，也就絕少上乘作品。因之像李白《魯東門泛舟》「日落沙明天倒開，波搖不動水縈迴，輕舟泛月尋溪轉，疑是山陰雪後來」。那樣下筆不凡的作品，固然決不會疑爲出於女子之手。既意境清逸，情感流露的《飲水詞》，《握蘭集》，也仍有一半人數爲女性所作。在這裡我們可以知道在古代中國文藝似乎偏是於男性的發展，因爲在父系制度下的男子，自有他們獨立的權威，和尊嚴，而寄人籬下的女子，卻處處在模仿男子。何況文藝上的風氣，大概都是男子遺留下來的成績，而教育的師壇，又幾被男子所獨佔？以致祇有女子宗法男子，而男子很少一貫師承某一女子的。這更可證明自我是怎樣被社會意識所否定了。

根據調查中大多數評判者的意見，以爲文藝的性別從語氣最可看出，風格居次，題材又次之。凡語及國家大事，征戰情形，流離轉徙的生活，郁郁不得志的情緒，則多視爲男子作品；而文氣豪放，風格高超的，亦多以爲男性作品。代擬作品，如描寫太濃豔，造句太率直，語氣太誇耀，情節過於浪

漫的，多被斷為男性作品。祇有能夠保持女子身份，不離開女子本位，語意含蘊，情節貞靜，作品不必甚高，但要溫婉細膩，聯想不必豐富，但須限於閨閣中事。如此多半會被人評為女性作品。所以男女性作品，在一般人的心目中分野很為明顯。

但這幾點我們祇能視為男女性作品的粗顯岐別處。至於那些細膩的區別，似乎需要很專門很周詳的研究，這在幾首舉例的詩詞中，已經提出一些實證，此處不再提了。

（六）結論

在性徵一章中，已經充分表明男女性之差異，及女性在文藝中的可能發展在自我表現及社會影響中，知道性別不過決定文藝的內涵與表現方式的一部份，而宗派，風氣，文法，修辭，以及其他種種傳襲的表現方式，更可以影響文藝的一切。在表詞調查一章內，知道文藝固然可以表露一個人的內心的蘊藉，但在淺的呆板作品中，個性被形式犧牲了，所以詩詞對於天分不高，才氣不大的人，反可束縛他的自由表現的機會。至於散文，因為需要技巧較少（作者曾作一散文測驗令年齡在十至十二歲的男女小學生各作《我的學校》一篇也請男女評判者鑒別男女，性別顯而易見，因限於時間及篇幅，不能在此提及。）不但表現方面自然些，就是領悟也容易些，所以性別便顯然多了。

從心理學上看來，我們不能否認在現實狀況下，男女性是有重大區別的，而女性之長於文藝也不是無因的。文藝的起源，是一種昇華作用。不僅精神分析派如此主張，即美哲學家 Santayana 在他的 Sense of Beauty《美感論》裏亦曾說：「一個人如果傾全力注意一個目標，同時並覺得該目標有吸引自己神魂的魅力時，就是愛的表現。但假設這種愛情一旦失卻了具體目標，愛之火焰就四散爆發，有的成了宗教的篤信者，有的成了博施的慈善家，有的便豢養動物，有的愛便好大自然與文藝」。這樣他便將文藝溯源於性愛。內向型的人，抑制型的人，柔心的人——女性型——是不能傾其全力於一個外在的目標。因為她怯弱，她容易被挫折征服，她缺乏男性的粗野，她不能不多顧忌，所以她的行動多所抑制，她似乎特別感受社會的裁制。她不能自動地去抓住自己的目標，她的情慾每每如此被窒息。因此她不得不向文藝上求安慰，在幻想中求滿足。

這樣講來，女性對於文藝的成就，應該特殊大。但事實上並不如此。除

了極少數的例外，執文壇上牛耳者，是男人而不是女子。這將如何解呢？原因自然有許多。從心理方面講，或者由女性忍受力較大。生理學家 Cannon 在他的恐懼與飢餓等身體變化的一個實驗中，曾觀察過雌雄鼠在實驗箱制時的反應差異，所得結果是雄鼠因被箱制致消化器官停止活動，但雌鼠消化器則不受影響。這可證明雌的比雄的忍耐大，對於活動節制反應弱。低等動物且如此，人類或更甚。桑戴克曾引波爾遜的統計說：男人中祇有百分之卅八能專於或過於中等女子的忍耐力。Lehman 與 Witty 觀察男兒童女遊戲的活動，也發現女孩比男孩的忍耐力大。男孩遊戲一會，每每因為嫌單調，而放棄它，而女孩則能忍耐單調繼續遊戲。心理的事實證明女子的挫折較男子多而大，對於文藝的創造性也應該大，可是因為她們忍耐力大，反應就沒有男子的強烈，所以創造性便減少了。反之，男子遇了挫折，因為忍耐力小，便努力在文藝中找出路，因反應強，成就也就大些。

但社會影響似較心理因素更大。過去性教育的不平等，宗法社會的束縛，女性是奴役在男性的威力下。一切文化，一切制度，莫不以男性為主腦，女性沒有機會發現自我，也不能自由發展自己，她祇能模仿男性，宗法男性，承仰男性的鼻息，才有出頭的機會。於是女性的創造力便埋沒了，在文藝中的地位也被排擠下去。

但現在因為生產制度的演變，社會上的男女地位也就漸漸改變，男女在教育上平等了，女性自己逐漸恢復自我的意識，女性在文藝中發展機會擴大了。在將來，在最近的將來，文藝載自然劃給女性一塊很肥沃的園地。但是我們不能希望男女兩性老處於相對的地位，如磁的兩極般。文藝隨著社會的演進，男女性的差別將逐漸泯滅。據 Terman 與 Milas 的研究，教育可以平齊男女間的差異。所以我們並不能因為現社會男女性的區別，而忽視將來男女的大同境地。文藝中男女性的將來或會因著社會和教育的勢力而逐漸接近。但在過去，在現在，甚至在最近的將來，文藝必有性的區別，而且自心理及社會觀點，文藝一定是近乎女性的。

附：參考書目撮要

一、鄭振鐸：《中國文學史》　　（商務）
二、朱光潛：《文藝心理學》　　（開明）
三、譚正璧：《中國女性文學史》　　（光明）

四、汪靜之：《作家的條件》　（商務）

五、孫俍工譯：《中國文學通論》　（商務）

六、Allport G.W.：*Personality* 1937

七、Anastasi A.：*Differential Psychology* 1937

八、Terman L.M. Miles c,c,：*Personality and Sex* 1936

九、Macneice L.：*Modern Poetry* 1938

十、Lehman H.C.：Witty P,A,：*Play Interests as Evidence of Sex Differences in Aesthetic Appreciation Am.J.*paychol,1928,PP449-457

我國青年婦女的心理健康問題

潘毓琪

一、心理健康的意義

威廉士（F.E.Williams）曾說：「所謂心理健康，不僅指一個人沒有疾病，尤其是精神上的疾病，乃是指出由此可以獲得和保持圓滿的人類關係的能力。」所以假定你到醫院裏去檢查體格，你的體重和身長相稱，目力耳力都很好，沒有疹眼，也沒有齲齒，扁桃腺正常，心肺都健全，皮膚潔淨，營養充足，消化力也強，大便每日一次，其中並無寄生蟲，體溫攝氏三十七度，脈搏每分鐘七十二次，全身姿勢優良。於是，醫生會說：「你的身體是健康的。」可是，這是生理健康的標準，不足以斷定你的心理也是健康。要測驗自己或他人的心理是否健康，可以下列心理健康的標準為依據。

（一）相似性：一個常態的人，總願意和別人一致，不願獨異，六指隻眼的人往往自慚形穢，深感不安。面上有紅斑或是他種缺陷的，自己也常認為是一種莫大的遺憾。他們常被人譏笑，被人憐憫，但從不被人羨慕。所以「相似性」是心理健康的第一個標準。假如一個人的思想，舉動，言語，好惡，態度，服裝等，都和人不同，顯然地他的心理是不很健康的。譬如現在大家都剪髮了，有人還固執的留著辮子；國土被敵人佔去了，大家都痛心疾首，認為非常恥辱，有人卻嬉笑自若，無動於中；這都是心理不健康的表示。不過，「相似性」，尚得有個附帶的條件，就是要與自己年齡相仿的人相似，假若青年還如小孩樣的天真活潑，或如老者的老態龍鍾，都非心理健康的表現。

（二）能適應他人：交際的能力，也是心理健康的一個最重要的標準。同時，常和朋友過從——尤其是常和年齡能力相仿的人來往——不但能維持

心理健康，並且是獲得心理健康的一個方法。假如同伴祇限於同性一方面；或者祇有一個朋友，絕不與其他的人交結；這些人換了一個環境之後，便不會適應。所以對於心理的健康，都不相宜。

（三）快樂：快樂對於無論身體或是心理的健康，都有關係，快樂表示身心的活動很和諧，很滿意；不快樂表示對環境的不能適應。雖然快樂的程度，至今還無量表能夠精密的測量，可是根據主觀的報告和言語表情的觀察，也可得知。我們知道：一個態度樂觀的人，做事積極，對任何事都安放下一種希望，無論遭遇到什麼困難，並不畏怯，像一個戰士一般，用盡可能的勇敢去征服它們。這樣的人的心理，常是健康的。反之，一個人如常常被失望和灰心的鐵鏈鎖住，囚禁在悒鬱的獄中，心理上就有了毛病。快樂的程度愈低，心理不健康的程度也就愈高。但是，一個人總有不幸的遭遇，例如疾病，摯友死亡，財產損失等，當這種不幸的事壓到心上時，倘想避免不快樂的情緒，自然是不可能的。但是一個心理健康的人，雖然遇到如何的不幸：不久就能重新適應，不致常處於悒鬱的環境之中。

（四）統一的行為：心理健全底人的行為是一致的，完整的。反之，心理不健全底人的行為是分裂的，矛盾的，互相衝突的。猶之一個國家，內部各派的意見完全一致，對外政策也大家相同，自然是一個強盛的國家，若是內部的意見，彼此分歧，各有各的主張，互相攻擊，不能統一，這個國家一定已瀕於危境。健全的人格，也缺不了這種「統一」的要素。所以勃痕（W.H.Burnham）說：「健全的人格就是統一的人格。」人格統一的人，無論做什麼事，常是按步就班，有條不紊，並且專心於工作，帶著一種堅強的毅力。他們遇到一個問題，便能集中全力，去求得圓滿的解決，決不三心兩意有頭無尾的。若是時常在慌張惑亂的態度中做事，而且沒有一定的計劃，這就是心理不健康的開始。同樣的，心理不健全的人，思想也紛雜到不可分析，宛如一堆錯綜多結的亂絲，找不出一點頭緒。他們的言語，支離瑣碎，毫無組織，當他們正在描摹天空的雲，忽然又會敘述地上的螞蟻，使聽者莫名其妙。他們和人談話，因思想時常游移的原故，也不能對一個問題，支持很長久的時間；常會在談論一件事的時候，忽又轉到另一件事上去。這樣的語無倫次，極不是健全人所應有的現象。

（五）適度的反應：心理健康的另一種表示就是適度的反應。一個人開始變態不能適應的時候，反應的強度上，常先起了變化：或者容易興奮，或

者異常淡漠。固然,人的個性差異很大,有的反應敏捷,有的反應遲緩,但這些差別也有相當的限制,反應敏捷決不是反應過捷,而反應遲緩也不是沒有反應。假如有人情緒偏於兩極端,他的心理也必是不健全的。譬如突然聽見一聲響聲,稍微震驚了一下,這原是常態的反應,若是有人竟因此大驚小怪地哭喊起來,好似泰山崩於前的危險,這樣過度的反應,就是心理失常的預兆。反之,例如有人聽見他母親死亡的消息,毫不悲戚,若無其事,或僅以輕哨微歎來結束這一個悲慘的故事,好像死者與他之間,僅有極淺泛的關係,這種過弱的反應,也是表示著心理的不健康。

(六)把握現實:心理健康的人,常能直面現實的環境,有一個明確的認識。不健康的人,卻往往因為不能適應的原故,而逃避現實。假如有一個亟待解決的困難問題橫在面前,健康的人必能坦白地認識困難,並找出癥結所在,沒法得到妥善的解決,或是奮勇地克服它。不健康的人卻沒有勇氣去應付:他們或者把困難問題,暫時拋諸腦後,不去想起它,以為懸擱些時,困難就可消滅;或者竟否認困難,以為這個問題,本來就不要緊,容易解決,聊以自慰;或者把責任推向別人,卸脫自己的肩子;或者從想像的世界中,得到滿足,不從實際去努力;這些逃避現實的行為,都是心理不健康的表示。

(七)相當尊重他人的意見:心理健康的人,對他人的意見或主張,必能相當尊重,虛心容納,而同時自己仍有主見,並非一味盲從。假使自己毫無主意,完全惟他人之命是從,人說好他也說好,人說壞他也說壞,這樣也不是理想的人格。反之,個性很強的人,常一意孤行,剛愎自用,固執自己的主張,絕對不肯接受他人的意見,這樣的人決不能和他的同伴相適應,必致常起衝突。

以上七點,為心理健康的標準,雖然牠不及身體健康標準的具體與客觀,可是已夠測得一個人的心理健康與否。

二、心理健康對青年婦女的重要

要知道心理健康對於青年婦女的重要,先得看看心理不健康有什麼危害:

(一)對社會方面的危害

A. 增加社會負擔:心理不健康的人非但不能盡力於工作,且尚需要醫藥費及生活費的補助以備恢復健康。在我國因為統計事業的不發達,這筆費用

不可得知。但各國政府均有記載，如美國一九三二年的統計，在州立精神病院的患心理病者，全國共有三一八,〇〇〇人以上，一年所需生活及治療費爲美金二〇〇，〇〇〇，〇〇〇元，加上病人不能生產的損失，據紐約州立心理衛生部統計家卜洛克博士（Dr.H.M Pollok）的估計，當在美金五〇〇，〇〇〇，〇〇〇元之譜，這二筆合計有美金七〇〇，〇〇〇，〇〇〇元，約合國幣二，〇〇〇，〇〇〇，〇〇〇餘元。〔註1〕美爲世界上的富國，社會尚能擔負這筆損失，但在我國，尤其是抗戰建國的現在，社會決負擔不起。

　　B. 增加社會不寧：據美安特生（Anderzon）的報告，〔註2〕一九一七年紐約公安局發現的案件，有五〇二件的當事人受過心理的檢查，其中百分之五十八心理是變態的，由此可知犯罪中，患心理疾病者佔多數。中國因設備不良，使犯罪當事人不能經心理的檢查，雖偶因犯罪者心理變態很明顯而請醫生檢驗，亦無明確統計記載。不過心理不健康者容易犯罪，而犯罪會增加社會的不寧，是未可否認的。

（二）對經濟方面的危害

　　A. 減少經濟生產：心理健康的人，常是按步就班，有條不紊，認眞的工作著，所以保持應有的效力生產。使個人及國家的經濟，繼時隨日的逐漸增加。反之，心理不健康的人，往往不能工作，假如能夠工作，效力必然較健康者爲小，所以減少經濟生產，是必然的事實。

　　B. 增加無益消耗：心理健康者除了適量的食品以維持每日生活外，很少需要醫藥以治生理上的疾病，可是心理不健康者卻不然，他需要醫藥來調治，又需要特殊的環境來調練，所以這種設施，不免是增加消耗。

（三）對個人方面的危害

　　A. 葬送終身幸福：心理不健康的人，身心上得不到和諧和滿意，所以時常會覺得宇宙是灰色的，人間是冷酷的，生之對於他，並沒有感到興趣，那幸福從何而來？因此終生幸福，就此葬送。

　　B. 影響生理健康：生理健康與心理健康有著不可分的連帶關係，雖然，

〔註1〕 數字採自 C.W.Beers：*A Mind That Found Itsely* （二十二版）附錄第二章 The National Committee for Mental Hygiene 第三一九頁。

〔註2〕 見 V.V. Anderson「Mental Diseases and Delinfocg」*Mental Hygiene* 第三卷二期，第一七七—一九八頁。

生理上的疾病，不一定會使心理變態，可是，變態的心理，一定會影響生理的健康。好像歐洲大戰的時候，很多的軍士生一種奇異的病症，叫做「彈震病」（Shell Stock），他們到前線作戰，一聽見炮彈的聲音，立刻發生肢體麻脾感覺失常等現象，調到後方醫院休養，病就慢慢好起來；但當他們重新被送上戰場的時候，病又會立刻再發。據醫生的檢查，彈震病並非身體上的原因，而是貪生怕死的心理疾病所影響，使生理失去健康的。

（四）對民族生存的危害

A. 使民族質素變劣：從優生學上講，心理疾病可以遺傳，如僥倖因隱性而未傳及，則後天仍很危險。因為父母對於兒童的關係是很密切的。兒童自初生已至長成，全賴父母養育，因兒童富可塑性與模仿性，很易感受父母本身行為的暗示而養成種種習慣。這種習慣，足以影響將來人格的發展。許多人的精神病，都是肇源於兒童時代的不良習慣，所以，培養兒童良好的反應，造成身心健康的基礎責任，在父母肩上。倘若父母本身心理不健康，怎可得心理健康的後代？所以青年心理的不健康，必然會使民族質素變劣。

B. 人口繁殖減少：生理上有疾病者，生殖率較低，但心理上的疾病，是以影響生理健康，所以間接的也會使人口繁殖減少，還有患孤獨的心理病者，往往拒絕結婚，此也足以減少人口的繁殖。

（五）對抗戰建國的危害

A. 減低抗戰能力

B. 增加建國大業的困難

抗戰建國需要人力，物力，財力，可是心理不健康的人，既不能站在自己的崗位上努力工作，以增加我國的財富而適合戰時的需要，又不能多多繁殖後代，以抵抗列強的人口侵略而備建國之用。相反的，還需醫藥以調治，物品以消耗，這實在足以減低我抗戰的能力，增加我建國大業的困難。

其他：心理不健康尚有使家庭不和，社會發生摩擦等危害。

綜觀上述幾點；可知心理不健康，對國家民族社會個人，均有莫大之損害。所以凡負有繼承既往和開創將來的使命的青年們，絕對不可具有不健康的心理，而身為今日中國的青年婦女除青年們應負的繼往開來的任務外，還須加上一重女性在新時代中應負的職責，因此青年婦女的心理健康，關係於

新中國的前途更大。舉凡人格品性的陶冶，身體知識情緒物質等整個組織，以及牠們和環境的情狀，乃至與事實間的相互關係，莫不受心理健康的影響，也無一不與國家民族前途福利有關。對全國青年婦女負有教導責任的人們，實不可加以忽視。

三、中國青年婦女心理的剖析

我們既知心理健康對青年婦女的重要，那麼，我們應該根據心理健康的標準，來分析中國青年婦女的心理，然後才可設法使我青年婦女，無一心理不健康者。

雖然，一人有一人的稟賦，一人有一人的環境，將全國青年婦女的心理，一一加以分析爲不可能，可是，舉其最顯著的類型大概，也已足以代表大多數。

（一）屬於健康的

心理健康的青年婦女，大體體格強壯，血色很好，精神活潑。在她們的後面，有著一個完美的家庭和慈愛的父母；她們從小就受到合理的待遇，過著優美的學校生活；所以是「媽媽的好孩子」，「學校的好學生」，她們的心境正如「一池春水」，既柔和，又恬靜；在智性意各方面的活動，也是極正常的：看了春花，知道愛好；聽到離別，不免傷心；雖然這時候的感情作用比較強烈，對人對物，都易發生同情的心理；直覺的力量，幾乎侵佔了全部思維作用的領域。她們在無生命的事物中，也能看出生命，對著大半的青山，會想像到遠方的良友；見著水面的落花，會憶及舊日的伴侶，這就是她們神經纖維健康，故有適度的反應。

不過上述的青年婦女，是太平世界的幸運兒，在目前的中國社會裏，不易多見的了。

自抗戰開始以來，多少青年婦女因不堪敵人的壓迫與蹂躪，從戰區中掙扎脫險到後方來。固然有的繼續求學，有的卻去游擊區或前線參加抗戰工作。不幸父母雙亡，家人四散，只好終日過著辛苦的流亡生活。

以年齡而論，這些青年婦女正該入校求學，而環境卻使她們不得不離開學校，去和社會接觸，去與敵人鬥爭。因此，她們的柔性，一變而爲忠勇的熱情；她們與患難奮鬥，與艱苦抗衡，什麼也不怕的勇往邁進；她們的理想，

已化爲群的出路，她們的人生觀，正如古代救世女英雄那樣聖潔與偉大，不過，她們缺乏指導，僅憑自己的一腔熱血做去。她們的行動，完全受了感情的指揮而缺少了理智的控馭，所以像失韁之馬似的，奔放固然是奔放了，可惜不能持久，偶遇挫折，感情就容易灰冷，再不幸而在人世的道途上，學到世俗的利害觀念，在她們潔白的心頭，染上了一層世故的顏色，天使的翅膀就此漸漸地低墜下來，而變爲平凡的人，於是得失榮辱四個字，便像一條蛇似的深深地咬住了她們的心。心，就此萎弱了，衰老了，超年齡地衰老了。

在目前戰時，這些心理本來健康的青年婦女，因國事家事的憂慮，流亡生活的不慣，已漸漸改變了常態，這是何等可怕的事！

（二）屬於不健康的

心理不健康的青年婦女，大多幼時就受到環境的摧殘，如從小母親去世，遭受後母的虐待；或是家庭中父母不和，或不幸與母親一起爲父親所遺棄；在她們微小的心靈上，早就種下了愁苦的根苗，以爲人間有的只是殘酷和冷淡。她們看見最可愛的母親受到最不幸的待遇，不得不對善惡的觀念起懷疑。不得不信人間是無是非的，於是以這樣的心理選擇的條件去接受外來的一切，因此所造的思維作用，是反常的，是變態的。

再不幸的：她們所受的學校教育，又不能矯正她們的觀念，甚而學校也對她們歧視。這不平的待遇，更加深了她們對於人類的憎惡，因而養成了一種報復的心理，如其她們心性聰明，姿容美秀，不難變成玩弄異性，虐待異性的女子，否則也許會視結婚爲畏途，變成厭世的獨身主義者，拿這樣的心情去人世和工作，她們所得到的結果是可以想見的。

幼年受不適當的訓練，環境不平的待遇，使她們得不到一點人間的溫暖，再加上目前戰爭的刺激，怎麼忍受得了！所以爲婦女本身的前途計，爲國家民族的生存計，應該從早設法來挽救，以使全中國的婦女，個個都是身心健康的。

四、促進青年婦女心理健康的途徑

分析我國青年婦女的心理，我們得知所以不健康的原因，分環境不良，訓練不當。環境，我們當然不能即速加以改變，所以只好先修養自身以克服環境進而再改造環境。至於訓練的不當，可以教育的力量來改正。醫藥本可

治心理疾病，可是這是消極的抵抗，而非積極的良法，何況在抗戰現階段中前方需要醫藥的中國，事實上是做不到的，故今只論修養和教育：

（一）修養：自身有修養，可以克服不良的環境，也就是任環境如何的惡劣，身心仍能發展，所以修養為促進心理健康的途徑之一。現在分四點來說：

A. 確定合理的人生觀：我們的人生觀，應以總裁「生活之目的，在增進全體人類之生活，生命之意義，在創造整個宇宙繼起之生命」為共守的精義。而孟子所謂：「生，亦我所欲也；義，亦我所欲也；二者不可得兼，捨生而取義者也。」便是利用最高人生觀以指導行為思想一個好例證。所以我們確立了這種人生觀，決不至為貪利榮辱所引誘，任環境如何變遷，我們總能保持著健康的心理。

B. 養成自信自制的能力：他人的主張和判斷，不盲從附和；自己的主張和判斷，也不固執堅持。我們應把自己的主張和判斷，與他人的互相比較；用自信保存自己的觀念，用自制接受人家的主張，然後作一個精密的考慮，同時再注意到一般專家的論斷和自己的有無不同，這樣就不致流於主觀太強之弊。而「人間無是非」的觀念，也可慢慢的改變過來。

C. 從事活動工作：Ruskin 曾說：「生活缺乏了工作，是一種罪惡。」朱光潛先生也說過：「以動來克服人生一切煩惱。」從經驗上，我們也可以知道忙於工作，能減少胡思亂想，一切煩惱，不易襲上心頭，所以常常會保持快樂，而使身心永遠健康。

D. 多讀有益身心的書報，多交結良師益友，也會促進心理的健康，因為書報，良師，益友，可以充實我們的心靈，擴展我們的心境，使我們不致默默地沉湎於獨自的幻想之中，不致從想像中滿足現實中所不能得到的一切，換句話說，我們能適應他人，能保持快樂，即使環境給以不平的待遇，過份的刺激，也可以忘卻。

以上四點，是每人做得到的，假如我們發現心理上確有些不健康，就該拿以上的四點來試驗，來矯正。

（二）教育：人類的意識，雖與外界的刺激，有直接的因果關聯，然而其反應不是機械的，而是有選擇有目的的。教育的意義，就在改變機械的反應為有指導性的反應作用。如有二個同年齡的人，同時聽到飛機聲音，一個有防空常識的，就知道這是中國飛機，而心上毫無懼怕的意識；另一個卻是

從未受過教育的，一聽飛機聲，神經即起反應作用而本能地想到死的可怕，因此發生恐懼的意識。由機聲而產生的心理狀態，是反應，反應同而心理活動的結果不同，卻是教育的作用，明白了上述的原因，就知道用教育的力量，來防止青年婦女的心理疾病，來促進青年婦女的心理健康，不是沒有理論的根據的。

A. 家庭教育：父母應注意自己的一言一動，用暗示的方法，使子女知道做人的標準。消極方面：不要歧視女孩子，使她們的心靈受傷，也不要偏護女兒，使他們養成驕傲的習性；而父母最好不要吵架，即萬一不幸發生爭執時，也千萬不要讓子女聽到或看到。積極方面：要使她們辨是非，重正義，養成一種健全的人生觀。

直至女兒進入學校，家庭教育始居於輔導地位以補學校教育之不足。女孩子入中學以後，因知識初開，感染性也最強，故如稍一不慎，就會養成不良的品性，這時為父母的必須用旁觀的眼光去分析女兒的言語行動，善意的觀察她的交友，或檢視日記信件等，以推測女兒的心理狀態，及其變化的痕跡，以為鼓勵或是矯正的張本。賢明的父母，這時必須具有「如懷美玉」的態度。小心翼翼，惟恐損傷，愛護將持，使這塊無瑕美玉，將來能夠成為大器。

B. 學校教育：目前女子教育，功課緊張，男女程度劃一為其優點，但側重知識的灌溉，忽略人格的培養為其缺點。我們知道豐富的知識，必須伴隨著良好的人格方能相得益彰。故研究教育的人對於心理教育的環境，應格外注視。

至於改善學校教育的具體辦法，個人以為：第一，選擇師資，必須學行並重。每位教師對於學生們身心的發展，教師應負有責任。倘發現她們智情意的某一部份有畸形發展時，宜用教育上的設計來加以矯正。同時必須顧到：女學生的心理較複雜，情緒較脆弱，要用理亂絲的方法加以處理，而不可用快刀斬亂麻的手段去摧毀她們上進的心情。第二，選擇訓育員應注意其身體健全，具清明的人生觀和宇宙觀，富正義感，營合理公私生活四點。情場失意的孤獨老小姐，或是其他心靈上受過創傷的人，應絕對避免，因為她們（或他們）病態的心理，足以摧殘青年婦女潔白的心情而造成終生的悲局。

近年來大學的創設女生指導，是一種好制度，不過這種指導員必須具備的條件是：學識相當豐富淵博，足使女學生佩服；私生活端方嚴肅，足以取

得學生的敬仰。而指導員對女生的態度，也應以長姊對弱妹的情誼來指導一切。以生活上的聯繫，與學生結成一條人格的線，這條線可以織成師生間美麗的前途。她們坦白的討論政治、戀愛、工作等問題，都可得到圓滿的解決，如此的指導方式，才能貫徹教育的目的。

C. 社會教育：社會上對新女性的態度，大多數缺乏同情心。除開少數受過時代洗禮的賢明之士外，一般人都視女性為特殊人物，或是要求過高，以致感到失望，或者懷有成見，不問是非概加以抹煞，求其能給予合理的批評的，已不可能，何況還要他們給予教育呢？

輿論的力量，可以使人向上，也可以使人墮落。假若一個人到處受斥辱，懦弱的就自暴自棄，則強的即鋌而走險，故意和社會道德取挑戰態度了。一班頑固分子又從而加以斥罵，這豈不是使青年婦女走上自殺的路嗎？在平時她們已受不了這些強烈的打擊，而況現在大多數的都是負了一身隱痛的流浪者。站在婦女的立場上，我要求社會人士，除下了歧視的眼鏡，而以長者的正確的眼光來觀察，她們有不對的地方，不妨加以指正，但不宜出之於謾罵，因為她們是未來民族的母親，為了尊重民族，就該尊重她們的人格。不過此所謂尊重，決非盲目崇拜，而是寓有珍重和愛惜的意思在內。青年婦女如一朵出水的白蓮，而社會則是園丁，園丁的天職，就在維護這白蓮的生命，直到這朵民族的花結成了復興的果後，園丁的責任才算告一段落。

五、結　論

一個心理健康的人，可以改造他自身以外的環境，同時也可以改造自身的慾念和希望，以達到人類和諧上進的境地。一個心理健康的青年婦女，在大時代中生長著，不但協助著領導者推轉了時代的車輪，改變了當前的環境，同時也改造了自身，否則就不免發生阻礙時代車輪的妄動，演成開倒車的事件。所以為了要時代前進，也就是為了要早日完成建立三民主義新中國的目的，凡我青年婦女，自身應注意修養，而教育方面，也應該同時加以改進。那麼，才可達到我青年婦女，個個都身心健康而足為後代民族的母親的理想。

時代婦女應有的自覺和解放

趙蓉芬

一、引　言

　　社會變遷是有時代性的。從縱的方面看：人類的歷史，不斷地在推演；從橫的方面看：人類的社會集團，不斷地在展開。這推演，這展開，牠們彼此之間，是有著互相通貫，互相依存，互相適應的關係的。但是，社會模式在某些方面往往是由惰性而趨於守舊的。這種守舊的惰性，於非物質文化如道德，風俗，宗教，法律等，尤其顯而易見。然而因爲守舊，便趨於固定，因爲固定，而形成靜止，這種靜止的社會模式，不能適合物質文明一日千里的變動時代的要求。因此，時代需求與社會模式，發生了一個矛盾。這矛盾深刻到了某種程度，人類社會便會發生問題，而婦女問題也隨之而爆發了。

　　由上可知婦女問題的發生是歷史演變和社會進化必然的結果，也可以說婦女問題是歷史演變和社會進化必經的過程。這種現象，無論中外，都可以見到，不過因爲環境的不同，發生有先後而已。

　　有人說：婦女問題是整個社會問題的一部份，社會問題不得解決，婦女問題也便永遠得不到圓滿的結果。因爲社會問題一時不易解決。所以婦女問題的紛擾，至今還不息地在動盪中。照這種說法，似乎有整個決定部份和被動的意思在；可是同時應該知道部份的健全，也是使整個健全的必要條件。我們當然不能舍本逐末，祗顧部份而忽略全體。可是在整個問題不易解決的時候，部份的自求健全是必要的。即使不能如我們的理想，可是相須相成，不能否認有助於整個問題的解決。

　　自十八世紀末以來，由於自由思想的發展和產業革命的結果，歐美各國

的婦女問題已紛紛產生。我國的婦女問題雖然確是受了歐美各國的影響，可是因為環境的關係，加以發生的歷史較短，自不能與歐美各國相提並論。要解決這個問題，大部份有恃於認識時代環境的中國婦女自覺的努力。因為我國婦女問題發生的歷史雖然較短，可是到現在為止，甚至到將來，經過社會環境和思想潮流的變遷，而跟著已發生了內容的改變，婦女們要解決本身的問題時，不能不認清這個重要關鍵！

二、婦女的本質

按歷史事實的記載，原始時代的婦女，在人類社會中曾佔過中心的地位，即所謂母權時代。當時的社會，也就是母系中心的社會。可是為什麼母系中心的社會不能維持長久而要代之以父系？無疑的，社會生活的改變和經濟制度的影響是促成轉變的最大原因。而母權的產生，我們也可同樣的以原始社會生活方式的適合來解釋。同時，我們不能否認母權時代之所以能夠維持相當的時間，是以證明婦女的本質，並沒有不如男子的地方。柯崙泰曾經說：「婦女的身體，和男子一樣的結實，婦女的心智，祇有比男子發達，婦女所掌管的職務，非但不少於男子，而且比男子還要多，她們是最早的工程師，農業的創始者，初期工業的發明者，提倡者。」並且她們還要分外的盡著母性的天職，忍受最大的痛苦，費盡一切的心力，為著後代的延續。所以由此看來，婦女本質的不如男子，在事實上已不能成立了，可是我們又要反問古代婦女在事實上的表現，其本質和男子既無差異，那麼為什麼現代的婦女在生理上和心理上有著顯著的差別甚至不如男子呢？豈非前面的說素，可以發生懷疑？其實不然，按照生物學的新生論 Epigenesis 的觀點，認為：遺傳只是一種可能性而不是實在的性質，遺傳要變成實在的性質，全恃於環境的刺激，環境是遺傳性的實現者，沒有環境，遺傳性不能實現。同時，分析人類行為的要素，可以分成先天的生理基礎和後天的環境影響兩種：先天基礎，供給一種活動的可能性，但活動的表現，則全賴後天環境的刺激。由此可見婦女雖有和男子同樣的本質，因為社會生活和經濟制度的演變，在農業社會和私產制度安定的生活中，社會對於婦女的需要異殊，婦女受環境的刺激亦不同或甚至減少，所以她們固有的本質之遺傳的可能性亦隨之有所顯應。且在母權時代，婦女居於社會支配者的地位，相反的，男子便成為被支配者，根據孟子所謂「勞心者治人，勞力者治於人」之語，即可推向當時在一切社會形態

略具雛形和生活方式最有規律以後，男女間形成了勞心勞力的對立狀態，因此婦女常常多靜而少動，雖有強健的體魄。亦將因少鍛鍊而衰退，加以一時生理上的特殊關係，種種不方便或牽累，她們便不能像後來父系中心社會的男子一樣，有充分的精力和時間，兼顧社會各方面的責任。由此看來，我們不能把現在男女的差別來推斷男女天然的不平等，其所以形成男女現在的差別，大部份還是環境的因素。

我國自黃帝戰勝蚩尤而建國，逐水草而居之游牧生活乃漸趨農業生活之安定狀態，於是婦女隨著勞動分業的逐漸發達，已經喪失了自己在生產上的意義。而私有財產更加深了她們的隸屬程度，直到近世，社會上的種種活動，都被男子所包辦，婦女非但無插足的餘地，實無插足的可能。婦女困守在家庭，在非常可憐的狀態中，勉盡傳續種族的責任，男子因為經濟地位上的優勢，有權力，有自由，他們的心智和體力日有發展，而婦女經過三從四德舊禮教的束縛，在俯從仰服的關係中，失去了舒展的機會，在身心各方面都見退化：她們的心理質素變為多愁善感的，失去了堅強的意志和判斷力，她們的體格變成纖小萎弱的，失去了原始時代的強壯和活潑；以幽靜寡言為美德，而缺乏熱烈的情緒；加以她們的生活範圍狹小，所發生興趣的，祇是關於日常家務之類的事情，所見不廣，因而她們的思想也變為非常狹隘，許多社會變遷的現象，因為對她們根本不會發生興趣，遂全不在她們的注意中了。由於政治經濟，尤其教育機會的不平等，她們絕不會深切覺悟到女子的責任，不僅是為著一部份育兒傳種，並且還有著整個「人」的義務。所以關於這方面非但男子們卑視了婦女優良的本質，忽視了婦女應盡的責任，同時婦女也因為知識的淺薄和思想的幼稚，過著因循寄生的生活即以為滿足，就是有所怨恨，亦惟咎諸命運而已。在封建勢力壓迫下的婦女，中外同然，難怪柏拉圖有感謝神們賜給他不生為女子而生為男子的恩惠，亞里斯多德的視女子為泥土，以及尼采叔本華對於女子的痛詆了。其實平心而論，這並不是女子的罪，是舊禮教和傳統觀念束縛的結果，男子應該負有相當的責任。現在就婦女方面說，惟求達到環境的改善，從適當的環境的刺激，促進遺傳的可能性，並施以後天教育的力量，由是婦女可能恢復的良好本質，便不難實現了。可是，在事實上，並沒有像理想的那麼容易，因為這種理想雖然可能達到目的，然而他的效果是不易一時獲得的，也許在十年百年甚至千年以後，可是這並不是玄想，終有成功的一天！

三、婦女問題之史的檢討

一切的社會制度，非但由時空來決定，同時更須有人的因素，換言之，人決定制度，而制度亦能影響人。正如社會學家所謂：「文化是人的產物，而人亦是文化的產物」一樣。但是世界上最複雜的莫過於人，他的生理心理有微妙不可究測爲變化，他的思想能在幾秒鐘之間縮影他整個的生命歷程，所以要使他有合理的反應，非有適當的刺激和誘導不可。

西洋自從十五六世紀文藝復興以來，整個人類的靈魂，從教會的固閉束縛中恢復了自由，他們發現了「新的個人」和「新的宇宙」，從文藝復興的活潑自動和不自主的心理活動中，逐漸進入了自覺的有態度的啓明時期。於是個人獨立的假設，充分表現了人本主義的思想。以個人能力的豐富偉大爲光榮，個人足以支配一切，是一切社會的起點。恰如愛德曼所說：「人是理性的個人，須努力提高人的地位，使其超越一切。」由於以上理性的發現，自我的認識，宇宙新觀念的擴增，人類思想展開了光明燦爛的一幕。同時奠基了人類應該自由平等博愛的新理想。但是求知慾是人的本性，祇須有適宜的環境，他便能盡情地吸收進去，所以這些新思想的刺激，非但被男子們接受了，同時一部份婦女也受了他的影響。力區夢特 W.R.iebmond 說：「在文藝復興期中，婦女們亦得到了對於生命的新認識和新態度，……其中有許多女子是曾聞名於宗教，社會，和政治生涯中的，可是她們僅是屬於貴族或王室的一小部份，不能證明她們的心的獨立曾變成了普遍的同情。」所謂少數的婦女，例如：意大利有安凌皮亞，依沙達拿樓爾，可倫蘭；英國有依里沙白女王，倍根的母親，亨利八世教師的女兒，穆勒的女兒；法國有女王瑪爾格蘭等，都是有名的學者革命家，雄辯家，或政治家。可見她們並不出於力區夢特所說的僅限於貴族或王室的一部份，大多數中產階級以及平民的婦女們，還是茫然無知的。而我國歷史上雖有花木蘭，秦良玉之類，實在寥寥無幾，少得可憐！直至十八世紀孟德斯鳩，盧騷等自由思想的刺激和十九世紀產業革命的結果，家庭制度動搖，歐美婦女們在懷疑國家及封建社會的根本原理之下，羣起爲著高尚的目的，帶著深刻的興味和熱情而努力。她們熱烈的參加討論哲學，宗教，科學，法律等一切平等的權利。因此，歐美的婦女運動，便蜂起潮湧。因爲發生得早，所以解決的進度亦較速。我國數千年的歷史，在閉關自守的生活中演進，新經濟，新思潮的影響，尚屬近百年之事，可是現在的社會問題，已經步上了歐美產業革命的後塵。民國八年「五四」運動的發

生，有人喻爲中國的文藝復興雖未免有牽強的地方，然就青年們對於自我的認識和理性的發現論，實有相似之點。而我國婦女的覺醒運動，亦逐如蓓蕾初放，這充分足以表示環境與思想刺激的力量，這種力量，衝斷了婦女的枷鎖，使她們衝出了家庭。她們像從牢籠中初放出來的一群羔羊，從黑暗中見了一線曙光，歡欣著光明的到來，可是卻不知道那一條路，是她們永遠得到自由的目的地的去處。她們除希望有所指示外，唯一的辦法，祇有讓她們自己來試探。二十餘年來的婦女們正爲著自己的前途而努力不懈地做著這種試探工作，但是目的地的尋找，必須要先辨清方向，而方向是隨著個體所處的空間位置而不同的，所以同樣的，婦女們有要求解放的覺悟，必須要認清時代的需要。

婦女的淪於附屬地位，已有數千年的歷史。所以要求婦女解放的實現，絕非一時可以成功。此點上面已經述及。也正因爲婦女解放運動成就的困難，才顯出婦女運動使命的重大。婦女解放運動是在如何促成婦女社會的政治的自覺？如何革除淪婦女於奴屬地位的舊社會制度？如何使婦女在創造歷史建立生活的範疇中獲得自由發揮才能的地位？如何建立婦女們的集體力量？以保證婦女們合理的生活。這種種問題的解決：都需要婦女本身的努力。

四、時代婦女應有的認識

世界的潮流，不息地向著進步的方向前進，一切社會問題的發生，祇有順著潮流去求解決，婦女問題亦惟有合著這種法則的需求。並且，社會固有的文化模式，具有選擇淘汰的作用，凡新義化的採用，因爲不同的社會有不同的文化模式，而一社會的文化特質，亦不是獨立的，必定多少發生相互聯帶的關係，乃成一特殊的模式，所以任何新特質的增加，必須多少與其固有的文化模式相適應。中國有中國的文化模式，就是說文化所表現的中國社會各方面，與歐美有不同之處。所以我們不能抹殺固有的特性，一味抄襲歐美的辦法。過去我國婦女運動所以成績難於表現，一部份原因也就是因爲參加運動的其中一部份婦女，徒效外表而不知實際，她們以爲歐美婦女能脫離家庭，就能得到真正的自由和解放，而絕不考慮到她們爲什麼可以跑出家庭？她們同樣受了數千年的壓迫，如何使她們的知識程度提高，而能和男子享受平等的權利，並知道盡她們應盡的義務？爲什麼兒童的撫育可以不成問題，爲什麼她們對於家事所費的時間較少？還有，她們祇是詛罵希特勒驅婦女回

家庭去的不合理，而不研究其原因安在？凡此種種，袛知其然而不知其所以然的盲目提倡，即使爭得一點解放，也是浮淺而不徹底的。我們試稍用理智加以分析，便不難知道她們受教育的機會已經普及而均等。在用教育力量予以「情」「智」的陶冶和訓練中，已經瞭解了「人」的義務。且科學的發達，促進物質文明的進步，物質生活的改善。同時，幼稚園和托兒所的普設和完備，無形中婦女對於家事的負擔可以減輕了。而社會和經濟制度的變遷，更是促成這些事實的原因呢。其次論到希特勒的主張，固然社會的失業問題和大部份婦女不瞭解母性的天職是促成他驅逐婦女回家庭去的主要原因。實際上非但德意如此，就是我們的敵人日本，對待婦女，亦是無理性可言。甚至以前沒有這種傾向的國家，現在也有把這種錯誤的觀念實施，如夢想能減輕國內社會問題之嚴重性的趨勢。其實一個問題，惟有順應著時代的潮流去解決，才是合理的。現代潮流的趨勢，已經到了婦女覺醒的時期，惟有用因勢利導的方法，去滿足她們的渴望，修正她們的思想。而時代婦女要想達到解放的目的，她們自己，尤其是中國婦女，不能不有深切的認識。

根據心理學家的研究成果，在男子的平均腦量，並不超過女子的，況且智力和腦量之間，沒有證據可以證明有密切的關係，所以倍倍爾說：「決定智力的要素，不在頭腦的大小，而在腦組織及腦能力的練習作用，要使腦髓及其能力的充分發達，非有規則的訓練及和其他一切機關（生理機能）同樣的適當營養不可。」這種訓練，就是合理的教育，這種營養，就是後天物質的資助。我們前面已經確定原始婦女的本質，本和男子無甚差別，後來因為環境的影響，生活方式的改變，體力的衰退，影響到心理的變化，加以數千年受著傳統觀念的壓迫，智力發達的機會完全剝奪，心的能力，呈著萎縮現象。所以，要培養未來的時代婦女，最基本的方法，以教育力量加以適當的誘導，因為無論道德、宗教、政治莫不和教育發生了密切和聯帶的關係。換言之，有德智體並重的良好教育，量力量才能使婦女的思想和行動，走上真正的自覺和解放之途。我們知道當婦女知識幼稚的時期，所受社會勢力的壓迫，必然更大，但是到知識程度提高，自我覺醒已達相當程度的時候，她們能自己拿出力量來控制社會，克服社會的惡勢力，所以社會的改造和進步，與婦女教育的普及和提高是互為因果的。雖然我們不可忽視婦女外界環境的改造是一個先決條件。可是婦女要真正的發揮她們的能力，讓社會力量來提高她們的地位，而自己處於被動的順應狀態，那是永遠不會達到目的的。一切政治

上，法律上，社會上，經濟上的平等，必須要有以教育上的平等爲基礎，然後始能永久保持。因爲惟有讓婦女有正確的「人」的觀念以後，她們才能除享受一切權利外，更能知道如何盡應盡的義務。縱然政治，法律，社會，經濟的未能平等，而先求教育的平等確有困難之處，可是我們須得認清要求教育上的平等是婦女解放的手段而不是解放的目的，因爲即使婦女已得到了和男子同等受教育的機會，即已滿足，而不想受教育的目的到底如何，這樣，便不能藉教育的力量，發生自覺地能力，結果，所謂解放亦是空虛的。

我國教育至今尙未普及，女子教育更甚，一般中上階級的女子，雖然能有受教育的機會，可是她們大多數都是缺乏高尙的理想，上焉者以求生活的獨立爲目的，下焉者以受教育爲滿足虛榮心的心理，終至當她們對於生活乏味或倦怠的時候，患了實際或想像的疾病，到了相當年齡之後，便成爲宗教的崇拜者，或成爲咒邪禁欲的信徒。而一般下層階級農工的婦女們，因爲根本沒有受教育的機會，始終在階級和兩性的奴隸狀態下，碌碌終生。所以，在事實上，動員婦女，除「質」的改造外，還需要「量」的增加。婦女的解放，是全體婦女的解放，因此我國現階段的知識婦女，應當負起兩種責任：就是除本身的修養和高尙理想的培養外，還要負起領導無知識婦女的責任來。所以時代的知識婦女應該堅定努力的目標，奮鬥的決心，喚起婦女大眾，充實女界的力量，這是現代中國的知識婦女們，尤應奮勉惕勵的一點！

婦女解放的眞義，是要使婦女大眾在自動自覺的狀況下，利用應有的機會，發揮優良的性能。我們須知道解放的目的，並不是和男子處於對立的地位，爭得母權時代的光榮，因爲當時的社會環境社會思潮和社會制度已經變遷，所以現在這種希望根本是不可能的，同時也是不必要的。我們所要努力的，並不是絕對打倒男性中心的社會，而是要建立起兩性互助合作和精神協調的團體。男女間所以有歧視的心理，多半是由於傳統的隔閡而來，接觸愈少，隔閡愈深，婦女們要打破這種隔閡，同時更須注意養成互尊的心理和態度。欲使男子尊重女子，而女子本身先要自尊，由自尊而互尊，由互尊而所得的合作，才能發揮合作的力量和意義。且如勞動分業，甚至近代分工制度的產生，男女生產上，經濟上的合作，更是促進社會進步的一大原動力。所以要婦女們應該清楚地認識，婦女運動的目標，是要從對立變爲合作，以及兩性特質調和的趨勢上，建設完美的生活理想，共謀社會的發展，人群的幸福。康德說：「男女相合，才成一完全的人。」這話是不錯的。

　　人類社會，是由兩性組織而成的，兩性同為維持和發達人類社會所不可缺的元素。所以婦女們應該認清她們更負有健全人類社會組織的重任。家庭是社會組織的單位，在世界目前的情形下，有些國家雖有把家族制度完全消滅的理想，可是這種理想的實現，是要具有很充分的客觀條件的。在現在的中國，向稱以農立國，而工業僅具初芽，家族制度雖受經濟制度，時代潮流的影響而有質的變化，可是家庭仍必然的是社會組織的基本單位，有健全的家庭，然後有健全的社會，國家。婦女們既知對於國家的責任，而最基本的不能忘卻了對於家庭的責任，這些責任都是應該男女分擔的，缺少任何一方面的努力，便不能成為一個完全有力的力量，婦女們決不能因為受了數千年來家庭的桎梏，毫不考慮的被逃出家庭的樊籠即是自由和幸福的妄想所蒙蔽，須知無健全的個人，即無健全的家庭，無健全的家庭，即無健全的國家。國家的幸福，才是個人的幸福，國家無自由，個人絕對無自由，以上諸點：總裁已一再告誡訓告過我們。全國為求自由解放的姊妹們，應該清楚地認識自由解放的真義，否則非但不能充分發揮女性的優良性能，反而會增加許多新的壓迫。所以在中國現在的情形下，婦女們絕不應輕視家庭或視組織家庭為畏途。從婦女本身而論，應該設法在不損害家庭組織健全的原則下，減輕對於家庭的負擔，例如自動創辦托兒所和要求保護母性等。婦女在體格強健，認識清楚，意志堅定的三個條件下，組織家庭並不會妨礙她的事業，甚至更足以完滿的達到她對於家庭社會的雙重責任。

　　根據上面的意思，認為要使婦女徹底自覺，必須要從教育著手。要使婦女得到真正的解放，不可輕忽家庭社會的雙重責任。就目前的情形論，所謂社會也可說即指國家民族，國家不能自由獨立，民族不得平等解放，個人便無自由，獨立，平等，解放之可言。我國正值抗戰建國非常時期，所謂抗戰，如反帝國主義的民族戰爭，其目的在爭取國家民族的自由獨立；所謂建國，是要建立起平等解放的新中國。所以在目前的時代婦女，一方面固然要認清一般應有的認識，另一方面更須瞭解非常時期的重大使命，惟有抗戰勝利以後，婦女們才能談到自由解放，所以婦女們現在應該不惜犧牲一切，為著爭取國家民族的最後勝利。同時，新的婦女地位，亟待確立於新的建國基礎之下。改良自己，革新社會，更是婦女們應該加緊努力的工作。

　　近代社會的組織，最明顯的趨向，是團體組織的範圍擴大，條理周密，對於個人制裁的力量日大，所以個人若無團體為後盾，則競爭必敗。團體而

無纖密的組織，堅強的團結，努力的群眾，則競爭也必不能成功。由此可見婦女欲求真正的解放，必須鞏固團結的力量，同時要使整個的社會組織堅強，非整個社會的各分子——男女，能互相團結和合作，充分發揮他們的生命力，向侵略者的團結，抵抗和反攻，才能得到最後的勝利。

五、結　論

綜合以上的分析，可得一肯定的結論，就是：要想社會進化，必須組織健全；要想組織健全，必須婦女解放；要想婦女真正解放，必須婦女自身，徹底覺悟。

原來，所謂社會，就是人類因為生存的需要在生活過程中自然而必然的結合起來而營共同生活的總體。但這總體，不是機械的湊合，而是有機的統一；是一貫的，整個的，她是有系統的，有組織的。在社會中，各種組成的分子，雖然形式各有不同；然每一分子，卻有一定獨特的功能，這種功能，為構成有機社會所不可缺少的因素。固然，整個社會，有決定每個分子的權利；而每個分子，也有影響整個社會的能力。因此，要想社會進化，不能不先求其組織之健全，組織健全最普遍最高級的原則，即是社會每一分子，都有均等的機會，都有獨立的人格，換言之，社會分子與分子之間，以及分子與團體之間，保有一種公平而合理的關係；因為惟有在這種關係之下，每個分子，才能自由地盡量地發揮其一定獨特的功能。

社會組成，以人為主，人類之中，性分男女，男女兩性，在某些方面，各有長短；但這些長短，不是圓滿以相傾，而是缺陷已相補。這就是說，男女之間，不是因為各有長短而互相排斥，反之，正因為各有長短而互相須求。從這觀點看，男性女性，不但沒有獨立生存的必要，同時更沒有獨立生存的可能，無論在經濟生活上倫理觀念上，女性固不能離開男性，男性也不能離開女性，在社會共同生活中，都有同等重要的意義和價值。

在原始，兩性的關係是平等的，後來由於各種原因，而把這種平等的關係打破。自此以後，婦女們在法律上、政治上、社會上、經濟上、教育上都喪失了她們應有的地位，天天在那極度可憐的環境下度日，沒有適當的機會，發展她們獨特的功能，她們不能享受在社會上所應享受的權利，她們也不能克盡她們在社會上所應克盡的義務，這固是婦女的不平，同時也是社會的不幸。

　　歷史的推演，已到了現階段。在現階段中，新的事實，已經產生；新的觀念，已經形成，新的制度，也將確立。在這將確立的新制度中。兩性關係，必須加以合理的調整，最低限度，數千年來屈服於封建制度之下喪失了權利，忽略了義務的婦女們，從家庭的囚禁和禮教的束縛裏解放出來，恢復固有的自由，奪回自然的平等。

　　無論從歷史觀點看或社會觀點看，我們都得承認：婦女解放是個合理的要求，同時是個必然的趨勢。這要求，這趨勢，在現代已發展到「水到渠成」「花開實結」的田地，但這僅是一種可能，而不是一個現實：要使這可能變為現實，還有待於我們女同胞的努力。

　　婦女們不是沒有熱情，也不是沒有力量，更不是願意忍受男子們無理的虐待，然而數千年來所以不能改變她們的悲運，最大的原因，是由於她們的朦昧無知，自己不能認識自己。原來，人類行為受意志所支配，而人類意志，為知識所決定，因此，沒有高深的知識，便沒有堅強的意志，沒有堅強的意志，便沒有剛毅的行為，過去的婦女們，因為缺乏了知識，缺少了自覺，在心理上沒有主宰；在行動上沒有目標，這樣一來，進退無定，是非不明，不是迷途必然中止。

　　所以，婦女們今後的工作莫重於自覺的努力，所謂自覺，就是自己知道自己，知道自己的性能，知道自己的命運，知道自己對於社會所負的責任；知道自己對於歷史所負的使命，換一句話說，就是自己知道自己處於人類中，宇宙中的真正地位；進一步說，即對於自己的存在以及自己以外的存在，都有充分的認識，唯有具此認識，人生才有觀點，生活才有立場。依此觀點，依此立場，而行動，而努力，才不致為威所迫而屈服，才不致為利所誘而投降，更不致因失敗而灰心，受打擊而消極。再接再厲，不屈不撓，這樣，婦女解放前途，庶幾有望！社會進化前途，庶幾有望！

從中國婦女在禮法上的
今昔地位以瞻其解放的前途

李鴻敏

一、悲苦的婦女命運

我一直的覺得：世界上的有婦女問題，乃是人類文明史上的污頁；我並不全部否認在人們共同生活中所產生的各種形象問題，但我卻十分懷疑由於性別差異而發生的重男輕女底偏判觀念。同是父母的胎兒，而所遭受的待遇，卻是極端的不同。在中國，自有信史以來，似乎就未曾以平等對待過女性，一切禮法中所訂定的條例，都是以男子為主，而女子祇居於附庸的地位。

真確的，婦女的命運是悲苦的。

詩經「乃生男子，載寢之床，載衣之裳，載弄之璋……乃生女子，載寢之地，載衣之裼，載弄之瓦。」（小雅鴻雁之什斯干）從母體剛一生下，便和男孩享著十分不同的待遇。這就是說當她們第一次用口呼吸空氣的時候，悲苦的命運便開始了，一條條的巨索也一重重的縛上身來。左傳僖公元年「女子，從人者也」禮記郊特牲更明確的指出「女從男」接著便把應從的人物也逐條標出「婦人，從人者也。幼從父兄，嫁從夫，夫死從子」。五倫中雖也明明載有夫婦之誼，易經繫辭中也說「男女構精，萬物化生」在原則上似乎男女夫婦正各有其並存的意義；然而幾千年以來婦女在社會上的地位，不管在道德宗教，教育，以至政治，法律……各方面，始終是較男子的地位為低劣卑下。把家庭的大門用偏面道德封條給封鎖著，儘管男子隨便的出入，婦女卻不能雷越一步。而一部份人還昧著心罵婦女，不能自謀獨立，不能從事生

產，認爲婦女作男人的奴隸是應該的。他們經常地列舉歷史上的成功者是男子多於女子而來反證女子根本不如男子。其實，這完全是一種近視的錯覺。但，世界上盡有著用一雙眼睛看事的人，他們看不到事情的全豹，祇片面的觸到事實的一角，對於婦女問題大部份人是犯著這個毛病。我們知道在歷來男性中心社會中，因爲把婦女祇當著玩物似的「籠中鳥」，所以祇要她能做到順從，體貼，溫柔的地步，便不主張再受什麼教育了。男子受教育的機會比女子要超過千萬倍，在這樣畸形發展下，女子在事業上的成就不如男子，乃是當然的結果。然而我們可以舉出偉大的教育家的孟母，天才政治家武則天，以及光芒四射的偉大文學家李清照等人來，這決不是把數目十分渺小的在事業上成功的女子也列舉出來遮羞，而祇是說明女子如果受教育的機會能與男子平等均衡，則一切的成就，決不會次於男子的。這事實在歐洲諸先進國家很早就給證明了：──維多利亞（Vicotria）和伊利沙白（E.Lizabetb）是英國最英明的女王，女科學家居禮夫人（M.dame Cmie）女社會運動家羅蘭（Rolland）及許多的女文豪如喬治・桑（Goorge Sand）等，都是成就於受有平等教育之下的。中國自施行男女平等教育以來，不可否認的也有其具體的成效。的確，女子除卻其天然的缺陷外，任何人也沒有絲毫理由來批判其才智或能力不如男子的。

但傳統的禮法教條一直維持了男性中心社會的鞏固地位，婦女解放問題已變成了嚴重的社會問題。而在制度下婦女反抗的行爲，也祇能採取消極性質的鬥爭，爲了反抗「父母之命，媒妁之言」底沒有愛情基礎的結合，她們有的服毒、跳井，有的抹喉投環。爲了反對奴役婦女，反對夫綱、她們有的實行謀夫，有的私奔。然而在這奴役壓迫婦女的行爲已成爲社會的道德之下，企求婦女解放的「叛逆」，早已在嚴厲的制裁下犧牲了。此外，更有若干的女文學家，曾用血淚所織成的文學作品，來發露女子在社會上所遭受的不幸與疾苦，但，同樣地她們也祇能以悽惻的筆調，來作側面的挖訴。的確，我們幾乎不忍心來翻看幾千年來關於婦女問題所造成的血漬殷殷的歷史。婦女解放問題在中國獲得了人們的同情與注意，實在是二十世紀開始的事。自然：這以前也不是根本沒有人同情與注意，如唐朝大詩人白居易便是顯著的一個，他在其一首婦女苦的詩中，曾說「人言夫婦親，義合如一身；及至死生際，何曾苦樂均？婦人一喪夫，終身守孤子，有如林中竹，忽被風吹折！一折不重生，枯死猶抱節。男兒若喪婦，能不暫傷情，應似門前柳，逢春易發

榮；風吹一枝折，還有一枝生。爲君委曲言。願君再三聽，須知婦女苦，從此莫相輕。」以婦女守寡的形式指出男女不平等的偏判道德，在當時自然不能不說是大膽。可惜他這「委屈言」，很少有人「再三聽」。清朝李汝珍的鏡花緣，乃是胡適之先生所極端推崇爲三千年來一個以文學手腕提出婦女問題的名著。說它是一部討論婦女問題的最好小說，因爲它已大膽的提出男女平等教育等問題。（參胡適之先生鏡花緣的引論）但，缺乏對於問題中心的正確認識以及對於實際社會的透徹理解，祇就個人的幻想，那是解決不了問題的。

所以婦女運動的呼聲在中國眞正發生作用，掀起社會人士的普遍注意，也如其他的許多國家一樣——是隨著民主政治思潮而興起的。幾千年來，中國的婦女生活，一直地是在「人間地獄」裏過活著。自從辛亥革命，民主主義思想輸入之後，國人以「天賦人權」及「自由・博愛・平等」等法國革命當時的口號相號召，以期推翻專制的君權。而中國的婦女也漸次由夢中驚醒？緊跟著發動了婦女解放運動；因而社會的眼光也漸漸注意了婦女問題。當時，他們一面參加推倒君權的運動，同時也爲婦女自身爭取解放參加政權而奮鬥。據說當時的女子團體如女界共合協進會，神州女界參政會等曾經闖進當時的立法機關參議院，毆傷警衛，搗毀辦公室。可見當時情形的熱烈。但，當時社會經濟生活沒有將所有的婦女都捲入切身要求的洪流，政治改革也未能掀動所有的婦女作反對奴屬的鬥爭，結果也祇是幾個有財產階段的婦女得以獨享其惠、造成極少數的「離群索居」的婦女領袖。所以在舊封建餘孽的軍閥揭起了「共和」旗幟；大張其威燄之後；轟動一時的「婦女參政」「男女平權」的呼聲也就隨之而偃旗息鼓。直到成爲中國民主政治改革典型的「五・四」運動，婦女解放的呼聲才又復活起來。當時因爲列強以歐戰方酣，無暇東顧，乃給予中國一度發展的時機同時市民階層的建立民主國家掃除封建殘餘的要求也逐次增高；而日本帝國主義者的加緊侵略，更激起了知識分子的愛國思想與民族意識。在擁護「賽先生」「德先生」的口號下，不但展開了以學生爲主力的愛國示威遊行，而更奠定了中國民主政治的堅固基石，造成中國劃時代的新文化運動的張本，使中華民族全民眾爲此要求爲此理想而奮鬥。無疑地在當時解放婦女運動已成爲襲擊封建勢力發揚民族主思想的主潮之一。她們一方面反對束縛婦女身體自由的纏足穿耳等惡習，更強調的提出謀兩性間道德的改善。她們既認爲婦女的遭受不平等待遇，純由於舊禮法舊倫理觀的遺毒，於是在反對舊禮教之外，復主張新的法律的建立。關於這點，

隨著民主政治的實施，已完全達到目的了。但，婦女問題果因此而獲得解決了嗎？事實是勝於雄辯，一部份知識界婦女固然由殘酷的舊禮教舊家庭中掙扎出來，然而擺在她們面前的現實，卻不是她們理想中的坦途；於是有的竟徘徊於十字街頭？有的乾脆重新又回到她已經十分詛咒過的家庭。自然，一部份婦女也真的享受到了她們理想中的一切要求；而朝夕匐匍在田園裏和困頓於機器左右的廣大婦女群眾，顯然地她們依然在朦朧著中世紀的迷夢。值得悲哀的，是她們由於根深蒂固的封建思想所中毒，不但不想謀求一己的解放，她們見到了受新洗禮女青年的言行，常使她們直至驚歎咋舌。一個身經滄桑的老婆婆，會歎息的向著子婦孫媳指古比今的嘟嚕著：「在我作姑娘的時候……」這樣以來，她不但壓迫了她們的第二代，而且更阻止她們第三代第四代的覺醒解放；儘管法律是多麼的平等，對於她們，卻是絲毫不起作用的。其實，她們當真不願求解放嗎，是的！在黑暗裏住久了的人，他們是不懂得光明的好處的。所以當他們第一次發見了光明的時候，反使得他們心目瞭亂，不知所措了。但如果他們肯接受這光明的洗禮，當他們再度凝視時，則立刻會發覺天堂地獄的不同了。怕的是他們連這一刻都耐不住，祇給光明一閃，便縮然的退回原來的黑暗深淵，而再也不肯出來；同時連他們的孩子也給關住。的確，這無疑地乃是一個嚴重的問題。中國婦女解放運動，是求二萬萬三千五百萬的全女同胞的解放，決不是祇僅求這巨大數目中的幾萬分之幾的特別解放，這是婦女解放運動中顛撲不破的真理，也是盡人皆知的事實。

所以每當我們觸到廣大的婦女群依然輾轉於黑暗中生活的時候，我就不禁要喊出「苦的婦女命運啊！」

二、中國婦女在禮法上地位的今昔比較

固執的守舊者以為中國固有的一切先民遺產完全是好的，不管在倫理方面，禮教方面，以及全部的文化道德，都無不是如此。實則這種抱殘守缺的思想，在新時代思潮極端澎湃的今日，其破碎支離的空架，已經不起時代浪花的一擊。我們十分擁護由於政府近年來所倡導的恢復民族固有道德，發揚民族固有精神的號召，因為這是經過選擇地來發揚其健全部份，而不是盲目的全部接受。我常常想，中國的學者總是缺乏批評精神，所以把往昔一切的陳舊古物，都不加淘汰而整個承襲，並不注及於此時此地的需要，結果把全民族陷入頹喪的境地。無論如何，像那種士大夫道德「民之難治，以其智多」。

（老子六十五章）「勞心者治人，勞力者治於人」。（孟子滕文公上）以及許許多多壓制婦女的偏判禮教的制度，我們是不能不加以擯棄的。這裡我們要特別提出關於造成重男輕女的種種禮法的謬誤，因了它，才使這佔全民族總和二分之一的婦女陷於地獄生活中達三四千年之久。因了它，才使婦女終身作為家庭的奴役，感情的俘虜。因了它，才使無數的婦女流血犧牲在無辜的命運之下。但新時代的法律，是完全粉碎了這些對於婦女壓制的倫理觀了，在中國現行的法律上，男女已無絲毫不平等的規定。現在，本文就要從婦女在禮法上的今昔地位作一比較，以求婦女解放運動的癥結所在。

1. 關於道德宗教方面

A. 道德的束縛

在封建社會中，對於社會秩序的維持，是以道德防之於事前，而以刑罰繩之於事後的。所以，越禮就是違法，道德雖不是一部成文法，但，有時它的效用是要超過現在的成文法多少倍的。比如一個寡婦嫁人，當時的法條雖無明白的禁例，可是社會道德給予的制裁，是極端嚴厲的。當時的社會既以男子為中心，於是在重男輕女的原則下，許多偏判的倫理觀就在此滋生了。

甲、純然的輕視女性方面

說文：「婦，服也。從女從帚」，表示女子生下便是注定了在家庭持掃帚為男子服勞役的。造字的時便已具重男輕女的觀念，足見女子悲苦命運由來之久了。作為中國道德禮法聖典的禮記，在內則篇上說：「女子居內」「女不言外」，在喪大禮篇：「婦人迎客送客不下堂」，檀弓下則說：「婦人不越疆而弔人」，這是明確的定了婦女的必須謹守於家庭大門之內，即或因了不得已事故外出，也有「女子出門必擁蔽其面」（內則）的限制。如果關在家裏能給予相當的自由也還可以；而在郊特牲篇又明明規定了「幼從父兄，嫁從夫，夫死從子」的三從。在喪服小記更標準「婦人為夫與長子稽顙」。這真是要婦女一心一德，生死相從。所以婦女不但行動受著嚴厲的束縛，連意志自由也都一併被剝奪了。同時婦女還有為男子專守貞操的義務，穀梁傳襄公三十年：「婦女以貞為行者也」而男子為妻子則無明文了。孔子在論語陽貨篇上則乾脆說：「唯女子與小人為難養也，近之則不遜，遠之則怨」。又泰伯篇：「武王曰：『予有亂臣十人』孔子曰：『才難，不其然乎？唐虞之際，於斯為盛，有婦人焉，九人而已』」。孔子既比女子於近則不遜、遠則怨的小人，所以把與周公旦等

九亂臣共同理政的邑姜，因為是女人的緣故，竟至排於九人之外。女子因繼承孔子的意旨，雖以男女為人生之大事，但卻也發出了「女子之嫁也，母命之，送往之門戒之曰：『往之女家，必敬必戒，無違夫子！』以順為正者，妾婦之道也」，的話。（滕文公下）據說有一次夏天，孟子毫無聲息的回到私室，發見了他的太太因天熱而未著上身外衣，以致孟子大發雷霆，自然，孟子是博覽群書的大儒，焉有不知禮記「婦女不宜袒」的道理。所以乃逕告其母，如果當時不是孟母責之以「上堂室，聲必揚」的大義，則這位亞聖的夫人正不知要落到什麼樣悲慘命運了。此外，感謝我們婦女界在漢朝出了一位大名鼎鼎的班昭，勞她的神，創作了一部萬古不磨的名著女誡，替婦女造成了完固無比的鎖鏈。她曾經忍心地把詩經小雅鴻雁之什斯干的「乃生女子……」下過絕妙的註解：「臥之床下，明其卑弱下人也。弄之瓦磚，明其習勞主執勤也。齋告先君明當主繼祭祀也。三者盡女人之常道，禮法之典教」。在「三從」之外，更創出「婦德，婦言，婦容，婦功」的「四德」，由婦女本身倡出關於婦女的種種道德觀，這影響是相當大的。在今天，我們對於班昭這種巨製的構成，真是百思不得其解的。唐宋以後，新儒家標出了「餓死事小，失節事大」的口號，貞節竟成為婦女唯一的天經地義。至明人標出「女子無才便是德」的口號，知識與婦女也絕緣了。清朝小說儒林外史第三十回中曾有：「太祖高皇帝云：『我若不是婦人生，天下婦人都殺盡，婦女那有一個好的』」？謝天謝地，幸而女子會有作母親的一天，叨兒子的光，天地間才容許婦女的繼續生存。一部份人曾認為初期婦女運動所倡的口號——婦女參政，反對貞節——的近於誇大，過火，其實，這完全由於封建遺毒還沒有在他們的腦中清除的緣故。既是天賦人權，女子為什麼就不該與男子共同參政？而反對貞操，也祇是反對片面的貞操。人們誰不願意踏上光明的大道呼吸一口清新的空氣，而願輾轉於黑暗地獄中生活？民主政治的實施，就是引導人們向這條光明坦途上走的，所以現行的法律已完全洗刷了過去禮法上所有的污點。在今天，無論公法私法方面，已絕對再找不出一點關於輕視女性的規定。儘管那般頑固者還是怎樣的把過去的舊教條奉為金科玉律，但，那是多餘的，正如共和政體的中華民國已不能再恢復為專制政體的帝國一樣。自然，關於封建思想的洗刷，不是法律形式一時所能做到的，而新的倫理思想之建設，更不是宗教家所幻想的那麼容易；然而，無論如何當全中華民族新生代把握住歷史發展的動向後，這陳腐的渣滓，是必然的要全部毀滅的。

乙、男女間的種種不平等

我們不憚再三的申說：現行的國家大法訓政約法中已無男女不平等的規定。其第六條，中華民國國民無男女，種族，宗教，階段之區別，在法律上一律平等。未來大法的「五・五憲法」第八條也標出：「中華民國人民，在法律上一律平等」自然是包括男女所有國民在內。可是過去男女地位是怎樣呢？易經雖以乾坤陰陽解釋男女兩性說：「天地絪縕，萬物化醇。男女構精，萬物化生」。（繫辭下）而在乾象中則說：「大哉乾元，萬物資始，及統天……」坤象：「至哉坤元。萬物資生，乃順承天……」這就是要女子順承於男子的了。在禮記，內則篇：「男不言內，女不言外，內言不出，外言不入，道路男子由右，女子由左。男女不同席，不共食。夫婦爲合室，辨內外，男子居外，女子居內。深宮固門，閽專守之，男不入，女不出。」給這段作解釋的有昏義篇：「男女有別，而後夫婦有義。」彷彿夫婦的不義，乃是由於男女無別，這種撲索迷離的理論，眞是令人難解。郊特牲更有：「男女有別，然後父子親」，男女無別爲什麼會影響到父子的不親？這似乎是一個謎。如果說兒子不應同兒媳親，那麼母親又何嘗不是女性？對母親不親，又怎能稱爲孝？所以不管唐宋儒者怎樣爲之作牽強附會的注解，始終是不能掩飾其理論矛盾而一貫壓迫女性的偏見。再看班昭在其女誡中所發表的理論：「陰陽殊性，男女異行，陽以剛爲德，陰以柔爲用。男以強爲貴，女以弱爲美。鄙諺日：『男生如狼，猶恐其尪。女生如鼠，猶恐其虎。』」（敬愼第三）眞難爲她想得如此周全，她竟會替女子造出這麼一個典型來供男子欺壓，這完全把婦女置於玩物地位了。正因如此，所以她更是纏足穿耳的擁護者，而「三寸金蓮」「雲鬢花冠金步搖」自然也取得其理論的根據了。這是造成中國婦女「弱不禁風」「嬌娜無力」病態美遺風的主要原因。是的，站在婦女立場上，我們固然要反對這對於婦女極端侮辱的理論。站在民族立場上，我們也要使這與男子數目相等的婦女起來，共同擔負起國家民族所賦予的重責。四萬萬七千萬人的力量比二萬萬三千五百萬人的力量要大得多。現在國家法律已公允地予男女以平等的地位，所以一切祇有待於我們婦女本身的努力了。

B. 宗教上偏判理論的影響

宗教方面的影響，似乎不應該列入禮法範圍之內。但，當某一種宗教獲得了廣大民眾信仰之後，則其宗教理論的教條，便會逐漸變成社會的習慣道

德了。中國古代是一個多神論的國家。而又缺乏關於宗教理論的記載，因之便談不到所謂宗教的影響了。自從東漢以至兩晉南北朝時起，印度的佛教輸入中國之後，特別是南北朝時，因佛教已有完整系統的經典介紹，更以當時佛教受到大部人的歡迎與信仰，所以宗教對於文化影響的力量也發生了。這裡僅就其有關男女問題的幾點加以分析。佛教的基本教義雖主張以「慈航普渡」「普濟眾生」為目的。奇怪的也唯有對婦女具偏見：說女人不潔，不取正覺。在藥師本願經上有：「然彼佛土，一向清淨。無有女人，亦無惡趣及苦聲音」。其第八大願是願轉女為男：「願我來世待菩提時，若有女人，為女百惡之所逼惱，極生厭離，願捨女身。聞我名已，一切皆得轉女成男，具丈夫相，乃至證得無上菩提」，在阿彌陀佛四十八願中第三十五願，無量壽經上曰：「設我得佛，十方無量不可思議諸佛世界。其有女人，聞我名字，歡喜信樂，發菩提心，厭惡女身。壽終之後，復為女像者，不取正」。這是毫無根據的對婦女的輕視，誣衊。其實，任何人都載由母體生下來的，如果他們正求的願望真正實現了的話，恐怕每一個佛教的篤信者衹止於其本身這一代了。關於佛教的不十分適合於中國國情，自唐朝大儒的韓愈及近代許多學者已明確指出，因不屬於本文範圍之內，故不多涉及。但，至少就其對婦女卑視的一點來看，我們是不能不加以指斥與反對的。中華民國的法律，雖規定「人民有信仰宗教之自由」，但在未來的大法「五五憲法」第十五條此項條文下則附有「非法律不得限制之」的話，這是說如果因信仰宗教而引起了與法律相牴觸的地方，則法律就要加以干涉了。因為在民法總則第十七條中對於「自由」的解釋為「自由之限制，以不背於公共秩序或善良風俗者為限」，具體些說：如果由信仰佛教而承襲其侮辱婦女的主張。就是有背於善良風俗，這樣法律就要加以制裁的。

2、關於婚姻方面

　　婚姻問題，無論在任何國家，是自有歷史以來就有的。易經序卦：「有男女然後有夫婦」，不過原始社會是亂婚制度，每個孩子的誕生，是衹知有母而不知有父的，這乃原始社會中必然的現象。但，如果杜佑通典「伏羲氏制嫁娶，以儷皮為禮」的話可徵信；那麼，中國婚姻制度的嫁娶禮儀起始也真是太早了，不過當時雖制有嫁娶的禮儀，男女雙方當事人卻是極端自由的。這樣沿襲至少維持到虞舜時，孟子離婁下：「舜不告而娶，為無後也」可是我們

覺得舜的「自由結婚」是實,「爲無後也」則是孟子的特加的道義解釋了。周公制禮之時,把婚姻制度視爲純然的功利作用的。禮記昏義:「昏禮者,將合二姓之好,上以尊宗廟,下以繼後世也」。哀公問「大昏,萬世之嗣也」與郊特牲:「夫昏禮萬世之始也」具有同樣的意義。此外在內則篇又說「子婦有勤勞之事」,男女結婚的主要目的乃在存「萬世之嗣」。其次則在於得子媳的服勞役,所以他們並不曾重視夫婦間的愛情,祇能達到其結婚的主要目的就夠了。所以婚姻的成否,均以主婚的心存「尊宗廟繼後世」的父母意見爲依歸。婚姻當事人的雙方男女是無權過問的。這樣以來,在男性中心社會支配下,受苦的也唯有婦女方面。

A. 訂婚與解約

在以前,關於訂婚手續上曾制有納采,問名納吉,納徵,請期,親迎的「六禮」。禮記曲禮篇更強烈的提出了「男女非有行媒不相知名」的規定,這是奠定了婚姻包辦式的基礎。關於訂婚年齡雖規定了及笄之年的「女子十五而許嫁」(穀梁傳文公十二年)與「男子二十冠而字」;(禮記‧曲禮)但,實際指腹爲婚的現象,正是當時光榮的流傳,而他們所以要規定及笄及冠而訂婚的理由,乃是因了「昏姻冠笄,所以別男女也」,(禮記經解)謂當其未成年時,還是「兩小無猜」,及至成年之後,其於「男女授受不親」之義,所以便該訂下婚約,以使其各安於室。如果有人敢「不待父母之命媒妁之言,鑽穴隙相窺,踰牆相從,則父母國人皆棄之。」(孟子滕文公上)所以訂婚當事人任何一方面對於對方滿不滿意,都祇有以父母意思爲決定。若干個對於對方表示極端同意的訂婚當事人,因爲父母的不同意,而負了這段相思債了此終生。相反地,若干個訂婚當事人對於對方十分不清楚不同意,而因父母作主代爲許諾,也祇有唯命是從。在這種婚姻制度下,不知斷送了多少人們的畢生幸福,爲社會造出了多少不該有的糾紛。可是男子如不滿所娶的妻子,還可納妾另謀新歡,不幸的還是女性,她們在種種的束縛下祇有飲恨終身了。

現行的法律,則明確規定婚姻應由男女當事人自行訂定,但如男未滿十七歲女未滿十五歲的法定成年人,必須取得法定代理的人同意。這自然與過去「昏姻冠笄,所以別男女」的意思不同,乃是爲防止年幼無知受一時感情衝動或外界誘惑的緣故。此外法律更規定婚約不得請求強迫履行,就是說父親已不得強迫子女履行其代訂的婚約。已達法定年齡的男女,其所自行訂定的婚約,雖法定代理人不同意,在法律上依然有效。對於法定代理人替訂婚

人未成年時所訂的婚約，訂婚人任何一方達法定年齡時如不滿其婚約，亦可依法請求撤銷之。同時婚約當事人之任何一方，如有事實的根據，發覺他方有不能結合之可能，則亦可解除婚約。這樣以來，才使束縛婚姻由「父母之命媒妁之言」的惡習剷除了。

B. 結婚與離婚

在「三從四德」限制下的婦女，結婚對於她們祇是從較熟悉的較寬縱的牢獄；而被解送到一個陌生的更殘酷的牢獄而已。在這新的環境下如果為人婦的女性能應付得宜，——也就是說如果能像羔羊一般的馴順，貼伏，也許還能博得對方的同情。然而祇能博得丈夫的歡心還不夠，因為統治丈夫之上的翁姑，乃是這婚姻的真正主持者。過去家庭的變故，由於姑媳不和而起的正是不可勝計，但，不管婦女遭受到怎樣的悲慘壓迫，只有忍氣吞聲，自歎命薄而已。儀禮喪服子夏：「夫者，妻之天也」，偉大的羔羊班昭女士在她的女誡中更引申而為：「夫有再娶之義，婦無二適之文。」故曰「夫者天也，天固不可逃，夫固不可違也」。（夫婦第二）白虎通嫁娶篇「夫有惡行，妻不得去者，地無去天之義也」。一貫地把這條偏判道德反覆地標出，用來加強對於婦女的束縛。這是造成俗諺，「烈女不嫁二夫，好馬不配雙鞍」的根據。女子嫁人就要從夫，夫雖有惡行，也不得去之。可是男子卻盡可自由遺棄，重婚，納妾，女子祇是男子的所有物，因了一點細小之故，就可藉口出妻或轉賣。所謂「七出之條」是以「不順父母」列為第一，其餘六條是「無子，淫僻，嫉妒，惡疾，多口舌，竊盜」，在這七條之中，除卻最末一項是「罪有應得」之外，剩下六條都是具有伸縮性的，男子固可因事制宜的在應用著。據說曾子出妻，就是因「蒸梨不熟」，曾子乃援引七出之條第一條將妻休棄。真確的，我們的歷史上文學作品上所見到舊式婚姻下婦女的種種不幸，真是俯拾皆是。中國第一首長詩孔雀東南飛，正是反映舊婚姻制度下所產生的家庭悲劇。千百年後的今日，我們讀到這首詩時，尚為之愴然不已。作為南宋一代偉大詩人的陸放翁，也正遭遇著與孔雀東南飛裏焦仲卿的同樣命運，據癸辛雜記：「陸務觀初娶唐氏，伉儷相得，而弗獲於其姑。既出，未忍絕之，則為別館，……然事不得隱，竟絕之，唐後改適同郡趙士程，嘗以春日出遊，相遇於禹迹寺之沈氏園，唐遣致酒肴，翁悵然久之，為賦釵頭鳳詞」。唐氏見詞而和之，未幾怏怏而卒。這是多麼慘痛的人間悲劇。一般人多半祇僅抱怨陸母的不仁，其實，根本問題還是婚姻制度與證禮法的作祟。清朝女詩人賀雙卿則更受雙

重痛苦，西青散記：「……炊粥半而瘧作，火烈粥溢，雙卿急沃之水，姑大詬，掣其耳環曰：『撾』！耳裂環脫，血流及肩，姑舉杓撻之曰：『哭』！乃拭血畢炊。夫以其溢也，禁不與午餐，雙卿乃含笑舂於旁……一日，雙卿舂穀喘，抱杵而立，夫疑其惰，推之僕臼旁。杵壓於腰有聲，忍痛起復舂。夫瞋目視之，笑謝曰：穀可抒矣」。我們看這是不是人的生活呢？可是我們的女詩人卻祇有一直地忍耐著，丈夫方面既不以「七出之條」來休棄，妻子方面是沒有請求離異的條文的。唐律對於這「七出之條」曾增訂「三不出」之條以爲限制，——一、有所取無歸，二、共三年之喪，三，前貧賤後富貴，這樣以來，婦女在法律上地位，總算稍稍提高了些。但「三不出」條文的基礎又是這樣的脆弱，終於還是五十步與百步之差而已。現行的關於婚姻的新法律，乃是真正基於男女平等的原則了，規定男女結婚須達法定成年人的年齡，否則必須取得法定代理人的同意。而結婚須有公開之儀式及二人以上之證人，方爲合法的婚姻。有配偶者不得重婚，如發覺有此項情事，利害關係人得向法院請求撤銷。因姦經判決離婚，不得與相姦者結婚。婚子自婚姻關係消滅後，——離婚或夫死亡——非逾六月不得再行結婚，但於六個月內已經分娩的不在此限。過去妻子沒有提議離婚的權力，現在則規定夫妻之一方如犯重婚罪，或與人通姦者，以至受他方不堪同居或受直系尊親虐待致不堪爲共同生活者，夫妻之一方，以惡意遺棄他方在繼續狀態中者，則均可以據之而請求離婚。同時夫妻之一方因判決離婚而受有損害者，得向有過失之他方，請求賠償。現行法律更承認雙方協意離婚，不能以書面約定，有二人以上舊人之簽名，則即有效。（民法九八〇～一九九九，又民法一〇四九～一〇五八）

此外，就貞操一項來說，從前祇有妻對夫保守貞操的義務。夫對妻則漫無規定，新刑法二三九條則規定「有配偶而與人通姦者，處一年以下有期徒刑，其相姦者亦同」。這樣夫妻雙方都負有貞操的義務，這裡我們順便把刑法有關於婦女的條文約略說一下，男女未滿十四歲的行爲不罰。但得因其情節施以感化教育，或叫他法定監護人保佐人繳納相當保證金於一年以上三年以下之期內，監督他的品行。如對於婦女以強暴脅迫藥劑催眠或他法，至使不能抗拒而姦淫者處五年以上有期徒刑。姦淫未滿十四歲的女子以強姦論罪。如趁婦女心神喪失，或以詐術使婦女誤信爲自己配偶而姦淫者，均處以三年以上，十年以下的有期徒刑。所以現行的法律不但予男女以婚姻的自由，且對於婦女更加以切實的保障。（參刑法二二一～二三六）

3. 關於教育方面

　　世界上所有的統治者對於被統治者都希望減低其文化上的水準。因而「民可使由之，不可使之知」(論語泰伯) 便成爲一切專制制度下的鐵則。在男子中心社會下生活的婦女，一切知識文化的享受是沒份兒的。因爲這祇是男子的專利品。禮記對於婦女教育問題，雖未確定禁例，但，在原則上既已規定了女子不出門戶爲原則，出門必須蒙著面孔，又怎能使其受教育的可能呢？即使叫女子讀書識字，也祇是教其讀些女誡烈女傳一類奴化思想的書籍。另外也不過使她們學習作幾首詩填幾闋詞作一種消遣的工具而已。所以在一部中國婦女文學史 (謝无量作) 裏所見到的婦女作品，大都是些抒感自遣的詩詞，很少有記事論理的巨文。其實，這是有無其因果關係的，決不足爲女子才智不如男子的佐證，但，婦女在文化上祇有這麼一點點的成就，一般頑固者都覺得「此風不可長」，認爲女子受教育始終是要不得的。卓文君如果不是由於其讀書知音，也許正是「節婦傳」上的標準人物，決不會寅夜私奔司馬相如的。所以爲了懲戒淫奔之風，在文苑上便流行著，關於司馬相如死於色情過度的消渴疾的傳說，我們該知道，這確是一種有作用的宣傳，不能冒然置信的。正以如此，因而負有文名的宋朝女詞人朱淑貞，卻以「月上柳梢頭，人約黃昏後」的生查子詞，誣其不貞，其實這闋詞乃是歐陽修所作，況周頤在其蕙風詩話中及斷腸集跋裏已詳爲辯正。足見當時社會對於婦女的輕視與侮辱，眞難怪朱淑貞很早就作過一首標題自責的詩說：「女子弄文誠可罪，那堪詠月更吟風？磨穿鐵硯非吾事，繡折金針卻有功」，我們實可由她這首詩裏體味出她衷心的忿怒與不平。然而這是徒然的，社會上並不曾有人因此而同情女子受教育的，明人則乾脆直截了當的提出了「女子無才便是德」的口號。清朝女詩人成靜蘭在其詩集繡餘集有序中說：「女子以德爲貴，詩非所宜」，這所以是其詩集提名「繡餘」的原故吧？作兩般秋雨盦隨筆的梁紹壬者，則更信口雌黃，大放厥辭，他說：「閨秀之詩，其尋常者無論，即便卓然可傳，而今後之操選政者，列其名於娼妓之前，僧道之後，吾不知其自居何等也，」他不但輕視了女子的才智，而逕直地侮辱起女性來了，此公的太太大概總是一位不識字的標準理想的賢妻子。其實，關於男女平等教育問題，不僅關係於單純的婦女解放前途，它更關係於全民族整個解放前途，本文下段將特別提出加以申論。

　　中國女子教育眞正獲得平等的肇端，是不能不以「五‧四」時代蔡元培先生所樹立的男女同學爲始的。這是給一向認女子祇應施行特殊教育論者的迎頭痛

擊，奠定了女子參加政權的基石。儘管持反對論者站在道德立場或「男女異性需要不同」的立場，來詆毀這種制度的不當；可是這種時代的產物，並不是那麼脆弱不經一擊的。五年前北平某市長大倡其男女分校論，把所有受其直轄的公私中學，都命令一律男女分校。後來聽說這位市長所以要如此主張的理由，乃在維持風化。其實行所謂男女風化問題，全以社會的習慣為斷。在社交公開的社會，男女生之隔離，並不足以阻止男女間的接觸。且我國自施行男女同學制度以來，就一般情形來說。對於社會的貢獻是相當大的，並無不良影響的產生，這乃是不容抹殺的事實。所以祇就道德觀念來反對男女平等教育，實為淺狹之論。

　　民國初年法律雖承認男女同有受教育的機會，實際仍是承襲前代的「賢妻良母」思想。教部在元年成立通電中，曾有初等小學可以男女同學的話，民國四年乃有高等小學男女同校，須各編學級之規定。也就是同校而不同班的辦法。直到「五・四」之後，由於民主政治的要求增高，所以男女平等教育的思潮也一天天的澎湃起來，這年秋天，女生要求北京大學開放女禁的很多；但因考期已過，不能作正式生，經審查合格入校旁聽的有女生九人，當時北大校長蔡元培先生在燕京大學男女兩校聯歡會上說：「常常有人來問：『大學幾時開禁』？我就說：『大學本來沒有『女禁』。歐美各國大學沒有不收女生的，我國教育部所定的大學規程，並沒有專收男生的規定。不過以前中學畢業的女生並不來要求，我們自然沒有去招尋女生的理；要是招考期間有女生來考，我們當然派考，考了程度適合，我們當然准入預科。從前沒有禁。現在沒有開禁的事』」。這話表面上看來，似乎是不負責任的搪塞話，實則正可藉以箝制教育部與反對者之口。而中國大學的教室裏，從此就有女生座位了。現行的訓政約法第四十八條為：「男女教育之機會一律平等，」在五十與五十一條中規定「已達學齡之兒童，應一律受義務教育，未受義務教育之人民應一律受成年補習教育」。這都完全無男女之別的。的確，唯有使一切男女老幼皆有受教育的機會，探求知識不祇是屬於女子的專利品，才能使男女真正到達完全平等的地位。因為立腳點的基礎平等，才是真的平等呵！

4. 關於經濟與職業方面

A. 財產權與繼承權

　　禮記內則篇：「子婦無私貨，無私畜，無私器」。所以便是妻因婚姻所得的財產，也完全歸夫沒收。明清法律更規定孀婦改嫁，他原有的妝奩，也應

聽夫家作主。由此可知婦女是一點財產權也沒有的。夫死之後，妻有沒有財產承繼權呢？沒有！因我國過去是注重宗桃繼承，上奉祖先祭祀，下傳血統於永遠。所以這財產繼承權也隨宗桃繼承而屬於直系卑親屬的女子；同時更以嫡長爲先位，「夫死從子」的禮教根據，大概此點也爲製成的主因之一。如夫死無子，繼有親生女孩，也不能認爲有後，必須以旁系血親卑屬男子作宗桃繼承與財產繼承。直系血親的卑屬女子反不如旁系血統之卑屬男子，這對於女子又是多麼不平等的待遇呢。

在男性中心社會下，既然家庭錢庫由男子用鎖鎖住，婦女是家庭的主要寄生者，經濟上的依賴者。所以處於寄生地位的奴隸，是不能向執有經濟權的主子反抗的，因爲反抗而失卻依賴，就有她的危險。因此乃阻止了婦女一切反抗形式的成功。若干的婦女對於家庭的殘酷壓迫與丈夫惡意的遺棄，而不能不飲泣吞聲的，都半是爲了這個緣故。

現行的民法，則一掃往昔這種不平等的條例，遺產繼承人以親等之遠近者爲先後。無分男女。（民法一一三八～一一三九）關於妻的繼承權，在現行民法規定「配偶有相互繼承財產權」，與子女同爲繼承時，他的應繼分與他繼承人平均。與對方父母兄弟姊妹同爲繼承人時，他的遺產分爲遺產二分之一。與對方祖父同爲繼承時，其應繼分爲遺產三分之二。（民法一二二三）這適足證明婦女繼承權的獲得了。關於夫婦財產制民法也分爲「約定財產制」（一〇〇四）與「法定財產制」（一〇〇五）二種：

約定財產制又分爲三目：（一）共同財產制：夫妻之財產和所得除特有財產外，合併爲共同財產，屬於夫妻公同共有。夫妻之一方不得除分其應有部份。（一〇三一）（二）統一財產制：夫妻得以契約訂定將妻之財產，除特有財產外估定價額，移轉其所有權於夫，而取得該估定價額之返還請求權。（一〇四二）（三）分別財產制：夫妻各保有其財產之所有權，管理權及使用，收益權。（一〇四四）

法定財產制：是指定結婚時屬於夫妻之財產，和婚姻關係存續中夫妻所取得之財產，除了專供夫或妻個人使用之物，夫或妻職業上必需之物；夫或妻所有之贈物，經贈與人聲明爲其特有財產者，以及妻因勞力所得的報酬外，爲聯合財產。聯合財產中，妻於結婚時所有之財產及婚姻關係存續中因繼承或其他無償取得之財產，爲妻之原有財產，保有其所有權。夫之原有財產及不屬於妻之原有財產之部份爲夫所有。夫死亡時，妻取回其原有財產，如有

短少，並得向夫之繼承人請求補償。（民法一○一三～一○三○）

　　無疑地這新的法律是給婦女解放運動上一個堅固的保障。使每一個女同胞都可以毫不遲疑地向著擺脫桎梏的途上邁進。

B. 職業問題

　　的確，提到婦女職業問題，這真是我們婦女一件最傷心的事。在古代，禮法中既注明「女正乎內」，所以婦女是不能離開家庭大門一步的，班昭在女誡「四德」條下說：「婦功不必工巧過人也。專心紡績，不好戲笑，潔齊酒食，以奉賓客，是謂婦功」。這適足代表以往的婦女職業觀；同時更深以婦女與男子共同操作為可恥。卓王孫因其女文君私奔司馬相如，已聲明脫離父女關係，但當文君與其夫在臨邛共同當爐經營茶店時，卓王孫乃深引以為恥，於是便贈其女錢百萬，令其停止營業。禮法既限制了婦女生產技能，所以當一個婦女一旦遭遇了生活上的困窘，除一部抱有「餓死事小，失節事大」的婦女外，另一部便不得不走向依賴「性」生活為職業了。一般人祇覺得以「性」為職業的婦女之可恥，其實，逼婦女走上這條職業途徑的，完全是由於「女居內」教條影響的結果。如果根本予婦女與男子一切都平等的待遇，這種不幸的婦女，一定會減少或根絕的。在目前，歐洲有的國家，已完全做到這個地步了。中國則在「五‧四」之後婦女才一腳踢開封鎖婦女三千多年的大門，踏進社會的門檻，她們已不僅僅祇活動於閨閣廚房之內了，基於「中華民國人民在法律上一律平等」的原則下，社會上也漸予婦女以職業的平等機會。婦女本身天然的缺陷政府也予以協助與攜掖了。就以現行的修正工廠法而言，第廿四條就有：「男女同等工作，而其效力相同者，應給同等之工資」又其卅七條：「女工分娩前後，應停止工作共八星期。其入廠工作六個月以上者，假期內工資照給。不足六個月者，減半發給」。這一方使男女待遇平等；另方更對於婦女所具的生理上之缺陷加以救濟與彌補這樣今昔相較起來，真是有天淵之別了。

5. 關於法律與政治方面

A. 法律

　　現行法在公法上訓政約法已明白宣稱：「中華民國國民無男，女，種族，宗教階級之區別，在法律上一律平等」。如選舉，罷免，復決，創制等權，均一律與男子平等。在刑法上廢止了一切對於女性的例外規定，使男子與女子同負關於性問題的法律上責任問題。私法方面，民法已承認妻有完全的權利

及行為能力，至於以前婦女在法律上的地位，本文上面所徵引的例證中，已充分足以代表，這裡不再多贅。

B. 政治

在以往婦女既連教育經濟的權利都沒有，自然更談不到什麼參政問題了。武則天的獲得政權，也是由於其特殊地位造成。決不足為婦女曾經參政的表示，現在法律上雖已規定男女在法律政治……一律平等，而婦女參政問題，始終未能獲得適當的解決。這問題的癥結，一方面在於從事婦女運動的女子，多數於嫁得達官顯宦之後，便祇在享受財產權的取得，認為這樣已夠滿足，所以就不再求什麼參政問題了。剩下祇有少數中的少數，還在為這個問題而抗爭奮鬥，但爭取這問題的合理解決，乃是一件巨大的事業：二三女同胞的從事號召，而大部婦女悄無聲息的在沉默著，這力量是薄弱的，而勝利的機會也是極少的。另一個原因則完全是教育問題，中國婦女運動剛一發生的時候，便就以參政口號為號召，但結果成效甚小，這固然有許多其他主要原因，而我們更不可否認的，由於我們婦女本身不十分健全，也是障礙之一，這障礙的主力，就是由教育所造成，在今天。這實是值得我們深加反省的一件事。

國家法律已公開承認婦女在社會上一切與男子平等的地位，再沒有絲毫偏判的規定，這明確指出今後中國婦女運動的途徑、目的。因為法律就是一切行為的準繩，任何一種行動，在法律上不能取得合理的地位，是很難達到其理想的目的地。在今日，法律已予婦女解放運動以廣大的範圍，那麼，我們婦女自己應該如何的把握著這現實而奮鬥下去呢？

三、中國婦女運動今後應有的動向

我固十二分不希望婦女問題出現在人類生活的史篇。但，不幸地終於成為問題之後；而又經人注視為社會問題的一環，這不能不承認其完全為正確的。在今天，把婦女問題祇視為屬於婦女本身解放運動的人，這無疑地是陷於觀念上的錯誤；因為構成國家社會的份子，婦女與男子正是平分其位的，那麼，中國婦女問題，是不是已獲得解決或已進入某種階段，這乃是目前所要討論的主要課題。總理在建國大綱中把國民革命的過程曾分為三個時期，由掃除革命障礙的軍政時期，進而為努力建設的訓政時期，

最後經過憲政開始時期，才到達革命最高目的底憲政完成時期。的確，這乃是一切革命過程中必然要經的步驟，婦女革命運動也逃不出這鐵則的範圍。

　　無疑地我國目前的婦女運動，已進於第二個過程中。在今天，婦女運動當前的要務，已不復是打破舊禮教，爭取婚姻自由與法律平等的問題。這就是說婦女革命運動已完成了其革命過程中第一階段的任務。舊禮教觀念已不能限制，任一個新的女性，橫在目前的主要進行步驟，乃是在於怎樣推動革命第二時期的一切應作的工作，而作第三時期的奠基工作。由於本文前面所述，我們覺得今後婦女運動第一步的基本工作，是教育問題，無論已受過教育或未受過教育的婦女，都應該以此為主題而努力。中國一切問題由於教育影響和不普及而造成的，真是無以復加。一般觀察家經常的把中國認為是一個富於趣味的謎樣的國家，在同一國度裏，所表露的一切，常會使你到不能置信的地步。如果在同一時間用迅速的方法從一個現代化的繁華都市，而去到偏僻的小村落，你便會看到中古的文化和習俗與最進步最現代化的生活同時在上演。這奇妙的趣味正如你眼望著秦嶺的積雪還層疊的堆積著，而你腳踏實地的地方，已是「鳥語花香遍地青」的了。但，不同的是前者屬於人為而後者則屬於自然現象。對於自然界的畸形現象，原是無可如何的，值得慚愧的是人為的畸形現象的在同一時間而表現於同一國家裏。無論你怎樣來解釋，巧辯，同一國家同一民族的國民，雖有才智賢愚之別，但決不能以居住城市與鄉村而作肯定的劃分。這無疑地是含有嚴重的教育機會問題。抗戰後各偏僻地區由於教育文化機關的內遷，已漸次由落後的習俗而走向現代化生活，便是顯著的例證。近來曾有人指斥中國婦女在戰時動員的成績不如男子，我們雖承認這是事實，但都決不能負這事實的責任，因為這也正是教育機會問題所造成的結果。中國新教育設施，本來歷史已經很短，而女子教育更是瞠乎其後的。且初期的女子教育，一切率皆承襲前代舊思想，所以收效尤微。同時，據統計我國文盲在百分之七十以上，而婦女尤佔此七十分中之四十五以上。一萬人中有一個大學生，而十個大學生中才平均有一個女大學生，自國民基本教育以至高等教育，男女數目差相如此懸殊，則其對社會所發生的反映，又焉能求其一律呢？所以我們在探出問題的中心之後，則立刻會感到中國婦女解放運動今後必然要走向下述的幾條途徑，才會有光明的前程。

1. 普及教育與確定女子教育觀

總理在建國大綱中指出革命第二時期，是注重於人民知識的貫輸，培養建設的技能。走入革命第二時期的婦女運動，也是如此，在現社會制度下，男女地位平等唯在於經濟平等。而經濟平等地位的取得實由於教育水準而決定。擺在面前的中國女子教育情況，是十分可憐的：在鄉村，成年婦女受過小學教育的幾乎比全國家大學生的數目還少，未成年女孩受小學教育的，與男孩也成二十與一之比，有的地方連這個比例數都不到。所以鄉村婦女，祇有停頓在前世紀的作風裏，流行在他們之間的風尚，依然是「嫁漢隨漢，穿衣吃飯」「娶妻娶妻，作飯縫衣」，這無疑地是說女子方面的口號祇是「依賴！依賴」，男子的口號則是「奴役！奴役」！儘管法律上賦予了多麼大的保障與自由，而對於他們，則是絲毫不起作用的。舉個例子說：「五‧四」運動後，由於婚姻問題獲得解放，許多就學都市的青年，在法律上是犯了重婚，遺棄罪的。可是留居鄉間他們的妻子，祇能在既成事實的狀態下苦熬著，失掉丈夫的愛情，又遭受到家庭的輕視，她們祇會怨天怨命，同時使她們對婦女解放問題，也起了憎恨作用，她們看到任何一個新女性，都是由衷地在忿恨著。雖然所有革命都有其過渡期中的犧牲者，但，我們對於這般不幸的姊妹，卻具有十二分的同情心，本來她們盡可依法請求離異，及請求賠償損失；然而，她們不懂，她們怕萬一失敗，怕生活，的確，直到今天，這情形依然發生在若干地帶。

另外，一個嚴重的問題，是值得十分注意的，一個丈夫參加抗戰而死的婦女，由於她的不識字，把應得的撫卹金權利也放棄了。在我們寒假下鄉宣傳的時候，一個帶著三個孩子而生活的婦女，她告給我們她丈夫參加抗戰已經死於前線了，得聯保主任的厚意，替她請求撫卹金，經過三個多月的時間，所領到的除卻被扣掉的什麼「保證費，」請領手續費……等費外，所得的祇有十九元多。她雖一面在痛恨著日本帝國主義者，但，她也表露著抱怨國家予她們不幸的神情。當時，因於我們不十分清楚撫卹金的標準，我們祇加以委婉的勸慰，回來之後，我們把撫卹條條例仔細看過之後，才曉得這位「善意」的聯保主任從中中飽了。因為這上面並沒有什麼所謂請領手續費等規定的，這種類似的情形，正不知有若干地方在上演著哪。

這裡，我又要舉出幾個輕女思想的實例，在城固，不但保持其思想的傳統，而更見諸殘酷的行動。一個經常給我們拆洗被子的中年婦女，兩月前生了一個女孩，但，產後不到三星期，她又挾著包袱來找尋活計了。我問她的

孩子好嗎？她說死了。問她是害了什麼病，她苦笑著，很久，才說：「先生！
窮人家沒辦法，怎能養活許多女孩呢長大了還是人家的，要她作什麼呢？」
我追問到底是怎麼死了的，她說給弄死了。當我「呵——」的一聲還沒停止，
她卻接著說：「奇怪嗎？先生！王老婆婆——另一在拆洗被子的——生了四個
女兒，祇留下了天天跟她走來的長女，剩下的全都給關在罐子裏悶死了的。」
對於這件事，我們曾向他作嚴重的警告，告給她這種犯法行規的不當。但，
她卻還是毫不在意似的，後來我們遇著當地的婦女，探詢她們關於重男輕女
的事是不是一種普遍的現象？啊！這真是一件可怕的事，由她們口中幾乎都
曾聽到關於弄死女嬰的話，而且又並不是近來才發生的現象。同時，在這裡
蓄婢的惡習，也依然存在著。據當地人說：一個十三四歲的女孩子，也祇可
賣到十三四元的代價，平均是一歲賣一元錢。由於她們對女子歧視的觀念已
成為風尚，所以對於婢女的毒打更是十分的殘忍慘酷，但，在她們並不覺得
自己的行為的罪惡。

　　真確的，站在婦女本身方面來說，有如此廣大的婦女群眾，依然生活在
黑暗的深淵裏，這是說明了婦女運動力量還太薄弱，今後正需要著切實的努
力！站在國家立場來說，婦女既是組成國家的一員，所以她們與所有的其他
組成國家份子具有共同的利害。也就是說男女國民有共同擔負國家所賦予的
使命底義務；特別在今天當國家民族絕續存亡之秋，發動民族總動員，乃是
一件刻不容緩的事。可是由於教育的不普及，廣大的農村婦女並不曾真的動
員起來，這於我們國家抗建的過程中，無疑地乃一宗無可計算的損失。

　　同時，我們再看一下生活在城市裏的婦女動態是怎樣呢？是的，我們以
十二分熱忱崇敬那般實事求是的努力者，她們把婦女問題已溶合於求民族解
放工作之內；因為，她們明白民族如不能生存，婦女是不能單獨生活下去。
全民族都淪為奴隸，更從那裡去求平等，所以在抗戰期中，她們已能充分發
揮其戰鬥力，她們朝夕在焦思積慮為此目的而奮鬥。由於她們的努力，才使
婦女地位在抗戰期間突然增高，若干的偏見者都因而改變了他們對婦女的輕
視觀念，這適足證明了唯有由自身所奮鬥爭而取的地位，才是光榮的，才是
真正的勝利。不幸的是能這樣認清目標而努力的婦女，究竟還嫌太少，大部
知識婦女依然徘徊在小我的氛圍中。一部份人是完全走上極端女性主義的途
上了，在婦女運動的口號下所爭取的是男女平等，而不是女性獨尊。但由於
她們誤解自由，以為婦女求自由解放，乃是一切漫無限制的自由。林黛玉口

吻式的「臭男子」的聲音，確曾由這種女性口中吐出過，所不同的是現今的
這類女性已較林黛玉又更進一步而想駕於男性之上。其實她們一方面呼喊著
婦女解放，而自己的行動，卻處處向著奴化的途徑上走，在任何時候，她們
忘不掉的是修飾，裝束，目的呢，還不是在取悅男性，於是在一個學校裏，
便有所謂「皇后」「校花」的出現。實則祇就「皇后」這個名稱來說，在現中
國叫起來，它但是多麼不適於時代呢？而在她們的心裏滿以爲這是尊重女性
的表示。她們完全不曾想到這乃是由男子一種玩弄的心理所造成；因而，她
們卻躊躇滿意了，她們不但在男子面前盡量矜持其高傲，行動極有「分寸」
的風度，同時對其他女同學，也表現著一種「不屑與伍」的神情。她也許於
爲那「生女卻爲門上楣」的時代復現於今日了。世界上一切的事情，總是不
能以一而類推的，一個身遭百般凌辱的奴隸，卻以夜間的幻夢而安慰其身心
一抵於死。這個寓言故事常常使我理解了一切世界的眞理。關於婦女解放運
動，我們知道單用理論來說服一切反對的勢力，那是不可能的，必須婦女本
身表現出正確的行動來取得人們衷心的同情，才會有前途，才會取得眞正的
解放。而一般女性卻以接受變形侮辱爲榮，又焉能不阻止婦女解放的前途呢？
另一部女性，她們卻依然固步自封的迴戀於過去「佳人才子」式的作風，一
切行爲大都停頓在「五·四」前期的思想裏。自己整天以多情自負，覺得天
下滔滔者皆非吾類也，她們的心裏有一個漫無目的的迷惘，認爲祇有自己是
懂得愛情的，怎樣才能求得一個瞭解自己的愛人呢？所以出處處月花顚連，
而總難如願以償。於是她們的人生觀常是帶點凄涼情調，對一切都感到無聊，
厭煩，爲一點細小的事故，以至到傷心流淚，祇覺得這世界眞沒有什麼值得
流連的了。因爲在她們心裏憧憬著愛，愛是她們整個的人生。她們不但艷羨
著「張敞畫眉」的美滿家庭。甚至她們想如果有一個眞正懂得愛情的愛人，
自己就作一個「事夫如賓」的「舉案齊眉」之孟光，也是愉快的。在過去，
由於婦女做了情感的俘虜，深蘊著消極的人生觀，所以使婦女問題益趨繁複。
而卒不得合理的解決。乃今日這菌胞依然殘留在一部份女性的心中，這確是
應該加速清除與校正的。此外還有一部份專以享樂出風頭爲目的的女性，她
們長於交際，辭令，在任何場所下，她們都能很裕如的應付著。在上午參加
國貨運動宣傳的時候，她會穿著遍體土布「以身作則」的作姿態動人的演講；
而下午同朋友上館子看電影的時候，卻正是洋貨滿腦，一身西裝了。不但在
她的私室裏能檢出無數的洋貨。也許電影完場之後還要買一管巴黎出品的口

紅呢。但，在公共場所，她永遠是當場所注目所盛贊著的標準新婦女。不過一切事情對她，有當時的熱情，把這門面完美地應付終了，她的責任便也隨而完結。表面上看來，這似乎正是新時代典型的女性，可惜的是支持這典型的基礎太脆弱了，不必暴風雨加以侵蝕，祇要稍待以相當的時間，這姿態動人的典型便會自己倒下來的。

綜觀上述，我們覺得普及教育與確定女子教育觀，實為當前婦女運動第一步切要的工作。中華民國訓政時期約法中第四八條曾標明「男女教育之機會一律平等」。第五十，五十一條有：「已達學齡之兒童應一律受義務教育。未受義務教育之人民應一律受成年補習教育」。五・五憲法草案一三二至一三五條也有著與此相類的規定。這是在說在現行的大法，及未來的大法，都已十分注視於這問題的重要。作為現階段準繩的抗戰建國綱領，在教育項下第三十二條更明確的規定了「訓練婦女，俾能服務於社會事業？以增加抗戰力量」。但，無論戰前戰後。各種關於教育的法令，是很少能達到其任務的。因而我們覺得這仍有待於國家政府的協助，法律終於是死的，牠雖已指出並保障問題的解決辦法；但推動力的強弱，關係更為重要。此如訓政約法在民國二十年便已正式宣佈了，可是對於國民教育條下實施的究竟有幾許呢？這不難由事實上得到答覆。全部文盲人數實際並不曾因此而減少許多。特別是婦女，在城市，推行義務教育的人，也許還能同時注及於男女學齡兒童。在鄉村，便不同了，義教推行時，那已達學齡的男孩，還常鬧著規避，女孩自然更談不到了，至於成年補習教育，成績則尤其可憐得很，無論在城市在鄉村推行義教的人都十分地感到這件工作的困難。所以祇明令的條文，如不能付諸實施，對於事實是無大補益的。必須加強推進的動力，使真正能達到這法令的限定，才能收得實效。因而我們主張在普及教育的原則下，國家須切實予以協助。使一切未受過教育的男自兒童以至成年人，在限定的期內，完成其起碼教育。

第一，政府應該籌劃一個有效的辦法，按照戶口調查的統是，共未受過教育的國民，不論其男女，均頒照章一律強制其受義務教育。政府近來公布新縣制下所謂建全縣（鎮）保之行政組織，要於每保設一國民學校，每鄉（鎮）設一中心學校，以作推進義教的基礎，並限於六年之內完成訓政工作。總裁更批令四川省在三年內就把這件工作完成。這是說明了政府已充分注意於國民基本教育的重要性，我們是極端擁護政府與領袖的決心。一再申禁百餘年的鴉片，總是事與令違的未能收效。但，現今由於我們政府的決心屬禁，在

六年禁煙計劃最後一年的今天，居然獲得了偉大的功效與成就，這更說明了一切事情在「決心」下必然要有其成果和收穫。不過，婦女爭取解放，其自身固須瞭解問題的中心，但，男女如果對此根本缺乏認識，一本其封建意識的遺毒，則依然是會阻止問題解決的速率的。所以在教科書內應該顯著的標出男女之問題的平等關係，貫輸以國民的義務與權利並無男女之別。法律上更無男女特殊之分。總以能養成男女雙方都覺得男女平等乃係自然現象為原則：——務須使男女都曉得過去男女觀的錯誤，現在乃要極力消滅此種不正確的觀念。此外，在施行強迫義教時、還要顧及了他們工作時間的衝突。比如一個從事生產的成年人，盡可把上課時間，移在夜間或其空暇的時間。這樣不但要增加工作進行的效律，而且也會提高了他們對教育的興趣。如此之後，國家施行動員令時，則全國男女同胞才能真的動員起來，才能使婦女在社會上的地位逐漸成長起來，才能使一切在黑暗中摸索的婦女，不再控制於任何壓迫勢力之下。不再盲目的作犯法的行為。

第二，訓練難民婦女的知識分子作推進義教的工作。抗戰以來，若干淪陷區的婦女同胞，為了不甘做敵寇的順民或其田廬被敵軍摧毀而無家可歸的中華賢肖兒女，她們含著滿腔熱情投奔到祖國的懷抱。她們攜帶子女冒險跋涉，從敵人的槍口刀鋒下輾轉逃亡到大後方來。對於這些義民政府已有收容所一類救濟機關來救濟，而事實上政府及社會團體的財力，很難一一予以無限制的收容的可能。因而我們主張政府應該把這筆款項不祗用在消極的救濟上，除卻老弱的婦女應予以無條件的救濟外，其餘的少壯婦女均須使其參加生產工作。在後方各小城市舉辦小企業，收羅失業女工及難民婦女生產戰時日常用品。特別是受過教育的婦女，她們是二萬萬三千五百萬婦女中之五的幸運者，在這麼難以取得教育的機會中她們居然取得了，她們不但負有婦女解放的責任，而且更負有民族解放的重責，因為在所有婦女群眾中她們是知識分子呀！對於一切，她們較未受過教育的婦女群眾是更清楚更理解些。所以該特別把這般難民中的婦女組織起來訓練起來。要她們擔負起普及婦女教育的工作。是的，她們固不贊成女子學校必須女子校長，但教育農村婦女，動員農村婦女，我們卻堅決主張以知識婦女來擔任，因為農村婦女她們大部依然還停頓在「男女授受不親」的思想裏。以男子來教育她們，一定要發生些不必要的阻礙。把這般有知識的難女用來擔任這項工作是十分合適的，這一方面解決了她們的生活問題，而更可使普及教育的工作收到宏大的效果。我可以舉出一個實例來作證明，去年寒假

宣傳時，我們這小隊女同學都是穿黃色棉制服，當剛一踏進目的地底村落時，所有這裡的婦女──特別是成年婦女──她們都十九躲躲藏藏，不肯出來，但，知道我們也是女子之後，她們卻是那麼誠摯地跑了出來。我們藉機向她們宣傳敵人的暴行，在戰區婦女所遭受敵人的凌辱，要她們鼓勵兒子與丈夫上戰場，祇有把日本鬼子趕出中國去，大家才能得到安寧……我們親眼看到她們感動的神色；值得我們永生不忘的，是她們給我們預備茶飯的盛情，全村共有五十七家住戶，除卻赤貧的五家外，五十二家拿出他們所有的「新年」（廢曆新年）的美食，放在我們住宿的兩家裏，供我們食用。我們是那樣堅決的阻止，而再也不能制住她們的熱情。晚上把村中僅有的一位小學女教員和幾個年齡已相當大的小學女生找來伴我們，次日當我們向另一個村莊出發時，她們戀戀不捨的要我們回來時再到她們這裡。我們在去到第二個村莊時，也獲得了相似的熱情與效果。在這次宣傳之後，我們充分的感覺到農村婦女雖尚大部停留在前世紀的思想裏，但，完全是由於她們對新思潮不瞭解，如果施以相當的教育，使她們對現實有正確的認識。則動員農村婦女實不是一件困難的事情。我們爲什麼不把能擔負教育農村婦女的知識婦女組織起來任她們奔馳在流亡線上，而讓所有廣大的農村婦女仍然停頓在愚昧的狀態中，這無異是我們自己放棄了二萬萬多民眾的抗戰力量，這是嚴重而巨大的損失！我們該使這現象與缺點，迅速得到合理的解決與彌補。

其次，我們再來檢討一下知識女子爲什麼會選出許多畸形發展呢？我們幾乎可以武斷的說乃完全是由以女子教育觀念紛歧的結果。以前的片面的賢妻良母主義，因已深不適合於今日的需要；但漫無目標的施教，其結果也是雜沓無序。中國辦教育的人士，除卻貫注式的教其聆受課本上的一切外，很少能注及於學生身心的修養，輔導其課外讀物的正確知識。我覺得上述的知識婦女所於造成其各種不健全的典型，完全由於今日女子教育觀未定的結果。一個進了中學的女學生鑒於現社會女子出路問題的繁複，經常就會以此而苦悶，煩惱，而在學校裏又得不到正確的指示，於是由於苦悶或爲了出路，乃自己來發掘；開拓，也許由書本上，也許由觀察上或幻想的結果，便在無形中而建立了自己的人生觀。同時更因很少獲有糾正的機會，所以便形成了「自是其是」的作人態度。這個責任是決不能祇由學生本身來負的，受教育若祇教其讀書識字，而不訓練其作人方法，這是科舉時代的教育方針。據說本年度統一招生城固考區的學生，對於國文試題中的「全國共同校訓釋義」的

題目，作對了的佔全數二分之一還弱，他們竟不知已公佈將及二年了的共同校訓是哪幾個字。這固然一部也由於學生的不留心，但高中畢業學生竟有大多數不知道這共同校訓，似乎各該中學校當局也要負共一部責任了。民國十八年國府曾公佈「中華民國之教育根據三民主義，以充實人民生活。扶植社會生存，發展國民生計，延續民族生命爲目的。務期民族獨立，民權普遍，民生發展，以促進世界大同」。足見我國的教育宗旨的精深遠大，可惜一切從事教育工作的人，很少能遵照這個原則來推行。從事女子教育者退於過去女子教育的賢妻母主義，竟也有人提倡男女需要不同，故決不宜施以相同之教育的論調，來限制女子教育機會的平等。似乎女子教育宗旨應該特重之條文以示區別，其實這主張一方面固有背於我們國家的法令，而更有違於教育宗旨，因爲教育宗旨，乃在注重於各個人個性的發展，初無男女之分。一個眞正教育家站在教育立場上，他一定要堅持這正確的主張的，他認爲一個學生違願地進入自己現不願入的科系，乃是這個學生終生的不幸！女子個性也是隨人而異的，其願從事家庭保育工作的，固可入家政系和醫學院各學系；而其願從事工科或政治工作的，也正可入工學院和法學院；其需要與個性發展也並不與男子有什麼差別。所以我們所主張要確定男女子教育觀就是要堅決反對那變相的片面的賢妻良母思想的女子教育觀。說女子只宜學醫學治理家庭學保育等工作，我們積極主張政府所公佈的教育宗旨，就是中華民國所有公民不分性別的公共信條。再不要倡什麼女子特殊教育的論調，來分割的女教育的界限；使若干女子不得不投入自己不願入的科系，葬送其個性及天才的發展；更使若干女生因此而陷於苦悶，煩惱造成其不健全的人生觀，直接影響於民族解放與婦女運動。過去男女教育宗旨不同，那就是因爲男女還不曾有眞正平等的地位，現在，時代變了，男女在法律上已無絲毫不平等之點。舊骸骨是不值得迷戀的了。我們該促起所有教育家的注意，所有女同胞的注意，讓他們不再要爲此問題而重費心思，讓她們不要再爲此問題而煩惱，苦悶。

在確定了女子教育觀之後，針對著事實上所發生的缺點，殊有加強導師制的必要，導師制在中國，開始施行，也是近三年來的事。在贊成與反對者相互爭持下實行以來，收效似乎並不大。但，無論如何，我們卻不能否定這制度的本身，一個良好導師是會直接促成學生身心的健康的？特別是中小學教育，乃是人生教育最基本的階段；凡足以發展個性，建立人生觀，決定服務基礎者均有賴於此。具體的說一個良好國民的造成，完全決定於中小學教

育階段,到高等教育階段導師制的收效便較小了,因爲學生已達成年年齡,在他們的意識上已有凝固了的自我決定,甚至明知自己的錯誤而不肯改正的。所以我們主張對於中小學的導師制務要能徹底實施起來,特別是女子教育的這一階段,一個良好導師關係於她們前途至爲重要。同時爲顧及了實際的成效,我敢提議女子導師必須由女子擔任,自然這決不是限定專以女子作女子的各科教員,由於我個人的經驗及探詢許多女同學的結果,覺得男子擔任女子導師,在許多方面都感到了不方便,老實說,我自己就對我們的男導師說過謊,修養日記一本一本的寫成了,但,眞正衷心的話卻很少,很多問題,並不是由我們導師那裡得到了解答,而導師對我們的影響也祇如他教給我們書本上一切的影響一樣。對於我們的導師,我們自己也覺得很慚愧,然而我們又是多麼焦急的期待著我們導師對我們一切問題的正確指示呀!

眞的,我不願意聽那一般人空頭的高調,說什麼男女既已平等,女子爭取解放,就不該再存有男女的觀念。所以女子對男導師,男子對女導師都應該取同一的態度,也就說學生對導師不要隱諱,導師對學生要盡量指示;這,在原則上自有其理論上的理由,然而這祇是離開事實重心的說法,並不會解決了眞的實事的。所以我們覺得男女學校裏,男女教員自可同時兼聘,級導師也可不拘男女來擔任,而組導師則務須以女子擔任爲原則,男女合校的學校,級導師也可以不分男女來擔任。而在分組時,則應男女不合在一組內,以女教員擔任女組導師,這決不是表示男女的訓練特殊。因爲組導師所負的責任,並不祇僅在學業上的指導,而特別注重在修養及個別個性發展上的指示,惟有這樣實施起來,才會使上述各種人生觀不正確的知識婦女,在社會上一天一天的減少,而縮短了婦女解放成功的距離。在今天,我們熱烈的期望著負教育青年責任的人們。不再使學生專注意在課本上學識的貫輸,而要特別訓練其正確的思想,眞正能達到「發揚民族精神,培養國民道德,訓練自治能力,增進生活知能以造成健全國民」的目的。

2. 婦女解放運動須適合於國家民族的環境及需要

在近代,中國一切改革運動,幾乎完全都各找出一個歷史上的先例或某一個國家的現行制度作標榜,作其理論上的根據,我們並不反對徵引前車之鑑作爲行事的尺度,更不反對吸取西洋文化的精華來增補我們的缺陷。但我們該特別的認清其目標底正確性,加一番甄別的工夫來選擇,更不要忽略了

此時此地的需要。歷史陳蹟既不能重演，而歐英的一切更不宜全盤搬來，因爲中國畢竟還是中國，同時，中國是現在的中國，不是過去的中國，它自有其特殊性，所以一切運動，都該站在自己國家民族今日的立場上來謀求解決的辦法與途徑。不幸的中國近年來的一切改革運動，竟完全陷進這狹義的圈子裏。民國二十四年春天有名的國內十教授所發表的「一十宣言」曾痛切的指出：「中國在對面不見人形的濃霧中，在萬象蟄伏的嚴寒中沒有光，也沒有熱。爲著尋覓光與熱，中國人正在苦悶，正在摸索，正在掙扎；有的拼命鑽進墳墓，想向骷髏分一點餘光，乞一點餘熱；有的抱著歐美傳教師的腳，希望傳教師放下一根超度眾生的繩，把他們弔上光明溫暖的天堂。但骷髏是把他們從黑暗的邊沿帶到黑暗的深淵，從蕭瑟的晚秋導入凜冽的寒冬。傳教師是把他們懸在半空中，使他們在上不著天下不著地的虛無境界中漂泊流浪，憧憬摸索，結果是同一的失望。」這充分地揭出了走上盲目復古與盲目西化的失策與不當。但，中國婦女運動確曾走上盲目抄襲歐美文化制度的途上。易卜生（Ibson）劇中的挪拉（Nora）原是婦女運動初期的典型，然而，直到今天，依然有人主張婦女運動祇走挪拉的舊路，更有人見於社會主義的蘇聯國家中的婦女完全脫離家庭走向社會，所以就主張中國婦女在今日也要馬上全部離開家庭走進社會，他們完全忽略了三民主義的中國社會性，自然中國婦女運動的目的，也要爲婦女爭取走上社會的機會與男子一律平等；但中國是農業國家，他與一個工業國家不但有本質上的不同，一切制度也決不能全盤互換的。這正與戰爭剛一起時，一部作婦女運動的人，曾大聲疾呼要全國婦女全體武裝起來踏上戰場，陷於同一的錯誤。抗戰建國是經過悠長的時間過程的，在後方從事生產工作，也正是爭民族解放的基礎工作之一。並不一定要每個人都參加前線工作，才算盡到了抗戰的任務，戰時的後方工作與前方是同樣重要的。我這樣說，並不是要婦女每個人依然停留在家庭中，而祇是說在原則上，婦女必須爭取與男子同樣服務社會的機會；在實際上既每個人都受過了國民基礎教育，個人可就自己的環境與志趣來決定其留在家中或到社會服務。作保育兒童工作與一切家庭中的工作，其重要性與到社會所作的工作是相等的。而且要婦女皆有到社會上服務的機會，則首先須樹立兒童公育制度。我親眼看到一位女同學因了生育孩子而不得不忍痛休學；同時，也正有若干個婦女因爲孩子的羈絆而犧牲了她們服務的機會與熱情。一個難民婦女因了孩子累贅，竟不能如願的參加任何一種生產工作，以至遭受到凍

餒之虞。兒童是國家未來的主人翁，在一個國家，民族之內，他們的生存價值，是無足與之比擬的。所以，在今天政府及一切慈善團體最低限度也該普遍地設立收費而價廉的托兒所一類的組織，一方面減少了婦女服務的阻礙，而同時可予兒童以較好的訓練，這乃是一舉兩得的最好辦法。因而促進兒童保育工作的普遍是應該列在目前婦女運動主要工作的第二位。不然的話，婦女參政運動，永遠是屬於一部特殊婦女的專利，廣大的婦女群即或有意識來運用條文去享受自己應得的權利，但限於事實，卻只有望洋興歎，如果保育兒童的場所得有普遍的創設，她們便可自由來決定其服務的機會，來享受法律上所定的條文底實利。也惟有如此，婦女才能普遍地走上社會，普遍地實際參政。中國一部作婦女運動工作的人，祇見到了蘇聯婦女已能全部離開家庭，自由參加生產工作，卻忽略了這推進過程中的工作步驟，自然不會收到實效的。

　　由於國家歷史環境不同，政治組織不同，所以關於其國家的一切改革，祇能攝取某一國家制度上的優點，固不必一切全都拘於其固定範圍之內，「削足適履」決不是解決問題的辦法。由於這點，我想到近來喧囂塵上的國民大會的婦女代表問題，本來，從婦女競選國大代表這運動本身來說，國民大會既是代表中國全體國民意見的代議機構。婦女佔全國人口二分之一，在原則上是毫無異議的要有婦女代表參加，特別是這次國民大會，它負有制定國家憲法的偉大使命，直接關係於每一個國民的切身利害，所以婦女要求代表參加，理由既充足正當，而事實上尤為必要。但一部人認為婦女此舉乃係乞憐式的爭取，說本身承認不能與男子爭勝，乃作出此種要求，這十足暴露了婦女本身的弱點。說這種話的人，真是盡到其誣蔑的能事，他們完全忽略了中國歷史環境上的事實，近十幾年來，婦女參政運動反映在中國憲法條文中雖已有相當的成就，然而廣大的農村婦女群眾，無論其在勞動方式，經濟生活，社會地位上，都依然保存其封建社會殘餘形式；如果少數的知識婦女，已具有參政能力的婦女，竟不能予以為國大代表直接參政的機會，則憲法上雖具有更進一步的男女平等規定，怕也永遠祇是不能兌現的條文而已。因而我們想到陶玄女士在參政會發言時說：「讓女子上樓，請不要忘記給她們樓梯」一段話，這確是一個透徹的比喻。世界上任何一個進步的民主政治國家，其婦女解放運動的成功，都以在國會內競選代表席位，獲取立法制憲權利為唯一手段，但我們不願聽一部政論家搬來若干歐美民主政治國家的法理來作中國

婦女參政運動的根據。說某一個民主政治國家沒有指定婦女代表的規定，中國便也不該有。這點。前面我已有說過，中國是中國，中國有其特殊的歷史環境及社會基礎，由於這種環境和基礎決定了中國婦女參政運動不能抄襲其他國家的規定。因為婦女解放運動在中國發生過晚，所以，在目前無論從婦女的社會地位，經濟地位，教育水準諸方面來看，在比例數上是決不能與男子爭勝的。這種客觀條件的限制，決不是任何條文口號所能掀動的。正因如此，我們中央政府把總理「扶植女權之發展」的遺教列為施政的政綱之一，而今年的七中全會更決議成立婦女部，這都完全說明了中國婦女運動在現階段的特殊性。因而目前我們要求婦女代表名額的指定，不但不是一件「乞憐式」的爭取；而實在是應當在又主要的工作，同時徵引其他不適中國國情的法條來解釋中國國大婦女代表問題，這是不正確的，因為它觸不到問題的重心，它不切合於此時此地的需要。

且國民大會代表選舉法公佈期還在抗戰前，而政府更曾宣告抗戰前所選出的代表繼續有效，這顯然是抹殺了一個最大的事實；祇就其第四章第一節的特種選舉來說，由於抗戰以來戰區的擴大，這一節的條文就不能不加以修正的；再以婦女代表來說，戰前的規定，也著實不能適用於目前，抗戰後無數量的婦女群眾，在政府領導之下，曾直接間接的參加了抗建期中的重要工作；從前線到後方，從農村到都市，均完全有婦女的直接貢獻，她們對國家民族的熱情，決不下於男子。所以要求政府增加婦女代表名額，乃是二萬萬三千五百萬女同胞共同的意見。中國婦女解放，因須從民族解放中去爭取，但在爭取民族解放的過程中，尤不能放棄了其本身在社會地位上應得的權利的爭取；而要求增加國大婦女代表名額，就是抗建期中婦女應得的權利。祇有給予知識婦女以實際參政的機會，使其起領導作用，使其加強農村婦女群眾的普遍教育工作，才能達到「扶植女權之發展」的實際；才能使全國婦女獲得解放，而共同來爭取民族的解放。不過，我們並不祇以本身利益為前提，而不顧及於政府事實上的困難，要求國大代表根本另選，而祇籲請政府在國大代表選舉法總則第二條第二項及第四項中有增加婦女代表額數的規定。此如第二項中的職業選舉，在其選舉細則上，應該明確規定在各種職業團體選舉代表時最低限度須有幾人以上的婦女代表，祇以教育團體說，為了切於實際的需要，婦女代表是決不該少於男子的。其次第四項中所規定的代表既由政府指定，政府在「扶植女權」的政綱下，顧及了婦女解放關係於整個民族

解放前途，尤應在這指定代表數目範圍內而充分的增加婦女代表名額。我相信這種正當而有意義的籲求，一定會得政府的允許。蔣委員長在新運六週年紀念廣播中曾指出：「婦女同胞佔全國人口之半，也就是我們整個民族一半的力量所寄，……我們需要增進國力，是要使大多數女同胞都能動員起來，在家庭在社會一齊策動改進國民生活，和加強抗戰力量的工作」。最近，中央又決設立婦女部，政府既見到了婦女動員的重要性，那麼對於推進婦女動員的主力，自然要竭力使其加強的了。

的確，一切法令制度，我們固要吸人之長補己之短，但卻決不宜把某一國家的全部法典整個搬來應用。「削足適履」既不是解決問題的合理辦法，而「因噎廢食」也不為智者所採取。中國婦女在目前籲請政府增加國大代表的婦女名額，乃是根據其歷史的特殊使命而發動的，它是切合於今日國家民族的環境，及廣大婦女群眾的需要底正當要求。那不顧實際祇拘泥於法理條文而來解釋此問題的政論家，其結果必造成宋人「揠苗助長」的收穫而後已。這是值得警惕的事實，我們不要輕視了它。

3. 成立統一婦女組織領導全國婦女運動

戰爭，在本質上說，是多麼一件可厭的事哪！但，它對於真正捲入漩渦的國家，也並不見得完全有害的。中國這次的走進了民族解放戰爭中，就十足地證明了戰爭於它是有利的。戰爭摧毀了中國舊日一切的腐化，惰性。戰爭粉碎了中國舊日一切的苟安享樂思想。值得特別提出的，是這些遭到摧毀了的渣滓，已被利用為滋育新生苗芽的肥料了。對於這些陳腐形象的消滅，他們並沒有一點吝惜，因為毀滅的祇是畸形而朽腐的舊中國，堅強結實的新中國，都在這時加速度的成長起來。戰爭促成了中國歷史上空前的團結與統一。戰爭促成了中國內地經濟建設的迅速完成。戰爭促成了中國文化運動普遍發展於各個角落，使一切醉生夢死的人群，都在這一聲巨響之下驚醒過來，共同參加於抗戰建國的偉業，發揮了潛在的偉大的中華民族性能。同樣的中國婦女運動在這歷史過程中，也呈顯出其突飛猛晉的成就，這裡，我們清楚的看到了戰爭予婦女運動好影響的三點：

第一、婦女運動獲得了普遍的發展與認識；在以前中國所有一切的文化教育機關學術團體，都是集中在城市裏，所以一切的改革運動，都是以都市的知識分子為主體。而抗戰後，隨著原有的文化中心地的都市的大部淪陷，因而所

有的文化教育機關，都不得不遷到內地各個角落裏。由於女學生的下鄉宣傳，慰勞抗屬，女政訓工作人員的組織鄉村婦女，及一切以女子爲中心的組織與活動，乃使廣漠的農村婦女獲得了新的認識與覺醒，她們逐漸由黑暗中被拖到光明的地帶。婦女運動的社會基礎既在廣大的鄉村，而現在居然得到了鄉村婦女對此問題的重視，這實在是婦女解放運動聲中一個偉大的收穫。

第二、婦女運動益趨合理化，抗戰後不但農村婦女有了新的覺悟與認識，就是知識婦女對問題的觀察，及活動的方向，也起了許多與前不同的變化。她們揭穿了個人主義的幻想，在以前有的女子也許正在企圖把自己與現實分開，蒙著頭做個人主義的美夢；但，現在激烈的炮聲，震動得她們不得不面對著現實，隨便舉例子說：一個大學的女生，在以前要她穿一件土布長衫參加人家的婚禮，甚至出現在任何一個公共場所內，那幾乎是絕對不可能的事情。但，在目前，這事實卻逐漸的展開了，在我們學校裏的女同學，現在正以著土布衣服爲光榮，相反地對於那豔裝盛服的少數人，卻都以不甚屑意的眼光掃射在她們的身上，這個趨向，近來更甚了。我們知道自從那所謂「婦女國貨年」起，直到抗戰前夕止，知識婦女很少是服用國貨的實踐者。而在抗戰的今日，卻由於口號而眞正走上實行的路上，這無疑地是說明：婦女運動的一切行動是益趨於合理化了。——因爲一再被男子所指謫的虛榮心，已完全在爭取民族解放的今日克服了。

第三、婦女地位的增高：全中國婦女在這次抗戰中，確曾有其不容抹煞的貢獻，前面曾經提過，無論自前方到後方，以至自都市到鄉村，任何一個角落，全有她們在參加工作。一部份婦女固盡了其鼓勵丈夫兒子參戰的責任，而更有無數量的婦女。她們已完全擔當了與男子同樣的工作。其功效與結果也完全相等。由於這些事實的具體表現，乃使一切的人們不能不承認女子與男子的同等地位，顯明的這對於婦女解放運動的整個前途，是具有偉大的決定力量的。

歸納上述，我們看到抗戰後中國的婦女運動確已有迅速的發展與成效。但，它依然有一個缺陷，就是還不曾有統一的步調，統一的組織。因此在工作上未能現出集體的力量，關於婦女應得的權利的爭取，也因此而感到了力量的薄弱，細微。雖有標出全國性的婦女組織，然而它依然是自由形成的民眾團體，它沒有統制的力量。所以在推進婦女工作時，很難獲得統一的步調。甲批婦女宣傳隊所發表的理論與事實，或者竟至與乙批婦女宣傳隊的一切根

本相背。因而造成了農村婦女於無所適從的苦悶中，也許她們事實上已決定了的行動也因而中止；甚而使她們對婦女運動根本起了懷疑作用，這實在是一個不可忽視的現象。我們不知道中央是不是也感到了這點而才決議成立婦女部？但，無論如何，統一婦女運動的機構是應該從速組織起來了。婦女部的組織法與使命，在我們沒有見到公佈的條文之前，自然不能妄加測臆，然而其必爲維護婦女利益，輔導婦女運動，調整婦女工作而成立是斷然的。因而我們站在婦女立場上，從任何方面說，都希望其迅速的正式成立，來領導這二萬萬三千五百萬的女同胞走向解放的大路。依據自己國家民族的環境與需要，來確立婦女運動的理論，使中國一切婦女都認清自己的任務與使命，不再固執的抱殘守缺地拘羈於封建思想之內，及盲目地不切實際的崇拜外來思想。糾正一切對婦女歧視的倫理觀念，強調展開普及女子教育運動，使這佔全民族人口之半的力量，充分發露出來。在目前這是尤其重要的。一個民族解放戰爭，其動員的成績直接關係於鬥爭前途的。增加一份力量，就多一份勝利的因素。減少一份力量，也就減少了一份勝利的把握。抗戰以來，廣大農村婦女未能動員組織起來，這無疑地削弱了我們很大的實力。但，目前確是普及發展婦女運動的良機，因爲全國的婦女在這次戰爭中都直接間接地受到了嚴重的刺激，她們都有了新的認識與新的需要了。知識婦女固不待言，便是未受過教育的婦女也有了普遍的覺醒。她們所以未能即刻動員起來，一方面固由於教育不普及和受教育目標不正確的影響；但缺乏一個統一的領導組織，也實爲主因之一。所以統一組織的婦女部在這時宣佈成立，實有起重大的使命與意義的。

　　的確，任何一種革命組織，如缺乏統一的理論與實施方法，是決不會產生井然有序的一致步調。本來，近年來中國已有一種含有全國性的婦女組織出現，但，它祇能消極地提供出合理的意見，聽取婦女們的自由採納，它沒有強制執行的法律根據。所以它的效力祇能發生於部份婦女之間，而不能推及於普遍的婦女群眾。比如最近曾有人見於都市婦女的奢侈苟安生活，而希望其加以改正的。抽出結餘的時間金錢，用以直接間接貢獻給抗戰，使廣大的農村婦女與難婦抗屬們的生活加以改善。然而，怕這祇是一個希望而已。用道義的方法來促進革命的成功，歷史上很少有其先例的。但，在我們的有法律根據有執行權力的統一婦女組織成立之後，則很可以用推行新生活，節

約儲蓄的方法，對這種畸形發展加以矯正。辦法便是先從都市婦女著手，採用保甲制度連坐的法則來互相校正促改，則一定會收得實效的。是的，在今天從任何方面來觀察，統一婦運的全國性的組織，在我們是多麼迫切的期望其實現呢。

四、我們要自己創造光明的歷史

歷史是由人創造的。

每個人都曾在他自己的名字下一筆筆地寫出了他那不可磨滅的篇頁。不管是光榮的，可恥的，或偉大的，渺小的；一個有過可恥的歷史的人物，同樣地他也會創造出光榮的嶄新的一章，祇要他能理解而克服了往昔的缺點，緊緊地把握著現實的中心，這完全是可能的。一株古老的花棵，當剪除其陳腐的枝葉時，它將會發生更新的芽，開更鮮的花。

女同胞們，全中國的女同胞們！在今天，潔白的史篇，正在期待著我們自己動手來描繪，我們還不該把那血漬班班的章頁扯掉嗎？還不該生動的創造出我們光明的篇章嗎？

我們該牢牢的誦記著這指示人類幸福的偉大的預言：「應當趁著有光行走，免得黑暗臨到你們，那在黑暗裏行走的，不知往何處去。你們應當趁著有光，信從這光，使你們成為光明之子！」——新約約翰福音十二章。

本文主要參考書：

十二經經文：開明版。
中國哲學史：馮友蘭。
中國倫理學史：蔡元培。
中國文化問題研究：陳高傭。
六法全書：法學編譯社。
後漢書：世界版。

從我國女子教育史的分析
——談到我國婦女運動的將來

阮學文

一、緒論　婦女運動與女子教育

　　人類在原始時代，以狩獵爲生。那時不論男女，共同與獸類鬥爭，攫取食物，攀山越嶺，伐木掘巢。這時女子不但在生活上與男子居於平等地位；且受了這些體力訓練，女子與男子，體格也是一樣的健壯。可是後來，隨著社會的演進，勞動分業的發展，私有財產制度的確立，經濟權漸漸握到男子們的手中，而婦女也就慢慢失掉了原來的地位。此後，婦女生活的範圍，就只有家庭。而每日工作對象，除了育兒外，就是家庭中的一切瑣事。爲了要維持男性的統制地位，於是，社會上產生了種種嚴格的社會制度，與殘酷的道德信條。處處束縛著女子，使女子處於男子附庸的地位，處處受壓迫，支配，而決沒有自由活動的機會。僅僅在肉體上，負起了延續人類的使命。

　　文化教育的普遍愈來愈進步了，因此在哲學，科學，政治，經濟，法律，文學，美術各方面，都有充分的發展與表現。但是，女子就沒有與男子同樣受教育的機會，她們在各方面都表現了愚妄，無知，因而婦女在社會上已不被認爲是具有獨立人格的人的。

　　自從文藝復興以後，歐洲的文化突飛猛進，而在社會各方面都有新的覺醒，因此產生了宗教革命，工業革命，航海業的發達，政治革命。到了十八世紀，法國大革命時代。因爲婦女在那種水深火熱中，所感受的痛苦，比男子更深。所以在先知先覺的婦女，羅蘭夫人與奧林普特辜傑（Olympede Gouges）女士等領導之下，大隊的巴黎婦女，毅然的參加了革命的行列。她

們向國民會議請願：「確立男女平等。開放婦人職業及准許婦女就能力相應的職業」。這種劃時代的呼聲，喚醒了許多其他國家的婦女。她們覺悟到女子也與男子同樣是發達人類不可或缺的元素，為什麼女子只是在家庭中埋葬了自己的一生呢？為什麼男子對人類的文化，各方面都有很偉大的貢獻，而女子卻只能在廚房裏消磨自己的光陰呢？整個人類的文化，卻只讓人類的一半——男子，去負起發揚與光大的責任，而女子只不過在另一個世界裏渡過一生。當時婦女，雖然只提出職業問題，可是，要解決職業問題，非先解決婦女在法律上，政治上，教育上，社會上各種問題，而後可望男女在職業上平等，把女子從男子經濟權的附庸地位解放出來。

女子要在經濟上與男子平等，政治上，法律上，社會上，學術上與男子平等，必得先把自己充實起來，要有充分的學術技能，才能適應社會上的一切。要如此，首先必須要有與男子受同等教育的機會。因為這種實際上的需要，歐洲婦女：首先漸漸得到了受教育的機會。自然，起先，社會上傳統的勢力，仍然很濃厚，加以女子的受教育，這是創舉，談不上發達。可是漸漸的，因為時代潮流的推動，各國婦女受教育的機會慢慢的發達到平等的地步，而以後英美法荷意比丹蘇俄瑞典挪威瑞士……各國女子教育都很發達，而各國婦女在文化各方面的成績，都有充分的表現，如居禮夫人（Madame Gurie）愛倫凱（Ellen Koy）蒙德梭利（Maria Montessori）等各位先進的婦女，在各方面的貢獻。在科學器具上，婦女的發明有改良紡織機，避火梯，消火器，打字機，海軍用信號，探海望遠鏡……等，這些，都是女子教育普遍後的產物，為什麼在十三世紀我們不能發現一個居禮夫人？為什麼以前的歷史紀錄裏，我們不能發現女子的貢獻？而在女子教育解放以後，有這許多的發現呢？為什麼以前的大戰爭裏，我們不能找出婦女的活動，而在二十世紀以來的各國戰爭中，我們看到了婦女普遍而勇敢的擔起了一切戰時的工作？對於這些問題的解答，簡單一句話；因為女子曾經受了與男子同樣的教育，她們也同樣的在各方面表現了她們優越的能力。

中國文化受到世界的潮流較遲，因為歐美各國的突飛猛進，在五十年前，中國才開始感到震撼。中國婦女在中山先生領導的革命洪流中，也漸漸的覺悟起來。中國女子之受新教育，還是近三十年來的事。我中華民族，有我們特殊的民族性，而這些特性，乃是在過去的歷史，習慣，風俗，以及社會制度中演化出來的。我們要研究我國婦女運動的將來，就應當先把過去婦女的

生活及教育情形，加以詳密的分析與檢討。對於那些受傳統觀念深深束縛的婦女，我們要予以知識的灌漑，而促成她們的自覺。同時，我們的民族，正在爭取徹底的解放鬥爭中。婦女要求得徹底的解放，要在民族得到解放之後。而眞正的婦女幸福，也只有在全體婦女幸福的意義裏求得。

　　舊的傳統生活，使婦女沒有思想，沒有人格，沒有意志，他們在這樣暗無天日的生活裏，渡過了二千年，而自己還認爲是當然的。有些未覺醒的婦女，要解放她們，她們自己就先反對。如幾年前在河南倡行放足的時候，而反對最烈的就是那些受纏腳痛苦最深的老婦人。她們之所以如此固執，是因爲她們沒有受教育的薰陶，沒有新時代的知識，而認爲女子所受的痛苦，是天經地義的事。從此我們可以看出，要解放婦女，必先給她們受新的教育，先把她們從舊的傳統觀念中解放出來。這些都是我們知識婦女的責任。

二、我國女子教育歷史的剖視

　　甲、古代女子教育　古代沒有女子學校的設立，這裡所指的古代女子教育，不是狹義的學校教育，而是指生活範圍內的教育。

　　我國到周代演進成爲以男性爲中心的宗法社會，而支配了中國兩千年來的宗法家族制度。也就於那時建立了雛型。

　　（一）女子教育的範圍：在宗法社會中，她們既沒有繼承權，其他社會上的一切活動都沒有插足的餘地。所謂：「妻雖賢，不可預外事。」（養正遺規）

　　關於女子在幼年所受的教育，下面這幾句話說得很明顯：

　　　　男十年不出，就傅學書作，學樂，學射藝，學禮，學孝才。

　　　　女十年不出，姆教婉娩從，執麻，治絲繭，觀祭，納酒漿。

男女的課程，有顯然的差別。在受的教育不同，在社會上與家庭中的地位，當然不同。這裡，分別敘述如下：

　　（子）女子在社會上的地位：宗法社會中，有一特殊而最不平等的觀念，便是女子非「子」。大戴禮記說：「女者，如也。子者，孳也。女子者，言如男子之教而長其義理者也。故謂之婦人。」由於這種觀念，所以女子無人格，只能依男子而成其人格。所謂：「陰卑不得自專，就陽而成立」（白虎通嫁娶篇）因此，女子無名，繫男子之姓以爲名。婦人無諡，以丈夫的爵位爲諡。這是女子在社會上的地位。

（丑）女子在家庭中的地位：宗法社會中，既是非常重「宗」的接替，當然組成宗的家庭。夫婦結合基礎——婚姻，是格外的注重了。而在女子，也就是婚姻為她一生唯一的大事。但結婚後，須絕對的順從丈夫，像服從「天」一樣。所謂：「夫者，天也。天固不可違，故夫不可離也」（班昭女戒）。

女子當未嫁時，當然要服從父親。婚後丈夫是主宰。丈夫死後，仍然要服從兒子。所謂三從：「在家從父，出嫁從夫，夫死從子。」正說明了女子一生總是要服從著依附著一個男子，而後才能生存。

女子不但要與社會隔離，就是家庭中的親屬男子，也要遠避。如養正遺規內說：「男女不雜坐。叔嫂不通問」。又說：「迎客不出門。送客不下堂。見卑不蹕閾。弔喪不出疆。」女子生活的天地，何其狹窄啊！

（二）古代女子教育的目的：宗法社會裏，最重宗法的是繼承。因為要維護禮教，所以認為亂宗法是大逆不造，奇恥大辱的事。於是，處處都防禦著這件事情的發生。因此，就直接影響到了婦女的生活，社會特別重視女子的貞操。當時，所謂貞操，乃對男子而言，所以女子不是去學怎樣做人，而是去學怎樣做媳婦，做媳婦的道理，在未嫁以前，先學事父母之道，以為做媳婦的訓練。內則說：「女子未冠笄者，雞初鳴，咸盥洗，櫛縰……味爽而朝，問何食飲矣。若已食，則退。若未食，則佐長者食具。」又曲禮中說：「聽於無聲。食於無形。不登高。不臨淵。不苟訾。不苟笑。立必正方。不傾聽。毋嗷應。毋淫視。毋怠荒」，這些都是為人媳婦所學的道理。

（三）古代女子教育的方法。　女子生活的範圍，既是那樣狹窄，那麼整日與她共同生活的，未嫁前是母親姊妹。既嫁以後，是婆母姑嫂。這些女子，同處閨中，都是以年長者為教師。

在未嫁前，母親是教師。嫁後，婆母就是教師。可是，這些人都是在一樣的情況下長成的。她們也是愚妄無知，把從前所受的壓迫，再施之於媳婦。當時的生活情形，班昭說：「年十有四，執箕帚於曹氏，今年四十餘矣，戰戰兢兢，常懼黜辱。」她這幾句話，描寫女子的一生，真是淋漓盡致了。

女子教育是重於德行，家事方面。身體的鍛鍊；簡直談不到。茲詳細分述於下：

（子）德行的教育：中國向來是注重德行倫理的民族，所以女子在道德方面的修養是最主要的。可分數方面來說：

（1）柔弱　班昭說：「陰陽殊性，男女異行，男剛以為德，女以柔為用；

男以強爲貴，女以弱爲美。——然則修身莫如敬，強莫如順，故曰，敬順之道，爲女之大禮也。」

（2）貞節　宋若昭在女論語中說：「古來賢婦，九烈三貞。名標青史，傳到如今。……第一貞節，鬼神皆欽。有客在戶，莫露聲音。一行有失，百行無成。夫婦結髮，義重千金，若有不幸，中路先傾，三年重服，守志堅心，保家持業，整頓墳塋，殷勤訓子，存歿光榮。」從前有許多女子爲丈夫去殉節，但她們對貞節的意義，也許還不明瞭，而只想藉此名標青史罷了。

（3）孝順　孝順也是女子重要的德行。所謂「女子在堂敬重爹娘」。「阿翁阿姑，一家之主，供承奉養，如同父母」。兩千年來，我國都是停滯在大家庭的宗法社會中。而家庭間和睦的維繫，在上慈下孝。

（4）曲從　班昭說：「姑云不，爾而是固宜從令。姑云是，爾而非，猶宜順命。勿得違戾是非，爭分曲直」。這種德行最足以養成女子卑弱，下賤的習慣。是非曲直，不能正常的辨明，要女子完全遵從別人的意志，受別人的指揮，女子一直就在這種不辨是非中生活著。而吾民族，一般人普遍的消極性，過去母性常受此種教育，亦不無影響。

（5）勤儉　宋若昭說：「營家之女，惟儉惟勤。勤則家起。儉則家富。凡爲女子不可因循，一生之計，惟在於勤。」女子一生，多主持家務，家務的振靡，繫於勤儉。

（丑）家事的教育：內容可分爲三類：

供給家人的服裝，如執麻，織絲繭，織絍，組訓。

關於祭祀的有納籩豆。酒漿，俎醢。助奠。

家庭中一切雜事如烹飪，育兒，洗衣，侍奉翁姑，丈夫，家人。

（寅）關於身體方面的訓練：女子整日不出家門，處處受著靜的教育。如：「行莫回首，語莫掀唇。坐莫動膝。立莫搖裙。喜莫大笑。怒莫高聲。……」這些，不但身體方面沒有訓練，就是情緒，也不許有絲毫的自然的流露，這種極度靜的教育，當然不會使女子有強健的身體。而況到五代以後，纏腳的惡習，又傳播下來。從此女子步履都要受限制，從生理學上看來，由兒童到成人這個階段的發展是非常重要。可以影響到長成後的一切。而吾國從前女子就在這個時期，把雙腳用布緊包起來。這活潑發展的階段，就在這樣痛苦與束縛中過去。其對於身心方面的影響太大了。吾國母性，自古就受此束縛。東亞病夫的根源，種因於此。

（四）幾本女子教科書　女子雖因生活需要而讀一些書，但那些書都是專為女子而寫的教科書。至於說，從前亦曾有些女子因為家庭特殊的環境，而與男子同樣的讀過不少的詩書。但那畢竟是極少數。而且，她們雖然偶然有機會念書，然而等於白讀，她們從沒有機會。把她們的才能，像男子一樣的應用在政治上或其他方面。她也有超人的才能。卻沒有絲毫的用處。現在把民間最流行，也就是造成最大潛勢力的女子教科書寫在下面：

（1）女誡（班昭）（2）閨範（呂新吾）（3）女訓（蔡中郎）（4）女論語（宋若昭）（5）女小兒語（呂近溪）（6）烈女傳（7）溫氏女訓（8）女訓約言（9）女戒（10）女兒經

乙、近代女子教育　兩千年來，我國女子所受的教育，所處的地位，在上面已經說明了。這婦女雌伏的思想，一直根深蒂固的傳下來，直到與外界的文化接觸後，這些腐敗落後的思想，都統統暴露了。戊戌政變，就是他崩潰的開端。戊戌政變，在政治上雖然失敗，在思想上卻有相當的成就。當時從事維新的人，認定要救國家的危亡，必須用歐美的文物制度，學術軍備。而女子教育的提倡，也是由這個政治變化傳到我國。從此時期起到現在，可以分做三個時期：

（一）女子教育啟蒙期——從清末到五四。清末戊戌政變時，一般政治家，雖然也感覺到婦女有受新教育的必要。但他們還脫不了士大夫的立場，故當時雖倡女學，可是，其目的也還是造成賢妻良母。不過在方法上採取較新的罷了。梁啟超在創議設立女學堂啟裏，說得很明白。他說「上可相夫，下可教子，近可宜家，遠可善種，婦道既昌，千室良善。」

到了辛亥革命時，一切惡勢力，都是國民革命的對象。而男女平權的思想，也是由他們介紹而來。此時，有少數婦女，便漸漸覺悟參加了革命。辛亥革命以後，幾千年的專制制度，已被推翻。婦女也在極度的壓迫中，走進了充滿光輝的革命行列裏。可是因為當時乃初從專制社會裏解放出來，對於真正婦女解放的意義，還沒有充分明瞭。所以也只不過是形式上喊喊男女平等的口號而已。且限於極少數的知識階級的婦女。雖然如此，但對於一般沉湎在舊勢力中的婦女，卻給了她們一種新的警覺。

（二）新女性開始自覺期——從五四到北伐。革命軍雖然把滿清推翻了，但社會上惡勢力，像那些腐化的官僚，軍閥，仍然存在。到了民國八年，北平的學生發動了打倒賣國求榮的軍閥官僚的運動。這呼聲一起，全國學生都同聲響應。

　　中華民族的覺悟，既在五四吼了第一聲，接著便是徹底的思想革命的新文化運動。這運動的目的，想要徹底的建立民主政治，科學思想，介紹了西洋的個人主義及實驗主義的哲學。這些新的思想，給了婦女心理上很大的改革。這時婦女是以與男子同樣獨立的人格，參加解放運動。這時的婦女運動，可說是中國女性開始真正的自覺。

　　因為過去女子受新教育，已經有八年的經驗，婦女漸漸能夠與社會真實的接觸，加以當時一切新的思潮正是蓬勃滋長的時期，而女子也正在此時期內認清了自己的地位，對國家對人群的責任，於是女子教育也漸漸普遍。各處紛紛設立女學校。當時的最高學府──北京大學，也在這年間開放了女禁。從此以後，婦女受教育的機會漸漸的普遍。而人數也日益增加。婦女們也漸漸從事於各種職業。這時婦女在思想上固然起了大的變化，但在平權運動方面，仍缺少嚴密的組織。其原因一方面因為婦女走出家庭還是極少數，大部份的人，尚未痛感社會對女性的不公平。同時，民眾運動受當局限制，不能充分發展。

　　（三）實際參加救國活動時期──從北伐到現在。

　　（子）從北伐到七七　自五四以來，中國社會上，仍然有兩個大勢力在搏鬥著。一個是那根深蒂固的舊官僚和軍閥的凶燄，另一個就是新的革命勢力。到了民國十五年，革命基礎漸漸建立，力量漸漸充實，於是在蔣介石先生領導下的掃蕩一切殘餘勢力的北伐軍北上了。這時，一般婦女，尤其是女學生，也都實際參加進了這個隊伍。於是，每一個機關，團體，軍隊，農村，無論什麼地方，只要有革命工作，便有婦女參加。這時，把五四時代所提出的「參政」「自由」「平等」「解放」等口號，真正表現到行動方面了。此時，參加的人數也較多。而婦女運動，也就由上層婦女而漸漸走進勞動婦女群眾裏去了。

　　溯到這個進步的婦女實際運動的淵源，乃在北伐軍出發之前，民國十三年第一次全國代表大會，提出「於法律上，經濟上，教育上，社會上確認男女平等之原則，助進女權之發展。」以後中央黨部，以至各地黨部，都有婦女部設立，推動婦女運動。而女子教育，也在這幾年中迅速進展。

　　（丑）從七七到現在　二十六年七月七日，我們展開了對日的戰爭。這是我國空前的大戰，也是我中華民族五千年來文化存亡絕續開頭，同時，也是開拓未來無限光明的樞紐。敵人挾其四十年來累積儲備的陸海空軍，對我

們作孤注一擲的侵略戰，而我們以劣勢的軍備，苦戰了三年，仍屹然不動。而且，我國勝利之基礎日固，敵人的末日愈迫近了。這種重大的成就，就是由於全國人民艱苦卓絕戰鬥的結果。

在這個大時代裏，我們有無數婦女，都親身受了戰爭的影響。同時，也正面了這大時代中悲壯的場面，勇敢的負起這神聖的歷史與時代的任務。由於統一後教育迅速的進步，多數的婦女，不但有知識同時也有了相當的自覺與技能，能夠勝任抗戰期間的一切艱鉅工作。而三年來，在抗戰過程中，所表現的成績，也很彰著。在前線，我們可以看到勇敢的女救護員，看護，女學生軍，女游擊隊員，……在後方，有努力生產的女工。有擔任培育民族幼苗的保育工作者，有發動鄉村教育，文化，職業的鄉村服務隊；有從事宣傳，募捐，慰勞等工作的婦女，以及在軍隊中從事政治工作的婦女。在敵後方，有無數不屈的婦女，從事於破壞及輔助我軍的工作，尤其是有許多妻子母親。更毅然的鼓勵丈夫，兒子去前線殺敵。……這些，無疑的，都是我國婦女在此期間有了明確的自覺，受了時代的培育，加以我國女子固有的優美的潛力，都在此充分的表現出來。自然，還有許多無知的農村婦女，她們仍然沒有受到大時代的洗禮。可是，一般從事於鄉村工作的服務隊，正要把這大時代的課題，教育她們，使她們也能在這時代裏，發揮她們優美的能力，盡國民的責任。

在這個時期，多數的婦女，雖然不是以在學校裏的形式受教育，但這歷史上空前的大時代正是鍛鍊婦女最好的洪爐。在此期間，雖然仍有少數婦女，渡著糜爛的奢侈生活，但那畢竟是時代的殘滓，經過時間的洗刷，她們終將是要沉沒的。

三、我國婦運的將來

甲、婦女應有的認識及今後的責任　我國婦女在過去受了幾千年的壓迫，到了近三十年來，才從舊思想得到解放。我們希望能夠在以後的日子裏，可以同男子，站在同樣的地位，享受同樣的權利，同時我們也要盡同樣的義務，要能夠切實的擔負起我們的義務，那麼我們必須要有以下的認識：

（一）認清時代　今日是我們民族的生死關頭，在此時期，最主要的任務就是擔當起抗戰期間一切最艱鉅的責任，以期早日促成最後勝利。婦女解放與民族解放是不可分的，假若民族得不到解放，婦女解放又從何說起呢？

（二）確立獨立的人格　在上面我們看清了，過去數千年來，我國婦女所處的地位，完全是男子的附庸。今後，我們要得到解放，非先破除以前依賴的惡習，確立獨立的人格。以自己的意志，對民族負起繼往開來的責任不可。

（三）堅定主義的信仰　我們的抗戰是與建國同時並行的。要從這次抗戰中，造成我們理想的三民主義國家。以我國之地理環境，歷史背景，民族的特性，及所處的時代各個條件來講，只有三民主義是最合我國國情的主義。今後，我們要抱著百折不回的精神，向這個目標去努力。

（四）培育革命的人生觀　我們向三民主義努力的目標，既然確定了，就應當為實現三民主義而努力，來救我們的人民國家以及世界，以期達到先總理的理想。而這種工作，必須到最下層的社會裏，接近痛苦的同胞，實際體驗他們的生活，來改善社會環境，驅除一切痛苦。要這樣去做，必須先確定革命的人生觀，抱定犧牲的精神，為人群服務。

（五）轉移風氣的使命　我國幅員廣大，有許多地方還未受到革命的洗禮，習慣，風俗仍舊很閉塞。我們要站在領導的地位，給他們新的教育，同時，以我們實際的行動來領導他們。把舊的壞風俗習慣改過來。尤其是對於一般受舊的傳統觀念最深的婦女，我們要給她們善意而通俗的解釋，並要能做她們的模範。

（六）對於身體的注重　過去數千年，婦女都是受了束縛身體的靜的教育。一代一代的傳下來，使今日婦女的身體，普遍的柔弱。身體健康是一切事業的基礎，婦女要求徹底解放，必須先有強健的身體。況且，婦女是民族國家的母親，母親不健全，自然影響到兒女。為了婦女自身的解放，為了民族國家的將來，婦女對於自己的身體健康要切實的注意。

現在的時代，與清末不同了，與以前的幾年也不同了。在民二十五年的憲法草案中，規定了：「中華民國國民，在法律上一律平等。」今後，婦女運動的方向，不在爭取如何得到社會上，政治上的平等，是要在這些已經得到的權利義務裏，如何發揮出力量來。只要我們有能力，對於一切事能夠勝任愉快，則決不怕沒有發揮的機會。我們的權利既有了，對於今後的責任，更應當有明確的認識。我們認為今後婦女的責任有以下幾點：

（一）對國家民族的責任　在抗戰時期，無疑的，我們要擔當起一切有利抗戰的工作。至於將來，抗戰勝利以後，婦女更應當擔負起培育民族精神，民

族道德的使命。根據心理學的研究，一個人在幼時所感受的一切，對於將來的影響非常之大。婦女應切實注重兒童教育，使在幼小時代的國民，都有了很好的家庭教育。而民族精神，民族道德，也在這樣的薰陶之中，培育出來。

（二）對社會的責任　中國社會事業，雖然還沒有達到充分發展的地步，可是一切都在發榮滋長的時期。婦女應在此時期，向社會各個部門裏去努力，歐美婦女之所以能夠真正的與男子平等，就是因為她們在社會各個部門裏，都與男子同樣的擔負起各種工作。

（三）對於家庭的責任　家庭是組成社會的單元。社會的好壞，全看這些組成社會的單元，是否健全。婦女在家庭中的地位很重要。所以把家務整理得整齊有序，把子女培育成為健全的國民，轉移風氣，造成優美的習尚，使每個人都能夠有一個愉快的家庭，對國家社會的貢獻，也是非常之大的。

乙、婦女將來的地位　我國婦女經過這次抗戰期間的表現，可說是奠定了今後工作的基礎。英國婦女在社會上之有今日的地位，是源於第一次歐戰中，在她們的艱苦卓絕的精神中奠定的。蘇聯的婦女今日的地位，也是因為她們能克服在大革命中的一切艱難困苦。而她們的最完善健全的兒童保育事業，其基礎也是在大革命的戰爭中建立起來的。我們雖然不要去重演這些歷史的事實，但這些確實是我們很好的借鏡。我相信，我國將來婦女的地位，必定從現在的工作中建立起穩固的基礎。而從此漸漸的發揚光大。這次偉大的抗戰，就是我國婦女得到真正解放的關鍵。

婦女將來在法律上，政治上，教育上，經濟上，社會上，學術上的地位究竟如何呢？這雖然是幾個問題，但卻是一個大問題的幾方面，其中一個問題解決了，其他的問題也都可以迎刃而解。婦女既然在法律上獲得了平等的地位，則在政治上，教育上，經濟上，社會上，學術上都可有平等的表現。因為將來婦女既普遍的與男子受同等的教育，則在社會上的地位改換了，婦女不再是男子的附庸而是有獨立完整人格的人。婦女有充分的政治意識，以從事於政治的活動，有專門的技能，從事各種職業，職業問題解決，則不必再在經濟上依賴男子。

有人說婦女在歷史學術上的貢獻太少了，若是與男子比較起來，真有天淵之別。可是，說這話的人，忘了過去婦女是在什麼情況下生活著。將來婦女既得到各方面的平等，可與男子受同等的教育，女子在學術上的地位是不可限量的。

婦女在各方面的問題都解決了，則婦女的身體，精神雙方面，一定都有充分的發展。有了活潑強健的身體，愉快的情緒，從此婚姻家庭不再是婦女的桎梏，而是愉快的生活寄託的所在了。

男女既在各方面平等了，則男女間的思想與教育，可以互相交換。因此，不但可以促進文化，同時，社會上也可以造成了一種簇新而高尚的風氣。而將來，新的三民主義的國家，也將在這種精神中表現出來。

四、結　論

我國婦女過去幾千年，都在極度的不合理的社會中生活著。到近三十年來，才漸漸將到解放。而尤其是近幾年來，婦女在各種事業上的表現，充分發揮了我國婦女優越的能力。過去的一切無知，愚昧，依賴，柔弱都是沒有受到教育的結果。同時，我們可以看到：婦女之有今日，完全是婦女從一種新的覺醒中努力的結果。所以，以後，如果我們不斷的去努力，在知識上，能力上，都有長足的進步，而對於國家民族和世界人類都有貢獻，婦女的地位，就自然的提高了。

歷史是不斷的前進著。同時，一個時代的教育及思想可以推動時代，而時代也可以推動思想和教育。這種思想，教育，乃是由微小而漸漸的發揚光大，由萌芽而漸漸的蓬勃生長。基督教的信徒起初不是很少數嗎？我們總理提倡革命，初創期不是很少數的先知先覺，在各種惡劣的環境裏而成長的嗎？然而後來卻有了歷史上光榮的成就。雖然婦女運動，在我國的歷史不很悠久，但這潮流是日日在進展中。我們看在鴉片戰爭時，沒有一個婦女有表現。辛亥革命，已有少數婦女參加。而這次的抗戰，卻發動了幾百萬的婦女在各種事業裏，和男子一同從事於艱鉅的工作。以往外人齒笑我們「支那婦人」。而今，我們卻普遍的看見鼓勵丈夫兒子去從軍的可歌可泣的中國婦人。

現代的國家，都不能否認婦女有參政權。但婦女解放真正的意義，並不是只求得女界少數人得到政治上，經濟上的地位。而是要解除大多數婦女的痛苦，改善大多數女同胞的生活。從教育和組織著手，來增進婦女的能力，提高婦女的地位，使個個婦女，都能夠得到真正的解放。同時，還要用我們婦女的力量，來促進民族的解放，才算盡了我們的責任。

社會的各種複雜的部門，同時向前進展，這都是由於分工的作用。今後婦女的要求，不是男子做什麼，我們也必定模仿他們，而是在這不同的部門

中選擇適合於婦女的工作。而將來的女子教育，也是要在除卻性別以及因性別的職分不同而生的差異的原則下，求得與男子平等。

在這次抗戰中，我們創立了一種新的制度，那就是托兒所的設立，及保育事業的提倡。今後對有這種設備，力求克服困難，而建立起完備的組織。將來產業發達，使大多數母親不再被家事及育兒所羈，空出大部份的時間從事於社會事業。尤其是抗戰勝利以後，正需要大量的人才，從事於各種新興的建設。

從此以後，中國婦女。以新的姿態，立在自由的國土上，和男子共同的建設新中華民國。而「婦女運動」「婦女解放」的名辭，也不存在了，因為那時沒有婦女問題了。

本文重要參考書：

孫中山：三民主義

陳東原：中國婦女生活史

郭箴一：中國婦女問題

Hages and Moon： *Modern History*

舒新城編：近中國教育史料

歐陽祖經：歐美女子教育史

倍倍爾：婦人與社會

養正遺規

家庭教育上的兩個基本問題

蔡愛璧

　　十九世紀英國哲學家斯賓塞（Herbert Spences）曾經說過：「假如幾千年後的人，看見現在學生們讀的書籍，也許要誤認為是僧侶的讀物。」這句話的意思是說當時學校裏的課程，與人類生活沒有關係，尤其缺少與綿延種族有關的材料。由此可知一世紀以前的英國，人民對於教養子女的知識必很缺乏，自然也不會有人注意家庭教育問題了。

　　過去我國社會，一向注意家庭教育。例如孟母擇鄰三遷，岳母訓忠刺青等，都是家庭教育的模範，至今傳為美談。可是就目前的情況來說，許多家庭對於子女的教育，很少能用合理有效的態度和方法，未受教育的婦女，知識程度太低，對於子女的教養，固難期其合理；可是已受教育的婦女，又易被虛榮心所惑，認為教養兒童有屈自己的身份，竟然不願負責。對於家庭教育問題，便沒有人注意研究，這是多麼錯誤呢！其實家庭教育的優劣，對於整個教育的成敗得失都有密切的關係，要避免學校教育的一曝十寒，要奠定學校教育的良好基礎，都要靠家庭教育的力量。我國戰時教育實施方針也有「家庭教育與學校教育密切聯繫」的規定，可知家庭教育的重要了。

　　談到家庭教育，本來應該父母共同負責，不過母親與子女接觸的機會較多，對於子女的影響也比較深遠，所以女子對於家庭教育要多負些責任。並且凡是婦女都有做母親的機會，因此家庭教育的知識，應該是女子所必當曉得的。不過家庭教育的範圍太廣了，自兒童出生以後，父母的一言一行，環境的一事一物，幾乎無不與家庭教育有關，本文僅把家庭教育中最重要的兩個問題提出來研究一下：一個是與兒童生理有關的問題：「怎樣維護兒童的健康」；一個是與兒童心理有關的問題：「怎樣尊重兒童的人格」。現在根據作者實施經驗及平日觀感所得，分別討論如次。

一、怎樣維護兒童的健康

「健全的精神，寓於健全的身體。」這句話無論對成人或兒童都是適用的。成人的身體要怎樣的注意保健，成人可以自己留心；但兒童的身體需要怎樣的護養才得健全，這就全靠他們的父母來負責。況且兒童的身體是否健康，對於將來國民體格的強弱，國族生命的安危，是有著非常密切的關係。所以父母的責任是太大了！不過事實上有些情形也很特殊；譬如有多少養尊處優的兒童，家庭裏除了父母以外，還有很多人來看護他們；關於保健方面，似乎不會再有什麼失察的地方了。可是他們的身體卻往往弱不經風，三日腹瀉，兩日發燒的病個不了。相反的更有許多貧苦人家的孩子，他們的肚皮，不能按時食飽，他們的衣服，雖寒天亦不能保溫；他們的營養，他們的衛生，更是無人過問。可是他們的身體還是那樣的經得起風霜，耐得雨雪，並且不常生病。這種情形，到底該怎樣解釋呢？我覺得可以這樣說：身體的強弱，於兒童先天的遺傳當然有關，但後天的環境也未嘗不佔重要的成分。前一種情形，可說是太注意消極衛生而減低了兒童身體的抵抗力；後一種卻是為環境所迫，自幼鍛鍊的結果，但這總非正常的辦法。那麼究竟怎樣維護兒童的健康才算適當呢？我有幾點意見：

（一）不能迷信傳統的習慣──新做母親的人，除了護士，助產士或保育院的保姆以外，對於撫育兒童，總是沒有什麼經驗的，最多只看到些瑣碎的事實及書本上的知識吧。因此，希望孩子能保養得好，一定要設法去請教有經驗的人。而在我國，「大家庭」制度仍舊盛行的今日，長輩有了孫兒孫女，他們會自動把自己的許多育兒經驗和方法說出來，這本是好現象。不過，我國過去有許多傳統的育兒習慣是不合理的，我們不應該迷信，否則兒童的身體，也許不能有正常的發育。例如我國過去習慣；嬰兒初生後，就立刻要用布裹起來，紮得像木頭那樣硬，使孩子的手足都不能有一點活動的機會。據說惟有這樣，孩子的腿長大了才不會彎曲。其實，兒童彎腿的原因並不在此，而且這樣做了，兒童身體的發育，很明顯的會受到影響。又如兒童在嬰兒時期，頭部常有脂痂發生；原因是頭皮的脂肪分泌得特多，再稍有一些灰垢，便生脂痂。但過去的習慣認為脂痂不可隨便洗去，洗了是有傷兒童頭腦的，所以我看見過許多小孩，直到五、六歲時，頭皮依然是那樣的髒黑得難看。其實脂痂是必須洗去的，不過洗的時候要先搓油，使皮膚潤澤，然後用篦子輕輕刮去。那麼兒童的頭部既不受傷，皮膚又可以清潔，才能合於衛生的條

件。總之，我們育養兒童能虛心求知是很好的現象，但是不該過於迷信那傳統的習慣，以免有礙兒童身體的健康。

（二）不能忽略合理的經驗——我們不應該迷信傳統的習慣，但我們也不能忽略過去合理的經驗；否則，不但我們自己會手足無措，應付不暇，兒童也將成為試驗品而被犧牲。因為過去育兒的方法，有些習慣是錯誤的，但也有很多的經驗是合理的。譬如：「要得孩兒安，當帶二分饑和寒。」這的確是有價值的經驗之談。我們曉得兒童生病，除了流行的傳染病以外，最普遍的是吃得太多或受熱。如果能注意不給兒童亂吃，兒童的腸胃當然就不會生病；兒童受熱，也是為了平常穿的太多，偶而不慎，便會生病。如果平時穿的就不太多，那麼因受熱而生病的機會當然也就減少了。此外像：「嬰孩睡覺不能偏在一個方向」。這也是很要緊的，我曾見過一個做母親的，她只有一乳有奶，為了餵乳方便起見，她總讓小孩睡在一邊，結果，小孩的頭成了歪的，眼睛也有些斜視，雖有人勸她，她還不聽。結果使兒童的頭不能正常發育，所以我們對於舊日的育兒方法要審慎判別，不合理的要矯正；合理的要接受。否則，於我們的兒童總是有害無益的。

（三）注意兒童生理的需要——俗語說：「只怕不養，不怕不長。」這是說小孩生下以後，他生長的進度是很快的，也可以說時時刻刻都在生長。因此，兒童生理上的變化和需要，也就時時刻刻不同。這一點，我們做母親的也該特別注意。例如嬰孩初生時需要吃乳，但到了九個月以後，便可略添代乳品，并減少食乳的分量及次數，一周歲後便可完全斷乳，因為在一周歲後，兒童生理上如單靠吃乳是不夠營養的了。但有許多母親因為怕孩子在斷乳時感到痛苦，便一直讓他吃到三歲或四歲，甚至五、六歲，卻不知道這是有害於兒童身體健康和智力發展的。此外，像兒童需要充足的睡眠，適當的遊戲，寬大的衣服等等，都是我們應該特別注意的。我有兩個朋友，他們結婚不久，便做了年輕的父母，他們既覺得歡欣，又覺得新奇，孩子會笑了，會點頭了，都是他們談話的好資料。但是做爸爸的每天早晨就出外工作，晚上才得回來，孩子的活動，他不易看到。因為當他出外時，孩子還未醒；當他回來時，孩子又已入睡了。可是孩子雖然睡了，他總要去吻一吻孩子的小臉，摸一摸孩子的小手，有時看見孩伸了一伸懶腰，以為孩子要醒了。趕快把他抱上手；於是孩子半醒了，但還需要再睡，免不了要哭鬧一場。可是我們不該怪孩子愛哭，我們得明瞭孩子哭的原因是困倦，需要睡眠。兒童睡眠不足，能使身

體的發育呈停止的狀態，這實在是很嚴重的事。所以我們要維護兒童身體的健康，一定要注意兒童生理的需要，如果一味的溺愛，視兒童如玩具，那是不對的。

（四）注意兒童身體的鍛鍊——做父母的不僅要注意兒童日常的衛生，更應該注意兒童身體的鍛鍊。兒童的身體不強健，單注意衛生還是免不了生病的。兒童的身體健康了，雖衛生方面無心忽略一些也不致發生危險。當然，我們不能因為身體健康便故意不講衛生。——拿志純的孩子說吧：志純已經三十多歲了，結婚十多年才生了一個男孩，所以愛護之周到，真是無微不至。把他整天的關在屋子裏，怕他受風著涼。平時，孩子的確長得相當肥胖，因為父母們把他視若掌珍，可以盡量使孩子的營養適宜，並且設法不叫他出門。可是敵人是無情的，常常要來轟炸。那時誰也得向山溝地窖裏走，尤其在這大陸高原的西北，冬天是夠冷的了，志純的小孩，就為了躲避空襲而生了一次大病！從此以後，志純才開始接受人家的勸告，讓孩子常到戶外去活動。的確，在戰時更應該注意鍛鍊兒童的身體，否則便不能適應戰時的生活了。

由上面的例子看來，可以知道積極鍛鍊比消極衛生還要來得重要。至於兒童確實生病了，當然應該立刻送給醫生診治；「且待明天再看」的態度也是不對的。

總之，維護兒童的健康，應該從兒童衣食住行日常生活各方面隨時注意，並且消極的衛生和積極的鍛鍊並重。「強國先強種，強種先強身」。母親注意兒童健康的維護，也就是在做建設國家，復興民族的工作哩！

二、怎樣尊重兒童的人格

有很多的父母，認為兒童是他們的私產，父母對於兒童，有支配和使用的權利。他們覺得自己對孩子說的話，做的事，都沒有不對的。他們可以對兒童沒有禮貌，但兒童卻不能忘記了對父母的禮節；他們可以隨便打斷兒童的話頭，說他們所要說的話，卻絕對不許兒童在他們和別人談話時插進一言或詢問一語；他們可以把孩子費盡心思搭成的積木一腳踢翻，可是兒童如要把媽媽的縫衣線弄斷時，說不定要被打幾下耳光。總之；種種的事實在告訴我們，兒童的一切，是屬於父母的，兒童沒有自由，沒有人格，沒有理想。兒童的一舉一動，都得由父母來支配；兒童的一言一行，也都得父母來干涉。像在這樣情形之下，還談什麼兒童教育和兒童幸福呢？

　　真的，假如每個成人對待他的朋友像對待兒童這樣的武斷，不客氣，那麼三年，五年也許還不能交上一個真正的朋友呢！現在自己對待兒童的態度是這樣，而叫兒童對別人有禮貌，尊重別人的說話，尊重別人的所有權，試問兒童如何能服從？如何能實踐呢？況且具體事實的暗示，要比口頭的教訓有效得多。我們要養成兒童尊重別人的觀念自己首先要尊重兒童；更應該認識兒童也是一個「人」，只不過比成人小一點罷了。所以做父母的人，若要顧及兒童的幸福，在教育兒童的時候，必須尊重兒童的人格，給予兒童充分的自由，去發揮他們幼稚的想像。這樣的教育才有效果的。然則怎樣才算是尊重兒童的人格呢？現在列舉幾個重要的原則並以實例解釋如左：

　　（一）尊重兒童的合理要求——兒童和成人一樣，時時刻刻有慾望，時時刻刻有要求。從這些新的慾望和要求裏，他可以得到新的知識，也可以得到更多的經驗。所以我們要得孩子的思想豁達，經驗豐富，我們應該尊重兒童的合理要求。並且尊重兒童的合理要求，還能間接培養兒童的自信力。棣芝是我的一個朋友。她幼年時家庭很寒苦，姊妹兄弟又多，家中的一切生活費用，全靠父母的工資來維持，她是姊妹中最小的一個，父母雖然很是愛護，可是為了經濟的困難和心境的不暢快，對她的任何要求，都不能予以滿足。她自己知道勉力上學，但有時連飯也不能吃飽。有時餓了向母親要飯吃，母親不但不能給她，還要大罵她一頓。所以她是常常忍著餓到學校去上課。幸而學校環境很好，能鼓勵她努力學業，所以她的成績很不錯。畢業了，老師們很看重她，幫助她找到工作，她也很努力去做。可是她有一個很大的缺點，就是沒有自信力。她自己無論有什麼希望或主張，只要別人不表示讚同，她的主張馬上便取消，甚至附和人家的意見。因此她對任何事都不敢有什麼希望，也不敢有所主張。這是由於她幼年時期的環境把她造成這樣的缺少自信的心理。所以我們應該尊重兒童合理的要求，滿足兒童合理的慾望，以培養兒童的自信力。

　　此外，我們對於兒童不合理的要求，應該明白解釋，使他自動收回而後已。至於什麼是合理的要求，什麼是不合理的要求，那完全要依據兒童生理心理的需要來判斷，不能照父母的心意來決定。在父母無法滿足兒童某種合理要求的時候，也應該安慰兒童，予兒童一個將來的希望，隨便責罵的態度是完全不對的。

　　（二）不要毀滅兒童的想像——兒童最富於想像，兒童的行為，在我們看了往往很不入眼，可是他所以要那樣做，卻是由於他有一種想像做背景。

我們如不為兒童設想，幫助他想像的成功，而單憑我們成人的意見阻止他們的進行或責罵他的行為異常，那麼兒童想像力的發展，常常因此而受了很大的打擊，輕則是他常常懊喪、掃興；重則使他遇事退後，對他整個生活的前途都有不良的影響。不過，在他的想像實行時而將有危險發生的話，我們得相機予以暗示，但不必明白加以禁止，如果危險不大時，我們不妨讓他吃一次虧，得一次經驗。這裡，我可以舉一個例：我的小女孩曉秦有一張小板凳，四角靠地處有四根橫木相聯，她起初是常把牠翻倒在地上，有一次她叫我把她抱進去坐在橫木上，我告訴她這樣坐是會跌倒的，可是她一定要坐；我就把她抱了進去，先扶住她，一會兒告訴她會跌了，便把手鬆下，使她向後一仰，但未將她跌倒，當時她也不很駭怕，過了些時，她漸漸會爬高了，她把凳子翻過來，自己爬進去坐了，可是剛一坐下，凳子便倒了下去，這一次，她跌倒了！但因為有人防備著，沒有受傷，可是她已知道凳子這樣放是不能坐進去的。以後我試著叫她坐進去時，她會告訴我：「媽媽！這樣不能坐，會跌倒的。」

由這個例子裏，我們可以看到孩子從他們的自由想像中和自動行為下，可以得到很多實際的經驗。如果我們單憑著自己的便利而亂加禁止，或是因為愛護過切而不予試驗；那麼兒童的精神必感痛苦，兒童的生活經驗，也老是那樣的呆板而狹窄。像這樣而希望孩子進步的父母，才是多麼傻呢。

（三）不要打斷兒童的話頭——兒童愛動，這是誰都知道的。兒童才學說話時，更是非常喜歡說話。有時說的也許不成話，可是他的嘴裏總喜歡不斷的說出他願意發出的聲音。在他已能純熟的說話時，他更願意把他所遇到的事，所經過的情形向父母報告；他能學會一個新的故事時，更喜歡來向母親復述。這些實在都是兒童練習發表的好機會，我們如能善為引導，對於兒童發表能力的培養，一定有很大的幫助。可是一般父母常覺得孩子的說話，根本無足輕重，高興時或者可以聽他說幾句，不高興時，可以隨時令他停止或把他的話頭打斷。

例如玲弟——是我家鄉小學校裏二年級的學生——的事，也正是一個實例：有一天，我去她的家裏訪問，她的家庭狀況還相當好，她母親也很知道學校和家庭的關係，對於我們教師表示很恭敬。我們在學校裏，為了要訓練兒童口頭發表的能力，所以常常鼓勵兒童多講話，尤其是對那不愛講話的兒童，更加注意誘導。玲弟便是我們誘導的目標之一，所以在校裏有機會總得

設法使她說話。這次老師到了她的家裏，她母親很高興，寒暄了一會，便坐下來談談，玲弟也坐在旁邊。我便說：玲弟現在很能幹，會講很好的故事，她母親也承認她較過去能說話。玲弟聽我說她很能幹，會說故事，她便很高興的說：「蔡老師！我再講一個好故事給你聽好嗎？」我當然表示歡迎。於是她就開始說一個司馬光破缸的故事，她的母親也看著她的臉，好像在聽孩子講故事。可是當剛講到「……一個小朋友掉下水缸去了！」的時候，她的母親忽然說道：「玲弟！你看你的頸項裏又髒了！你不是說蔡老師叫你常常洗的嗎？你怎麼總是不聽話！」她母親說這話的意思，是表示很願意和學校合作，且表示稱讚我注意到她孩子的整潔；意思未嘗不好，可是她沒注意到孩子所講的故事。試想：玲弟的故事正是講到一個緊要關頭的時候，她母親卻說出這樣一段責備的話來，她心理上才是多麼懊喪呢！父母打斷兒童話頭的例子真是俯拾皆是，這也是由於不尊重兒童所致，因此兒童受了刺激感覺懊喪而懶得說話，也成為必然的事了！我覺得有許多兒童不愛說話，許多成人不善講話，甚至有許多大學問家因口才不好而影響到他的事業等，他們的父母們是應該負相當的責任的，所以我們要孩子有禮貌，不打斷人家的話頭，要他的口才流利，我們就該注意不打斷兒童的話頭。假如有時兒童的說話於我們自身或別人有什麼不便時，我們也應該用婉轉的語氣，把他的注意力轉移，萬不要給他直接的打擊才對。

　　（四）不要替兒童代勞——做母親的大概是太愛孩子了，什麼事總喜歡替孩子代勞；尤其是有人向自己的孩子有所詢問時，明明孩子可以答出的，往往也不等孩子說出，便代為答覆。譬如客人來了，問孩子說：「你媽媽在家嗎？」做母親的常常不等孩子回答，便高聲說：「在家哩！請進來坐。」客人問孩子今年幾歲了？母親也是先代兒童回答，剝奪了兒童說話的機會。長久下去，孩子的答話能力，一定要受到影響。他認為別人的問話，不一定要自己回答，所以兒童不僅失去了說話的機會，且養成了依賴的習慣。其實兒童是很富有自立精神的，舉例說吧：

　　有次我去訪一個朋友，她的孩子唱老虎叫門這隻歌，可是「快點兒開開」這一句總是忘掉唱，她的媽媽便替他唱出來；這位小朋友立刻說：「媽媽！你不要唱，我重唱。」於是他又起頭唱，唱到這裡又忘記了，母親又代唱出來，孩子又照例的說一遍。後來孩子幾乎要生氣了。生氣的原因就是表示不願別人幫忙，要表現他自己的能力。還有一次，我陪著兩位朋友和他們的孩子在

小山坡上玩，孩子走在道路狹窄的地方，他母親怕他跌倒，便把他抱了下來。可是他很生氣，一定要重行跑到他原來站的地方，然後再自己單獨慢慢的走下來。像這些情形，不都是表示著兒童富有自立精神的嗎？我們如果一味地溺愛，爲兒童代勞，減少兒童自己活動的機會，不是無形中摧殘了兒童的自立精神嗎？

（五）不要毀壞兒童的建築——兒童有兒童的世界，兒童有兒童的理想，兒童有兒童的興趣。在成人看得不值一笑的東西，他會覺得非常寶貴；在成人覺得不值一看的事情，他會覺得非常有趣。我們不能根據兒童的心理去幫助兒童完成他的理想，已經是我們的不聰明了。如果我們隨便憑自己的高興去破壞兒童的工作成績，那更是我們的錯誤。譬如兒童玩沙，用沙堆墳墓，堆山，挖坑；玩積木，用積木搭飛機，搭房子，搭橋樑等。在他們堆積時，無不用盡心思。他們在這些已未成的建築物裏，眞不知是寄託了多少的理想，存蓄了多少興趣。可是做父母的呢。常常會爲了地方的整潔，或是認爲他們的建築太無意思，或是因爲自己心理上的不耐煩，往往無意的甚至故意的將他們的成績拆毀。像這樣的事，看起來是太小太平常了，可是，如果我們設身處地的爲兒童著想，我們這粗魯的舉動，正不知減少兒童多少樂趣，增加多少不幸呢！

總之，做父母的人，如果希望自己的孩子好，希望自己的孩子將來很有出息，能有本領爲社會爲國家服務，那麼首先應把輕視兒童的心理革除。尊重兒童的人格。更應該拿教育的態度來對待兒童。絕不要爲了自己輕視兒童，溺愛兒童，對兒童粗魯沒有禮貌，而影響到兒童身心的發展。

上面兩個問題，是家庭教育中比較重要的。其中所列舉的五項原則，也只是犖犖大者。希望一般父母能舉一反三，隨時注意以合理的態度與方法來教育兒童。最後，還要說明幾點意見，以作本文的結束：

（一）教育兒童，要克服環境的困難——一般有知識的母親，如果有興趣研究兒童問題，當然可以多方面去搜集新的方法來試驗。可是有時爲了環境的困難不能實現時，那麼也該設法補救。譬如兒童從嬰孩兒時期起，就應該獨睡，但在我國現在的社會和經濟狀況下，究有多少家庭能夠做到這樣呢？然而，只要我們明瞭兒童獨睡的益處及其必要，縱使受了環境的束縛，沒有方法切實的做到，但也可以替兒童準備小被，小褥，由他睡在大床的一角。又如兒童需要適當的玩具，但是在物資缺乏的抗建階段，好些玩具有錢也買

不到，不過我們認識玩具是兒童不可少的伴侶，那麼自己也可以設法仿造或創造一些較爲有趣的對象給兒童玩。總之，我們教育兒童，在可能的範圍以內，要盡量克服環境的困難，給兒童以合理的教養，尤其不要以環境困難爲藉口，而忽略許多有教育價値的生活訓練。

（二）教育兒童，要注意實際的情況──教育要適應需要，家庭教育亦不能例外。例如：我們要鍛鍊兒童走路的能力，本不該讓兒童乘車，但是如果路途太遠而兒童體力不夠時，就不該一定要兒童步行。我曾經看見一個母親攙著一個小孩在路上行走；每當經過停放洋車的地方，兒童總是先向車子看一眼，再向母親看一眼，希望母親能夠乘車。見母親沒有表示，她便沒精打采地繼續向前走。我想，當時兒童的心理上既感到失望，生理上一定更感到疲倦。兒童既有這樣的痛苦，做母親的何必要勉強她步行呢？又如我們要尊重兒童的人格，不應該替兒童代勞，這一點，我們當然承認是對。可是有時遇到特殊的情形，甚至將有危險發生時，如果仍牢記住這個原則而不予兒童以幫助，致使兒童身受很大的痛苦！自然也是要不得的。所以我覺得教育兒童，應當採用合理的原則和方法，不過要活用而不要過份呆板，必須注意實際情況而隨機應付。

（三）教育兒童，要充實自己的修養──優良的母親，除了善爲教養兒童以外，更該多多閱讀有關兒童教育的書籍，并試著書中所介紹的原則，來和事實互相印證。同時還要研究兒童的生活情形及身心發展的狀況並加以記載。有了心得或困難，便設法把他發表出來，供大家參考或研究。假如每個母親都能注意到這些事，那麼我們下一代的國民，一定要比我輩有爲。再有若干年，我中國國民將成爲世界上最優秀的民族了。那時候還有誰敢來欺侮我們侵略我們呢？時代的父母們！快負起我們偉大的責任來吧！

中國新女性與民族文學

范祖珠

一、引言

我至愛的民族，婦女對於你可以有很大的供獻嗎？我時常這般反省著。

蔣夫人對於婦女工作的開展曾虔誠地期勉著說：「我們婦女工作的開展，我們影響國人的力量，希望能像投進池中的石塊，那樣發生效力。石子剛投下去，波動了水面上的小點，可是波紋漸漸地盪漾開來，直展開到整個的池面。」其期望何等深切。

哪一種工作波及最遠，影響最深刻，可以發生最大的力量，不受時間或空間的限制；可以維繫全民族的心靈，喚起全民族的共鳴；使全民族只有一顆心，真誠地煥發地為民族生存而努力呢？

我以為從事民族文學的寫作，使民族文學發展到最高的極境，可以達到這個目的。

二、啓發女性文學天才——從事民族文學

女性有從事民族文學的可塑性嗎？她在文學上的潛力究竟怎樣？讓我們從心理與事實兩方面來研究。

（一）心理方面的推究

從事文學創作必具有的因素，在心理方面可分析為情感（Emotion）想像（Imagination）靈感（Inspiration）：

情感，女性是富於情感的，她容易動情，也容易表情，所以她反映在文

學上的大都是抒情的文學，總不外纏綿幽怨的範圍，很少有豪放激昂的，這自然是女性情感偏態發展的結果。不過那柔情的流露，大多詞婉意濃，耐人尋味。從西漢的班婕妤，東漢的班昭，宋朝的李清照，朱淑眞等的作品中都可看出。

　　無論是創造或欣賞都需要想像與聯想的活動。尤其是在詩詞方面，聯想愈豐富，意境愈深廣。作品的創造在未經傳達之前，祇是一種想像。而創造的想像又是一種綜合作用所必須的心靈活動。想像力愈豐富，意境也愈高超。女性在文學上很有善用其想像力與聯想力的。例如李清照的：「雁過也，正傷心，卻是舊時相識。」（聲聲慢）又「莫道不消魂，簾捲西風，人比黃花瘦。」（醉花陰）雁如相識是寄其離索之情。黃花比人，是寫其清寂之境。那意境何其美妙！聯想何其豐富！

　　情感和聯想兩種成分都是意識所能察覺的，但是文學創作，還有意識所不能察覺的成分，那便是所謂靈感（Inspiration）。文學創作需賴靈感這是中外古今所承認的。而靈感大多起於潛意識的醞釀，在潛意識的聯想中不受意識和理性的節制，活動更較自由，所以潛意識的想像比意識的想像更豐富。所以有靈感的作家，他的作品更能超於群倫。女性在文學上所表現的靈感如上文所舉李清照醉花陰詞，她作好了寄給趙明誠，明誠想勝過她，廢寢忘食三日夜作成五十多首，把清照的詞也放在中間拿給陳德夫看。德夫玩誦了再三卻說：「有三句最好」。正是那「莫道不消魂，簾捲西風，人比黃花瘦。」由此看來，李清照是有靈感的，趙明誠雖然苦心用力也不能勝過她。

（二）事實方面的說明

　　就心理的推究知道女性是富於感情，有想像力和靈感的，宜於從事文學工作。在中西文學史上卻也有不少女作家。就中國說：春秋許穆夫人，因為祖國（衛國）為狄人所滅，她想回去弔唁，許國人不允許，所以她便作了一篇載馳表示愛國之心。西漢如班婕妤的自悼傷賦。東漢如班昭的東征賦，都是傳誦千古的作品。宋代李清照的詞造詣尤高。李調元贊她：「不徒俯視巾幗，直欲壓倒鬚眉。」（雨村詞話）清照生在國難嚴重的時候，她的作品不但芬芳悱惻，而且是悲涼沉摯。如「南來猶怯吳江冷，北狩應和易水寒。」又如：「南渡衣冠思王導，北來消息少劉琨。」忠憤激發，可以和辛棄疾，陸游相伯仲。至於西洋的女文學家也很多。就英國說：女小說家如奧斯頓（Auston）如愛利

亞（Eliot）在文學史上都佔有很高地位。至於女詩人如白朗寧夫人（Mrs. Browning）可以和他（她）丈夫頡頏，羅色蒂（C.G.Rossetti）可以和她哥哥齊名。這些都是女子在文學上的成功者。

從心理方面的推究和事實上的探討，證明了女子在文學上的可塑性。熱熾的情感，敏銳的靈感，新清的思想，豐富的想像是上帝給予我們在文學上的天賦。接受這天賦的惠澤，求其潛力的啟發！中國新女性！你願做民族生命之流的動力嗎？想做時代巨輪的軸心嗎？向民族文學去努力！時代所要求的民族文學。蔣夫人文學獎金徵文，其目的在培養新女作家，不是給我們新的啟示嗎？

從事民族文學的寫作，是中國新女性貢獻民族，影響民族，促進民族生存最偉大的工作。

民族文學的特性究竟怎樣？這便是我們所要研究的民族文學內容與形式的關理。

三、民族文學的三重性

（一）民族文學的一重性一發揚民族精神

文藝復興的潮流雖然同樣地波及到英國和法國，然而在英國則形成了浪漫文學，在法國則成了古典文學。可見獨立的民族都有她獨立的文學，雖然外來的影響相同，但其結果終不失民族本位的特性。

不同的民族性，不同的民族精神透露在民族文學中，民族文學便成為民族的寫真，試看英國的文學，還不是「保守性」民族的寫真嗎？有熱烈的情感，不失嚴正的態度；有深沉的語調不失詼諧的風趣。在歐洲別國的文學中，有偏於理想的，有偏於現實的，而然在英國的文學中卻尋不著純理想，也沒有極端現實的文學。理想和感情的調和是英國文學的特色。偉大的莎士比亞是全人類的文豪，他的作品是英國民族性的產物。整個的代表了英國民族的保守性，複雜性和深沉性，那樣的博大而精深。

德國的詩人文士，都是慷慨激昂，雄健剛強。這是德國民族性的流露。在法軍壓境，國勢艱危的十九世紀初年，產生了偉大的民族文學作家哥德（Goethe）和蕭婁（Schiller），產生了民族詩人冠爾耐（Koiner）。婁開特滿腔（Ruckert），愛國熱忱，寫出偉大的民族文學，充分的發揚了德意志民族的優秀性，激發民族共同的情感和意識。

　　菲希德的本身是哲學家，教育家，然而他那告德意志國民講演書是不朽的民族文學。他的講演，對於慘敗者，鼓其勇氣；對於愁苦者予以歡欣；對於悲不自勝者，有所慰藉。他大聲疾呼地喚起德意志民族的自尊心，自信心和救亡圖存的使命；激發起民族再造的動力，救起艱危的民族。

　　民族文學是「民族」的，在英國和德國都有民族本位性的文學。因為是民族性的文學，所以能發揚民族精神於無窮；因為是民族本位性的文學，所以能與時代精神相配合；所以能達到物質文明和精神文明兼美的極境，所以能躋國家於強盛之域。

　　中華民族有悠久而燦爛的歷史，偉大而優美的文化。她自然應該有民族本位性的文學，尤其在國難的時候。我們的民族性是什麼？我們所要發揚的民族精神和民族美德又是什麼？這便是民族文學內容的問題。

　　民族之所以為民族，不僅限於人民，風俗，習慣，語言……等因素，並且要具有特殊的民族精神。所謂人民，風俗，習慣，語言……等因素僅是外形的，而民族精神是內在的，無形的要件。精神是民族的靈魂，精神的健全與否，關係於民族的存亡。管子說：「禮義廉恥，國之四維，四維不張，國乃滅亡。」管子所謂「國」之四維，便是「民族」的四維，也便是民族的精神。這種四維是民族生存的樞紐，得此則生，弗得則死。

　　中國民族最高的精神是「忠、孝、仁、愛、信、義、和平」，其思想和行為的最高規律是「禮義廉恥」；或謂「智仁勇」三德；或謂「仁義禮智信」五常。這種崇高的精神便是愛國愛民族的出發點。假使全民族能發其至情，以民族精神為最高的標準，則人人可以忠其民族，孝其親長，仁民愛物，明恥貴信，人人能捨身取義，殺身成仁，人人能酷愛和平，禦侮克敵以求本國之和平，更能推而維持世界和平，求大同世界的實現，能如是則民族自能興盛而永久。

　　我們所要求於民族文學內容，便是這個。假使能達此目的，便是民族文學的成功。

　　所以一切剛強宏毅，忠孝仁愛的行為；一切成仁取義，可歌可泣的偉蹟；一切人生的寫真，真理的探求；種種表揚民族精神和民族美德的事實，都是民族文學取材的資料。

　　中國有不朽的民族文學作品，更有許多值得用現代文學譒譯出來介紹給民眾的史料。詩經是中國第一部民族文學。其中有仗義任俠，急公好戰的詩

歌如：小戎，無衣；有征伐蠻夷歌頌功烈的六月（宣北王伐）采芑（宣王南征），江漢（宣王淮夷）常武（宣王征徐方）。這些都是國力伸張，人民為國效忠的表現。

春秋以尊王攘夷為主，充滿了民族思想和正義的啟發，是質形兼美的典型民族文學。其時王室衰微，四夷交侵，中國不絕如縷，孔子以尊王攘夷為急務，正如總裁以抗戰建國為當前急務一樣。而管仲能相桓公，霸諸侯，一匡天下，存衛救邢，伐戎啟土，為中國民族建立奇功。所以孔子說：「民到於今受其賜，微管仲吾其被髮左衽矣！」孔子不輕易讚許人為「仁」，卻讚美管仲說：「桓公九合諸侯，不以兵車，管仲之力也。如其仁！如其仁！」所以我們可以知道，「仁」的最高標準是為人羣謀幸福，為民族求生存。這種最高的民族精神是民族文學所應發揚光大的。

諸葛亮的出師表，李密的陳情表都是天地間的至文。古人說：「讀陳情表而不涕泣者，其人必不孝；讀出師表而不涕泣者，其人必不忠。」這便是文學感人心靈處的力量。所以我們要激發民族的至情，即不得不發揚民族固有的美德。孝親，敬長，忠國，愛民的對象雖然不同，實在是一貫的：由其滿懷惻隱之心，發之於親則為孝，發之於長則為敬，發之於國則為忠，發之於民則為愛。將此種真情用文字寫出，可以使人涕泣，文學何嘗不能發人至情成為高尚的行為，

岳飛滿江紅，激越豪邁，氣吞胡虜，寫盡他精忠報國的襟懷，表明他對救亡事業的期望。忠義之氣，流露於悲壯詞中。讀了那慷慨悲壯的滿江紅後，你對於民族復興的使命敢於袖手旁觀嗎？

文天祥的正氣歌是文公被囚在燕都，臨刑前所寫成的。那種忠誠壯烈，赴義成仁的氣節，讀了能不動你重義輕生的念頭嗎？能不激發你愛民族的至情嗎？

再讀了文公衣帶中的自贊：「孔曰成仁，孟曰取義，惟其義盡，所以仁至。讀聖賢書，所學何事？而今而後，庶幾無愧。」你對於民族英雄的崇敬怎樣？你對於仁義的評價，生死的權衡又是怎樣？死有重於泰山，有輕於鴻毛，為國家生存而死，所以重於泰山；為個人私利而死，所以輕於鴻毛。在民族生存戰爭的今日，文公這種舍生取義，從容蹈道的犧牲精神，不是民族精神至上的表現嗎？

假使全國之人個個有這種氣節，個個能夠尚義輕生，睦族愛國，即不會

有漢奸和叛徒的產生。在民族抗戰的進展中，漢奸和貳臣所給予民族的阻力多大！為著漢奸的根本殲滅，為著民族意識的強化，我們應該努力民族文學的寫作。發揚民族氣節，促進民族生存！

所以歷史上一切民族英雄可歌可泣的史蹟，如張騫，木蘭，戚繼光，史可法的動功偉業；歷史上一切模範人物如寇準，李綱，宗澤，岳飛，文天祥，陸秀夫，瞿式耜等的抗敵精神，都應該用詩歌，散文，小說或戲劇把它發揚光大起來。

歷史上的民族英雄和代表人物的固然應該極力表揚；然而同時不可疏忽了現在。抗戰以來領袖的忠義報國，將士的勇於抗敵，前方後方無數無名英雄在崗位工作上的努力；無數可歌可泣的事實，隨時隨地都是民族文學的資料。我們要用生動而雄健精當的文字，錄下民族光榮的事蹟，那都是他日歷史上可歌可泣的史料呀！

（二）民族文學的第二重性－代表時代特性

民族文學固然要發揚民族精神，同時更要能代表時代特性，這是民族文學的二重性。民族是隨時代進化的，所以民族文學決不能和時代相背馳；所以民族文學是時代的寫真，時代的反映，更應該是時代的先驅者。

文學是時代的射影，不熟習伊利沙伯時代（Elizabethan Age）的文學，你豈能知道那時代豐功偉業的動力，那潛伏著的時代精神嗎？不熟悉艾迪生（Edison），史梯兒（Stoolo），史維符特（Swift）等的作品，你可以窺到安媫王后（Queen Anne）時代的政教風尚嗎？這便是說最偉大的作家必不自置於時代之外，如但丁（Dante），巧叟（Chancer），沙士比亞（Shakespeare）彌爾頓（Milton），希婁（Schiller），哥德（Goethe）等偉大的民族文學家的作品，都與時代發生最密切的關係。所以一時代的思想和信仰，從別的書籍中不能得到的，往往從文學中透視出來。

有人說：「文學是時代返射的縮影」。誠然地，偉大的文學是時代的產物，偉大的文學家也是時代所醞釀成的。如希臘的皮銳里斯時代，意大利的文藝復興時代，英國的伊利薩伯時代，法國的路易十四時代，中國的漢唐宋時代都產生了偉大的文學家和不朽的文學作品。同樣地在今日全民抗戰的大時代中，我們也應該有不朽的民族文學家和民族文學的產生。

然而偉大的文學家往往是走在時代前面的，是時代的先驅者，時代的領

導者，他決不是一民族，一時代所可限的。如莎士比亞的偉大，便是能代表時代，同樣能超出時代，領導群倫。所以班約生（Ben Jonson）贊美沙氏說：「彼非一代之人物，乃為萬世而生者也。」其他如荷馬（Homer），但丁（Dante）等都有這種價值。

以上是文學與時代的復合性，連環性。偉大的文學是時代的寫真，時代的先驅，同樣是時代的領導者。有志於文學的婦女們，總可得到新的啟示罷！

我們再進一步的推究中國文學史上，代表時代和發揚時代精神的作品和作家，以及歷史上反時代背時代精神的文學對於民族生存的影響究竟怎樣。

文學底興衰，影響國運興廢的力量何等的大，因為文學是民族的生命！當一國人的心力，尤其是知識份子和執政者的精力，完全集中在淫靡的文學之土，那國家民族還有什麼生氣和希望？

六朝的文學在民族文學觀點上看，是中國文學史上黑暗的時代，而最大的原因便是失卻了時代的精神。一般的文人都腐心在亡國的文學之中，一般的作品都是淫靡柔弱。到了陳後主更是變本加厲，所作玉樹後庭花諸曲，不但詞筆淫靡，而且音律哀艷，當這種文學流行的時候。民氣焉能振發？國家焉得不亡？南唐的李後主好比六朝的陳後主，所以宋太祖評李煜說：「李若以作詞工夫治國家，豈為吾所俘也。」何等發人深省！

唐代是中國文學史上興盛的時代，一時的作家如李白，杜甫，韓愈，柳宗元都能鼓其雄健豪放之筆，革萎靡輕佻之風，韓愈讚李杜是光焰萬丈，東坡稱韓愈文起八代之衰，反以那時代民氣煥發，國運中興，成為歷史上偉大的時代。

宋以武德不振，初為遼所壓迫，次為金所侵略，終為元所滅亡。當那偏安的局面，一般文人多奮然有「髀肉復生」之感。自然那時做「絃歌昇平」，或「漁歌唱晚」的詞自然也有幾個。然而能代表時代的詩人卻高唱著「要斬樓蘭三尺劍」（張元幹賀新郎），「心折，長庚光怒，羣盜縱橫，逆胡猖獗，欲挽天河，一洗中原膏血。兩宮何處，寒垣祇隔長江，唾壺空擊悲歌缺。」（張元幹石州慢），「男兒西北有神州，莫滴水西橋畔淚。」（劉克莊玉樓臺）慷慨激烈，盪氣迴腸，都是以表南渡以後人心的悲憤雄壯。

在南宋許多民族文學家中，我們所要特別表彰的是辛棄疾和陸游：辛棄疾是豪放的詞人，當他路過江西造口，慷慨地說道：「西北是長安，可憐無數山。」（菩薩蠻）。傾露了他愛國的情緒和力圖收復失地的志趣。（南渡之初，金人追隆祐太后御舟，至造口不及而還，可以說是宋朝的國恥紀念地。）到

了晚年，他仍志在千里，曾說：「憑誰問，廉頗老矣，尚能飯否？」又說：「卻將萬字平戎策，換得東家種樹書。」他那忠憤之懷，豪壯之志，發之於詞都是激楚蒼涼，意境高美。是民族文學的典型。

陸游是愛國的詩人：那「平生鐵石心，忘家思報國，即今冒九死，家國兩無益。中原久喪亂，志士淚橫臆，切勿輕書生。上馬能擊賊。」（太息）這是他的志向。「中原干戈古亦聞，豈有逆胡傳子孫，遺民忍死望恢復，幾處今宵重淚痕」（關山月）這是他對時事的感憤。「盛事何由觀北伐，後人誰可繼西平。」（秋夜思南鄭軍中）這是他的希望。「度兵大峴非無策，收泣新亭要有人。」（夜半千峯榭），「老子猶堪絕大漠，諸軍何至泣新亭？」（夜泊水村）這是他的抱負。他渴望中興恢復，臨死之前，還作了首沉痛的示兒詩：「死去元知萬事空，但悲不見九州同，王師北定中原日，家祭無忘告乃翁。」陸游的詩和辛棄疾的詞都能激人愛國思想。

我們已經從文學的橫截面研究到中西民族文學所代表的特性，又從歷史的縱剖面窺探到文學內容的時代性和民族生存的密切關係。整個的時代性和民族文學的綜合性，連環性，我們已經得到相當的鳥瞰。然則今日我們所從事的民族文學可以失卻時代性嗎？可以與時代精神相背馳嗎？有志於民族文學寫作的新女性，有了新的指南：「發揚民族精神」，「代表時代特性」是民族文學的二重性。我們再談到民族文學第三重性，那必要的條件——文學價值。

（三）民族文學的第三重性－具有文學價值

最有價值而最有永久性的文學是「文」「質」兼美的。我們要求民族文學達到「文」「質」兼美的極境；在「民族」的，「時代」的兩重性外，卻少不了「文學價值」的第三重性。這三重性本是連環相倚而不可分割的。不過「發揚民族精神」，「代表時代特性」可以說是民族文學「內容」問題，而「具有文學價值」是民族文學的「形式」問題。前者是「性質」問題，後者是「技巧」問題。前者可說是「質」的問題，而後者是「文」的問題，我們必須以「文」來美「質」，以「質」來實「文」，才能言之有物，才能言之有則，才能引起民族心靈的共鳴。假使許多人同時表達一種感情，許多作家同時描寫一個社會，他們的成績必定是不能相提並論的。這便是技巧問題，也便是有文學素養者的可貴。他能言人所不能言，達人所不能達，他更能共鳴人最深厚的情。所以我們要求民族文學文情的持久，必定要以形態美來增加他實質

美。這便是所言要研究的行文技巧問題。

其一，以雄健精當的文筆引起民族情愛的共鳴。民族文學能引起民族情愛的共鳴，那便是成功了。偉大的民族文學家，不但表現他自身深厚的民族情愛成爲文中的情，並且能引起讀者情愛的共鳴。這當然需要雄健而精當的文筆。

一般通俗抗戰文學的作者，他們的民族情誠然是熱熾的，然而因爲行爲技巧的缺乏。所以作品所生的反應很小。有的僅能興奮讀者一時的情感，很少有強烈而永久的作用；有的甚至不起絲毫感覺，自然談不到民族愛情的共鳴。於是一般通俗文字，不需要時間的淘汰，便失卻了地位。

所以，祇有情感不一定能表現於文字之中。必定要有雄健精當的文筆才能做到形式的完美。「雄健」在生動有致，喚起人的注意；而「精當」則在謹嚴確切不失其眞。假使作者的感情不求其眞，表現不求其當，則其文必不能確表其思想與感情。又焉能引起讀者的同感？所以發揚民族精神，激發民族熱情，贊美英雄事業，歌頌忠勇沉毅行爲的文字，都需要用「雄健精當」的文筆，才能氣勢雄厚，才能生動有力，才能鏗鏘有聲，才能激人心靈深處。

其二，以最精彩的縱剖面與橫截面代表時代的全面，這便是文學剪裁技巧的問題，凡是描寫時代，代表時代的文字，不論是詩，是小說，是散文，是戲劇，最宜用最精彩的一片段代表全面。所謂最精彩的一面，可以拿樹的「橫截面」比譬，懂得植物學的人看了樹身的「橫截面」數了樹的「年輪」，便知道樹的年紀。大凡個人的生活，國家的歷史，時代的精神，社會的變遷，都有一個「縱剖面」，和無數的「橫截面。」然而，縱面須從頭看到尾，才能看見全面，可是「橫截面」假使能得其要，卻可以表現全面。這可以代表全面的一面，便是我們所謂「最精彩的一面」。杜甫的詩稱爲史詩，正因爲從他的詩中可以窺探出那時代的事情。例如他的石壕吏還不是把當時社會描寫得淋漓盡致嗎？所以寫時表代的作品，便好似社會的擴大鏡，從那鏡頭中，可以看出一般來。

其三、明達深刻以求雅俗共賞，「雅俗共賞」是民族文學重要原則之一。有些文學「精深」而不「明達」，只能得到高級知識份子的欣賞，一般群眾根本不能瞭解，自然談不上接收。有些文字「淺率」的文學，卻可以博得民眾的歡迎而不能引起知識分子的愛好。因爲不能博得他們的愛好，無形中便受了大大的打擊。在他們看來那些作品都是通俗膚淺而不足道的。於是有些文學能夠及於上而不能及於下；有些及於下而不能及於上。知識分子與一般民眾之間所愛好

的文學劃成了淵深的鴻溝。這無疑地是文學的一種病態。固然，文學的興趣有高下之別，不能強人劃一，而且文學之所以有進步也便是由於興趣的不同。然而民族文學的目的在表現民族情愛，激發民族情愛，「民族情愛」不論是上級知識分子，或下級民眾都是共同的。所以我們要求民族文學達到普遍性和永久性的價值，必定要能「雅俗共賞」然後才能引起全民最大的深厚的同情。

民族文學的目的在引起全民共同的情愛，所以「明達」是必要因素。「明達」是存在「雄健精當」之中的。例如如說某文流利生動，自然因為達意雄健精當。至深的感情不需要詞藻的潤色，例如韓愈「祭十二郎文」完全是真情的流露，可是找不出深澀的字句。凡是能識字的人都能瞭解。再如孔雀東南飛一詩，情最深而辭最淺。所以要求行文明白而暢達，必需以最通常的文字，達最深厚的感情。

民族文學要達到「雅俗共賞」目的，除行文「明達」外，更需要「深刻」，才不致流於平庸。要「深刻」，必需要提高一層寫法，不平鋪，不直敘，不順寫，不明斷，不條分裏析成記賬式的文學，不因襲陳腐。不論抒情敘事都能獨出心裁，透過一層去寫，直達事物或情義的核心，而又能精於取材，表達一人一事一物的本性。然後文學自然深刻。能見人所不能見，達人所不能達。才能使讀者心領神會，百讀不厭。

「明達」而且「深刻」的作品才能達到「雅俗共賞」的極境，才能引起最大的共鳴。

四、女性創作民族文學應有的修養

古人說：「本深而末茂，實大而聲宏。」民族文學的寫作，何等偉大而艱鉅的工作！豈可以「輕心」掉之？我們要建立嶄新的民族文學，我們要成為中國的沙士比亞，中國的但丁，中國的希婁，今日的杜甫，辛棄疾和陸游，我們需要有博大而精深的文學修養。

（一）培養健全人格以提高文格

人有人格，文也有文格，而文格便是作者人格的表現。我們讀了出師表知道諸葛孔明的忠。讀了天門掉臂一詩，便知道丁謂之不忠。凡是不忠，不孝，不仁，不愛，不信，不義的人決對不能寫出忠義懇切的文字，也決不能寫出文格最高的民族文學。

文天祥是民族英雄，因為他有忠義之節，剛正之氣，所以他的作品，不論是詩是文，是長篇是短章，都是宏偉豪俊，愛國之誠，匡復之計洋溢於字裏行間。使人讀了感奮進取。因為他人格的崇高，所以纔能做出崇高的作品。

所以我們要提高民族文學的文格，必定要培養健全的人格。我們的思想言行都得以禮義廉恥為範本，以忠孝仁愛信義和平為依歸。我們要有真誠篤實的態度，明確精深的思想，忠義不屈的氣節，百折不撓的毅力，有「先天下之憂而憂，後天下之樂而樂」的抱負，有「為天地立心，為生民立命，為往聖繼絕學，為萬事開太平。」的志願，更有為民族而文學的抱負，然後我們心音的流露，我們人格在文學上的反映，才能做到最高文格的極境，才能達到感人的目的。

（二）陶冶民族熱情以健全文情

女性是最富有感情的，自然，感情是多方面的，不過在過去，女性的情愛是呈著偏態的發展，傾向在家庭，個人方面。所以她可以寫很纏綿而言情的作品，而沒有民族文學的傑作。抗戰以來，民族情愛的芽，在女性的心坎中是漸漸地生長起來了；然而還不夠熱烈。現代新女性不是家庭所有的，不是她愛人所有的。我們是國家的，民族的；我們的生存是為著婦女解放和民族解放。我們所要求的，不是舊式婦女的寄生，而是全民族的共生；不是苟且一時的偷生，而是歷史上的永生。在每個女性的肩上都負有「婦女解放和民族解放的兩重要任務」蔣夫人曾這樣啟示我們說：所以我們要從民族生存中獲得婦女解放；所以我們一切工作的目標，一切工作的動向，都應該朝著這鵠的去努力。所以我們的情感也應該遷移大部份到民族情愛上去。我們要「專愛」，同時也要「普愛」。領袖、主義、國家和民族是我們愛的最高對象；要求民族生存，人類共存是我們所追求的最高鵠的。當我們具有這民族的熱情，我們的工作和人生便有了軸心，有了動力。怎樣不樂意為民族而努力？為什麼不樂意為民族而犧牲。

作者有了最健全的民族熱情，作品便有了健全的文情。所謂行文的「雄健」是由於感情的真切；所謂行文的「精當」是由於表情的真切。所以最健全的民族文學是要以健全的文情做基礎的。

然而粗糙的情感是無濟事的。表現在民族文學上的情感是需要陶冶和提鍊工夫的。必定要從主位的經驗，退到客位的觀賞，把自己的感情懸在心眼

前，當作一幅圖畫去看，從許多平凡的意象中提鍊出最精妙的意象。一般平凡的作家，大多得到一種意象便欣然自足，不肯進一層思索。而偉大的文學家，必要從深淵中披沙探珠，所以他得到的意象是精妙而高超的，他的作品是精當而深刻的。深厚的情感，經過陶冶醞釀而成的文學都是潤澤而光彩的。

所以作者情感醞釀時期相當的重要。醞釀成熟，所寫出的文字，便成了自然的流露，行文也自然雄健而生動；醞釀不成熟的作品都是僵生浮冷而膚淺的。這好似平生不熟的火候決不能烹成佳肴一般。所以健全的民族熱情需經過陶冶的工夫才能表現出最健美的文情。

（三）精讀中西名著以創作文學

文學是需要天才的，女性是富有文學天才的，然而知識的儲蓄，技巧的訓練都是藉助天才從事創作的基礎。莎士比亞在文學上的表現是經過長期素養的，他在創造之前，曾費過半生的精力去改作前人的劇本。詩聖杜甫說：「讀書破萬卷，下筆如有神。」要做到「下筆如有神」的境地，大半都要先下「讀書破萬卷」的工夫。韓愈文起八代之衰，在答李翊書中：「始者非三代兩漢之書不敢觀，非聖人之志不敢存；虛若忘，行若遺，儼乎其若思，茫乎其若迷，當其取於心而注於乎也，惟陳言之務去，戞戞乎其難哉。」很可以看出他作文的苦心了。

從事民族文學的創作豈是輕而易舉的工作。中國新女性！你如果要從事民族文學的創作，你得先做本深末茂的工夫，去接受中西文學傑作，然後才可以實大而聲宏。

然而創作是寓於欣賞和模仿之中的。欣賞，模仿只是創作的初步。譬如習字，必先摹臨古人名帖，然後才能心領神會，自成一家。蘇東坡論畫竹，常謂須現有「成竹在胸」，然後鋪紙拈豪，一揮而就。同樣地也只有文學有素養的文學家能寫出心中的靈感。「成竹在胸」僅是直覺，是欣賞，是創造的初步。而劃在紙上才是創造的完成。所以接收中西文學傑作，只是模仿，只是欣賞，也只是創作的初步。我們要更進一步的求創作。從醇深的素養中，獨出心裁，表現個人的人格與見地。這樣才能高於群倫，才能成偉大民族文學家。所以創作是欣賞和模仿消化後的結果。同時她更要能權衡時間與空間的需要，發揚民族精神，代表時代特性。然後她的創作才是民族本位的偉大作品。

五、結　論

　　誰不要求生？民族生存是最高形態的生。誰不具有情？民族情愛是最崇高的情。激發揚民族情愛，促進民族生存，我們要藉助民族文學的力量。中國新女性！啓發你文學的天才，潛在的力量，從事民族文學的寫作！以雄健精當，明達深刻的文筆，博大的崇高的民族情愛，寫出偉大的民族文學。發揚民族精神，強化民族熱情，激發民族意識，代表時代特性；使它由模糊的轉爲清晰的，由冷淡的轉爲熱烈的，由薄弱的轉爲強固的，由消沉的轉爲發揚的。

　　民族文學發展到文質兼美的極境，可以產生最大的力量，增強民族的活力；可以維繫全民族的心靈，喚起全民族情愛的共鳴；使全民只有一顆心，共同的熱情，爲民族生存而努力，所以中國新女性作家，若要影響民族，對民族有所貢獻，當從事民族文學。要之，民族文學是促進民族生存最偉大的工作。

戰時家庭婦女生活之改進

饒藹林

一、引言

自全面抗戰發動以後，三四年來，我們國民生活上，都顯然地發生了大的變化。這種變化，我們敢自信的地說：是由壞的變好，舊的變新，腐臭的變爲神奇。換句話說，一切都在進步，一切都朝光明的路上走。

尤其是我們婦女界從十八世紀的生活，一下跳到廿世紀的生活。從鄉間的田坡上，從廚房的黑角落內，從學校的教室中，從工廠的機器旁邊，都可以一下跳到民族解放的戰場上，爲爭取最後的勝利而鬥爭，只要她願意，這種進步是驚人的。

全婦女的生活是在進步中：如女學生，女教師，女公務員，女工人，以及女政訓員，女看護，女兵，她們都擺脫了舊社會賜與枷鎖，可以自由地發揮她們的能力，做自己願意做的事，在這大時代中，只可惜一般家庭婦女則有點望塵莫及！

我所要特別提出家庭婦女的意思，（指一般都市中等家庭婦女及農村家庭婦女）並不是故意要使家庭婦女與其他各種婦女對立；或者是要把家庭與社會分爲兩個截然不同的壁壘。我的意思是說，現在一般生活在家庭中的婦女，她們在戰時對於國家的貢獻，似乎不及其他婦女來得顯明有力。其原因乃在她們本身生活上還有許多缺點，（雖然也在進步）這種缺點是我們應該加以檢討，而必須急求改進的。

改進家庭婦女的生活，不僅有利於家庭婦女本身，而且有利於抗戰建國，因爲現在大家不是正高呼著：「本位救國」嗎？家庭婦女正應該各人站在自己的

崗位上，充實自己的生活，改進自己的生活，拯救自己，同時也拯救了國家。

二、家庭與國家

集個人而成家庭，集家庭而成國家。家庭是國家的細胞，換句話說，也就是國家的基礎。所以家庭健全，國家纔能健全，反之，若是家庭不良，則國家亦必呈動搖的現象。專制時代大家庭異常腐化和黑暗，以致促成舊社會舊制度的崩潰，這是很顯明的例證。

家庭是產生國民的地方，是人類生活的單位，是國民教育的基礎，是法律秩序的中堅。設若家庭不健全，則人類生活將根本呈現紊亂的現象，因之兒童不能受到良好的基本教育，長大成人後走入社會，必不能成為良好的公民，甚至作出種種罪惡。小而做成身敗名裂，大而破壞社會的秩序，影響大眾的安寧，其對於國家民族的禍害，實在是至深且巨。

國家是家庭的藩籬，假設國家不存在，則在任何家庭或個人，將失其倚賴，失其保障，而終必至遭受異族的壓迫和歧視，便不能生存於世界。所以沒有國家，便沒有家庭，沒有個人，這是每個國民所應該知道的。

尤其是當此強寇侵凌國家危難的今日，每個國民應該都有國家至上的觀念，覺悟國家的利益高於一切。無論家庭的利益與國家的利益不是相反而是相成，即或國家的計劃與家庭的利益似乎發生衝突時，就是說當國家需要家庭的份子服務和犧牲時，則國民也應該犧牲小我，以拯救大我。國家無自由，則組成國家的各個家庭亦無自由，生存隸屬於這個國家的個人亦無自由。這是每個國民應具有的信念。

婦女家庭的主宰，其直接對家庭所負的責任固然重大，而其間接對國家所負的責任也是異常重大的。每個家庭為國家應盡的義務，在平時，婦女們固應該認識清楚，而在戰時，尤其應該有進一步的瞭解和履行。

三、婦女能全數脫離家庭生活嗎？

幾千年來中國女性處於宗法勢力之下，在家庭中度著奴隸般的生活。孝順翁姑，敬事丈夫，撫育兒女，操持家事，無限度的工作，無限度的屈服。婦女解放論者於是大聲疾呼地，要家庭婦女從閨房中走出來，從廚房中走出來，尋求真正生活底目的，同生存的意義。她們這種救世的熱腸，為婦女謀幸福的苦心，只有令人欽敬，而無可非議的。

　　維新以後，舊的家族制度漸被推翻，於是由充滿舊道德舊禮教及組織份子複雜的舊家庭，一變而爲富有新思想，新意識及組織份子簡單的新家庭。論理，婦女應該是完全得到解放了。事實不然，一般婦女是從舊的附屬生活，改變到另一種新的附屬生活。她們雖不是公婆的奴隸了，而仍免不了要做丈夫的玩物。她們是丈夫的小鳥兒，是家庭中的裝飾品。她們無論在精神上身體上，仍然得不著自由與獨立。這正彷彿從她們頭上取下一根鎖鏈，又繫上一根鎖鏈去，比較那舊時婦女，並不見進步了許多。所以謀婦女解放者，又大聲疾呼地，要婦女從丈夫的懷抱中走出來，從家庭的客室中走出來，無論爲婦女本身，或爲社會整個的利益起見，這種意見也是無可非議。

　　可是婦女從閨房從廚房從客室走出來了。換句話說，從家庭走出來了，然而走出了家庭的「娜拉」，究竟往何處去呢？

　　不錯，中國近二三十年來，女子是有受教育的機會，有服務社會的機會。可是二萬萬餘女同胞中，究竟能有許多少得著適當的職業，可以經濟獨立，而不倚賴他人呢？女子在各種職業部門中，佔有位置者，全國統計起來，其數目是可慘的少，這是無可否認的事實。難道是女子天生的情願受人壓迫，甘願過寄生生活嗎？我敢說，愛自由是人類的天性，女子決不能例外。而女子所以不能全數解脫家庭的枷鎖，與男子在社會上作生存之競爭者，自有其歷史的同社會的種種原因在。

　　（一）女子教育不普及　雖然女學興了幾十年，女子不僅得以受普通教育並且有受高等教育的機會可是統計全國受教育女子的數字，與全女性的數字相比較，我們能受教育的女子，差不多都因出身良好的家庭，有賢明的家長，以及生長在都市中等等優越條件。而不能受教育的，則多半因家庭陳腐，父母的思想頑固，生長農村，封建的遺毒太甚，使她們不能掙扎的緣故。這些不曾受教育的女子，沒有普通知識，沒有謀生的技能，叫她們走出家庭來，則正如俗語說的「四門天黑」，她們沒有法子在社會謀生存，仍不能不回到家庭中去，這是婦女不能全數脫離家庭生活之一原因。

　　（二）職業範圍太狹隘　受過教育的女子，可以用她的所學，爲社會服務。然而社會上的各種職業的大門，是不是全敞開著以歡迎她們的加入呢？無可諱言的，因爲封建意識的殘留，社會上尋求工作之不易，婦女們有形地無形地都在遭受排斥。少數職業部門是勉強開放了，收容少數婦女以資點綴；而其他的多種職業，以婦女智力體力不能勝任爲藉口，竟公然饗婦女以閉門

羹。在這種情況之下，婦女想尋求一種適宜的有意義的工作是艱難的。何況即勉強能得一位置，終必因上司的「另眼」，同事的藐視或嫉忌，而被擠出職業的圈子外去。女子奮鬥的精神，比較不能持久，遭遇了太多的挫折，她們便會灰心短氣而願意回到沒有「競爭」的家庭中去，從事短期或長期休息，這是婦女不能脫離家庭生活之另一原因。

（三）兒童公育不普遍　因為社會組織之未臻健全，兒童不能全由國家撫育，所以從事職業的婦女，不能不分心於照顧她的孩子，這在精神上時間上都有很難支配的。婦女工作的成績，有時顯得不及男子，因而有某幾種職業，當其招考工作人員時，竟明白宣稱已婚女子沒有應考的資格，這未嘗不是其最大的原因。雖然自抗戰以來，由蔣夫人的辛苦經營，有「兒童保育院」的成立，然而能享受這優越待遇的兒童還只佔全國兒童的最少數。多少能有能力的母親，不能不因她們的孩子，而犧牲了在社會服務的機會，這實在很令人痛惜的！所以在國家沒有大規模地設立托兒所以前，做母親的無處寄養她的孩子，則家庭生活也是不易避免的。

當然，以上種種，是婦女解放初期必有的現象。到新的制度新的組織完全建設起來以後，這些缺憾是可以彌補的。但是我們不能否認目前婦女們遭受的這些困難；而且相信在最近十年以內仍不能免除這困難，所以今日空喊口號叫婦女「走出家庭」，是徒託空言，無補事實的。

四、家庭婦女在抗戰建國中所負的使命

從民族自衛戰開始以來，在全國國民總動員的口號之下，在婦女最高領袖蔣夫人的指導之下，婦女們都有機會貢獻她們的力量，為國家爭取自由和解放。如中央機關的各高級長官夫人，各省長官夫人，女公務員，女記者，女教師，女學生，女工人，女看護，女兵無論在前方救護傷兵，參加抗戰；或在後方擁護抗戰，做喚起民眾，組訓民眾，或努力生產的工作。她們直接間接的都已經負起了抗戰建國的偉大任務。而在全婦女界中，比較默默無聞的，要算一般普通家庭的主婦，同農村的家庭婦女了。當這千載難逢的偉大時代，她們自己沒有表現，而社會一般人士對於她們似乎也不怎樣重視和需求，其原因在哪裏呢？

中國社會素來輕視女子的力量，尤其是一般家庭婦女。已婚女子不易在社會上尋得職業，國家一切事宜，更沒有她們參與的機會，逐漸地便與社會

失掉了聯繫，而終日困在狹小的家庭裏，更不知不覺地變得思想庸俗眼光短視。這固然由於已婚婦女自身之不振作，但社會之忽略她們，也是使她們不能興奮鼓勵的大原因。

在抗戰建國的大前提下，一般家庭婦女，果然對於國家民族沒有盡其絲毫的責任嗎？不，她們永遠地默默地幹，忍耐地幹，她們對於國家民族的貢獻，她們自己不自覺，旁人更看不清楚。而實在她們在支持家庭、穩定國家的基礎，教養子女、培植良好的國民。這兩點上，已經幫助抗戰建國根本大計之施行了。

無疑地，在非常時期中，家庭婦女同其他各界婦女一樣，自有其特殊的使命，是不容忽略的。以下提出幾點：

（一）建設良好的家庭　我們已經知道家庭與國家的關係是非常密切的。古人說「家齊而後國治。」反過來說「家不齊國必不治」。古人將齊家的責任歸於男子，但在長期抗戰的今日，男子們應做的事太多，事實上無暇內顧，齊家的責任無形中已移到婦女的肩上。則如何建設一個良好的家庭，當是今日婦女所應研究的。

一個良好的家庭應該有高尚的理想。合理的生活。家庭中的每個份子，應該有強健的體格，高尚的情緒，忠愛誠敬的精神，刻苦耐勞的習慣。以及衣食住的清潔，整齊，簡單樸素也是一個好家庭所必具的條件。家庭份子之好壞，多以家主為轉移。古人說：「以身作則」又說：「身修而後家齊」，以及「刑於寡妻，至於兄弟」，都是說齊家當自一身始。則今日家庭婦女首先當求個人知識道德體格之健全，進而領導家庭中其他份子之上進。

最近國家有禁止抗戰軍人妻子要求離婚或解除婚約之明令，這一方面可使抗戰軍人無後顧之憂；一方面可使家庭組織更趨鞏固，後方秩序更趨穩定。為擁護抗戰的利益起見，為尊重抗敵將士個人幸福起見，我們女同胞是應該樂於接受這要求的。

（二）培植健全的國民　家庭教育對於兒童是很重要的，因為人類生性本無善惡，習於善則善，習於惡則惡。兒童品性之養成，大半因其所受的家庭教育為準。母親對於子女的影響較父親為大，所以無論在從前在現代，社會要求婦女做賢母，其意義並非如某些人所說，對女性徒然的束縛，而實在有其更遠大的目的在。

當今家庭教育最該注意的，就是要養成兒童愛國的情緒，復仇雪恥的意

念，團體中心的態度，服務和犧牲的精神。至如其他誠實，公正，仁愛，謙和，勤勉，服從，堅毅，勇為諸美德，小則獨善其身，大則兼善天下，也是為母者不可不注意訓練的。

（三）增加生產　家庭婦女除了以上兩大任務以外，她們並應以家務餘閒從事生產工作。小之可以供給一人一家之需，以為家庭自給自足的準備；大之可以供應社會的需要，為國家樹立富強的根本。中國農村婦女同舊時一般家庭婦女都很努力生產的工作，如蓄豬，養雞，紡紗，織布，養蠶，做絲等幾乎成了婦女主要的職務。而生產所得，也往往供給一家有餘。在國家從事「經濟抗戰」的今日，全體國民不僅要節制消費，並且要努力生產。國家的經濟基礎鞏固，抗戰的勝利方始可期。家庭婦女們都應該以不肯消費為榮，不能生產為恥。則國家個人前途庶乎有賴。

普通一般人有一種錯誤的見解，就是認為操持家事撫育小孩是一種最無聊的工作：而家庭生活是最沒有出息的生活。婦女們本身因為家庭之繁瑣，兒童之累人，更認為家庭是使人墮落的地方。以致未婚者有畏怯不前之勢，已婚者有欲出不能之歎！殊不知這都是輕忽了家庭的重要性。要知道家庭是社會的一部份，服務家庭即等於服務社會。若以為家庭工作得不著「名利」的酬報，那麼我們國父不是說，「人生以服務為目的，不以奪取為目的」嗎？虛榮浮誇避重取巧的心理，是大時代的青年所不應該有的。

家庭婦女在抗戰建國中所負的使命很重大，其工作也很艱苦。正需要每個人忍耐地做。沉默地做。歷史上有少數的有名英雄，但卻有千千萬萬的無名英雄，家庭婦女每人都要努力做到無名英雄中之一個。

五、困難將她們鍛鍊出來了

日本軍閥恐怕是世間最殘酷最沒有人性的，自從向我們發動侵略戰以來，凡是他們鐵蹄所及，我們的土地被強佔，屋宇被焚燒，同胞被屠戮，使得一般國民不能不離別了可愛的故鄉。走上流亡的道路。向祖宗的墳墓告別，向不能遠從的親友告別，向熟悉的事事物物告別，他們的精神是異常痛苦的！

尤其是一般家庭婦女，她們平時過慣了舒適安逸的生活，一旦遭遇到這種空前危難，真正有點手足無措，莫知所從。她們只是扶老攜幼，惶恐地隨著眾人奔避，人逃亦逃，人止亦止，沒有目的，沒有計劃，被恐怖驅逐著盲目地往前撞，過去的再不容她留戀，未來的也並沒有閒暇去計及。

　　以她們平時體質的荏弱，及生活的怠惰，浪費，懦怯，苟安等諸惡習來衡量她們，她們是沒有方法可以克服這當前的困難的。可是在敵人炸彈的威脅之下，在流離徒避的困苦之中，她們也還要努力爭取個人的生存，甚至要當心一家人的生活。（因爲有些丈夫已去前方負起殺敵救國的使命）困苦使她們長大起來，誰說時勢不足以改造人呢？

　　的確，敵人與她們以精神上物質上極端的苦痛，但卻幫助了她們絕大的進步。這不僅只是敵人意想不到，就是我們自己也不敢相信。她們已不再似往昔般嬌柔畏怯，而是變換了一種新的姿態，以她們的勇敢和堅韌與困難搏鬥。直接安定了後方，間接打擊了敵人。這不僅是她們本身之幸，也是我們國家民族之幸！茲略論戰時婦女的特性：

　　戰時的家庭婦女是強健的：中國婦女素來以體質荏弱著稱，雖然自提倡女學以來，不僅注重女子知識上的增進，並且也注體格上的增進。一般女學生的體格是進步了。從前大多數的都市父母沒有鍛鍊身體的機會，她們當然是衰弱多病，（農村婦女也往往因勞動過度而致衰弱）精神不振。平時除了烹調縫紉等輕便工作之外，比較吃力點的事情，都要歸之於僕役。（如洗衣洒掃跑街等）現在敵人的侵略毀滅了多少私人的財產，一般的家庭經濟都發生動搖，和生活程度的提高，普通家庭差不多都再沒有僱請僕役力量，於是家庭中日常事務，都不能不自己動手如做去。還有平時婦女是很少有走路的機會，而戰時後方各地都免不了敵機之時常來襲，爲避免生民之危險起見，她們不得不托兒攜女，甚至抱負著衣物去奔向數里外或一二十里外的山洞中躲避，這也幾乎成了她們日常事務之一。勞動是達到健康的捷徑，新的家庭婦女已不復是衰頹的，病態的，（事實上病弱的人已不易生存於此世界）而完全變得出人意外地康強同活潑了。

　　戰時的家庭婦女是勤勉的：如上所說現在一個家庭中的事務，都必須主婦親自去做。洒掃，買菜，燒火，煮飯，洗衣，縫紉，帶小孩，從早到晚，幾乎沒有休息時間。當前的事務催迫著她，使她無法怠惰下去。這還是指丈夫的收入足以維持一家生活的家庭而言。還有些丈夫上了前線，或者在敵人炸彈下犧牲了，或者沒有職業，或雖有職業共收入不足供給妻兒衣食的，這些妻子們，便不得不負起生活的重擔，用她們的勞力，向社會上尋求衣食的來源，我們在街市上看見沿馬路兩旁的洋貨攤，布攤，總有許多穿著整齊的女性在照顧生意；並且還有許多婦女在清晨的集市上架著爐火，趕做著各色

的點心或者提著籃子叫賣著各色零星食物。這些婦女在平時並不全以做買賣為生，但現在因生活的驅使不能不努力去幹一般家庭婦女由怠惰而趨於勤勉，不能感謝敵人的賜與。

戰時的家庭婦女是節儉的：因為後方人口的加眾，物產運輸的困難，一般生活程度提高是必然的。普通家庭因為經濟狀況之不充裕，除了設法「開源」以外，並且還注意到「節流」。不可否認的，平時一般婦女為了好虛榮，求享樂，都未免有些奢靡浪費的惡習。可是現在環境改變了，生活也改變了，在衣食住行各方面，不得不崇尚儉約。布料的價值比平時超過十倍，（綢緞尤不必說）以致製一件新的衣服，是很感覺困難的。她們在這方面卻有很節儉的算計，破舊的衣服大的改做小的，長的改做短的，舊的染做新的。米肉的價值太昂貴，她們可以吃糙米，吃雜糧，吃蔬菜豆腐。沒有高大舒適的房子住，她們可以一家人住一間房，七八家住一個院。而在空襲頻繁期間，鄉間低狹的茅棚，甚至牛欄豬圈，都是求之不得的。中國內地多崇山峻嶺，出門非上坡即下坡，雖有車轎等可以代步，但那不是她們現在的經濟狀況所能容許的。她們可以走出數里或數十里外購辦日常所需要的雜物，而致累得氣喘汗流。她們現在沒有娛樂，沒有享受，工作就是娛樂。生存就是享受。

戰時的家庭婦女是堅忍的：她們從故鄉流徙到異地，從舒適的生活改變到刻苦的生活。更不幸的，敵人的炮彈奪去了她們的父母兄弟姊妹丈夫或兒女，她們從哀痛中擦一擦眼淚，重又挺起胸脯，鼓起新的勇氣，向前邁進。她們沒有一句怨艾的言詞，有的只是對敵人的憤怒。敵人一日不奪去牠的生命，她們就還要作一日生存的掙扎，留著有用的雙手，為家庭或國家工作，留著有用的雙眼，看取敵人的覆滅。誰說婦女生來是脆弱的？

戰時的家庭婦女是進取的：富貴家庭往往不易產生良好的子弟，我們中國人差不多都有這種感覺。這就是說，過於富裕的環境，可以減退一個人的進取心。一般家庭婦女在平時生活比較愜意，家庭日常工作，都可委之僕役之手。不會煮飯不必煮，不會洗衣不必洗，不會縫紉不必縫；甚至不會撫育小孩也可不必撫育。自己永遠不學習，則永遠就不會做。敵人的炮火將她們醉生夢死的生活驚醒了，她們已經覺悟，依賴人的人，是不能生存在今日的。因之大至於一人一家的生計，她們無不在努力維持；小至於一鞋一襪的製造，她們也無不在努力學習。她們已糾正了倚賴因循的惡習，而無時無刻不生活在進取中。

　　所以今日的家庭婦女，已經拋棄了舊日頹唐的寄生的生活，而以獨立的奮鬥的精神與困難作殊死戰。她們這種改變，是使人欽佩的。也許有些人要說家庭婦女努力的結果，至多也不過於一人或一家，對於國家究竟沒有多大的貢獻的。但我們要知道，家庭是國家的基礎，當國家多難的時候，政府應做的事太多，很沒有時間和財力來照顧或救濟每個家庭及每個人。現在正是需要國民為國家出力，最低限度是要自己照顧自己的時候。則我們家庭婦女，不是已盡了自己照顧自己的照顧責任嗎？社會上少了許多只知消費不能生產的寄生蟲，誰又敢說不是國家之福？何況家庭婦女的進步，卻還只是方興未艾呢。

　　最後我要向那些死於敵人砲火之下的女同胞致敬！因為你們一直與國家同受苦難，終作了無辜的犧牲。我尤其要向我們臨難不屈甘死不辱的女同胞致敬！因為你們保存了天地間的正氣，澆熄了敵人的兇燄，以你們的生命，為我們國家，為我們二萬萬女同胞換取得勝利和光榮。我們將永遠本著這「寧為玉碎」的精神，向人生的大道上邁進。

六、如何改進家庭婦女的生活

甲、家庭婦女生活中的缺點

　　戰時的家庭婦女，在她們做人的原則上，已有了顯著的進步，這是無可否認的事實。可是因為一般的知識之落後，以及人類劣根性之不易剷除，並因目前社會與家庭之組織未臻完善，她們生活中仍有不少的缺點存在，這是我們所要研討而應思加以補救的。

　　她們生活上的錯誤與缺憾在哪裏？我們仔細推究起來，大約有如下幾種：

　　（一）勇於為私　中國人素來是自私自利的，只知自己，不知有人，什麼國家民族，那只是屬於少數志士們，與一般人似乎無切身的關係，這種錯誤的見解，直至抗戰的今日，方始根本被推翻。但我們不能否認，一般家庭婦女，因為知識落後，缺乏對國家民族正確的認識，她們的生存與工作，仍然只是為了一人或一家，而不知對國家有何貢獻。雖然知識階級的人們，也曾費了不少的力，向她們宣傳抗敵救國當兵服役的意義，可是農村婦女總不免有點懷疑。而一般都市家庭婦女，雖然知識比較前進，可是要她們獻金救國，就有點不願意。要她們為前方將士縫寒衣，更不免縐縐眉。她們能因一

柴一炭一針一線之微，彼此爭吵得面紅耳赤。大好的河山被別人奪去了，在她們除感覺生活的困難之外，除痛恨敵人的殘暴之外，犧牲個人或家庭的利益，以換取國家民族的利益，那差不多是能說不能行的多，因為「國家」「民族」究竟同她們太疏遠了。

（二）缺乏團結　國父說：「中國人是一盤散沙」。這種情形，以婦女為尤顯。因為婦女天性多疑，善嫉，胸襟狹隘，眼光短視，多疑故不易相信人。善嫉，故不易與人相處。胸襟狹隘，故不能容納事事物物。眼光短視，只注意目前的小利小害，而忽略了，那遠大的永久的。這一切都是使婦女們不能團結，即團結也不能長久的原因。一般家庭婦女，平時生活在家庭的圈子內，不大與關外事，不僅與社會各界沒有連絡，即至家庭婦女之間，彼此也沒有團結。所有的，不過是飲食酬酢，與羣居終日，言不及義而已。沒有團結即沒有力量，家庭婦女素來被忽略，以及在社會上之沒有地位，都是她們本身的錯誤，而應該加以糾正的。

（三）時間物質與勞力之浪費　因為我國家庭組織之未能革新，因為科學之不發達，不能以機器代替人力，一般家庭婦女仍然生活在繁瑣的家庭勞動中。日常家庭事務，如灑掃，買菜，燒火，煮飯，洗碗盞，洗衣，縫紉，引小孩等，所有家庭婦女，都必須花費很多的時間，很多的精力，做著同樣的事務，這實在是很不經濟的。（農村婦女除日常家務之外還要從事田間工作所以她們勞力的運用更無限止而生活也就更加辛苦）假如把多數的家庭結合為一有機體，過著共同的生活，使生活集體化，家庭社會化，則無論在時間物質與勞力各方面，其所節省下來的，當有很驚人的數字。而家庭婦女，也就可以從此得到解放了。至於如何改革現有的家庭組織，當俟下文再加詳細地說明。

（四）缺少進修的機會　家庭婦女一向因知識落後思想落後，而受社會歧視。但知識難道是與生俱來的嗎？思想難道永遠是固定的嗎？這不能不歸咎於她們本身之不努力了。我們也不能不承認家庭婦女因為日常事務之繁瑣，時間與精力之不敷，而很少再能求學識之增進。可是一個有決心有毅力的人，她是不會受環境的限制的，現在大多數家庭婦女，都還沒有一個公民應有的知識，國家觀念很模糊，政治瞭解不清楚，無論專門學問，即普通常識有時也很感缺乏。（農村婦女很多不識字者更不須說）她們所知道的，不過油鹽米的價錢，丈夫兒女的衣著而已。環境固沒有給她們進修的便利，可是

最大的原因，還是她們自己不去尋求進修的機會。一個國家有許多國民其知識夠不上教育的水準，這不僅是這些人本身的不幸，並且是這國家很大的損失。

（五）缺少專門生產技能　今日的一般家庭婦女，雖然生活已經是很勤勉很苦了，可是那還只限於消極方面的節制消費，而在積極方面的增加生產上，似乎還嫌做得不夠。都市家庭婦女除了烹飪縫衣之外，更無其他生產技能。而農村婦女，雖然農事上的經驗比較豐富，可是因為科學知識的缺少，她們工作不能用新的方法代替舊的方法，是憑著經驗而不是憑著學理，所以其生產的能力也是很有限的。當國家長期抗戰的今日，國民經濟建設為當前的急務。每個國民對國家的職責，除了節制消費以外，還應該增加生產，家庭婦女也是國民的一份子，所以最低限度，各人應該在家務餘閒，學習一種專門的生產技能。如紡紗，織布，織毛巾，織襪，養蠶，造絲，製茶，製牙粉，製肥皂以及其他農業上和工業上的生產知識與技能，都要不放棄學習的機會。假如每個家庭婦女都有一種生產技能，則家庭之中，不僅可以自給自足，並可以其餘供給國家，充實國力。並且就婦女本身說，也可以為婦女從事社會生產事業的起點。所以學習一種專門生產技能，是目前家庭婦女刻不容緩的急務。

乙、改進家庭婦女生活的幾種方法

一般家庭婦女生活的缺點既如上述，則如何可以彌補此缺點，以及如何可以改進她們的生活，以求達到美滿的目的，實為今日賢明的政府以及婦女界本身的責任。就個人管見所及，針對著前述幾種缺憾，可以有以下的幾種方法；以為改進家庭生活的手段。茲分述之如下：

（一）實行集體生活　我們現在的家庭組織，是個別的，獨立的，彼此不相關聯的。所以家庭婦女養成各自為敵不相團結的惡習。就是在家庭勞動方面，因為家庭個別獨立，所以諸凡日常瑣務，必須家主婦個人來擔任。如這裡有二十個家庭，則每日必須有二十或十以上的婦女從事於家事操作。同樣地做煮飯，洗衣，縫紉，帶小孩以及其他的雜務。設如將二十家庭聯合起來實行集體生活，大家分工合作，便家庭社會化，則無論在時間上金錢上勞力上都比較節省多多。至於怎樣可使生活集體化，我們可以懸擬其大略辦法如後：

　　設立公共托兒所　　因爲現在兒童公育還不普遍，各鄉鎮幼稚園的設立也很少。而引小孩子是一件最麻煩最沒有時間性的事情。曠時廢事，莫此爲甚。一般家庭婦女，每因小孩之終日糾纏，弄得愁眉苦臉。假如有多數家庭聯合起來，設一托兒所，白日收容各家所有的兒童，（吃奶嬰兒除外）由一二人領導，教其遊戲與識字。領導的人，可以每日由各家婦女輪流充任，如此一方面可以免去做母親的終日麻煩，一方面可以使兒童自幼養成團體生活的習慣，可說是一舉兩得的。

　　設立公共食堂　　一般家庭婦女每日三餐差不多也佔去了她們大部份的時間，所以「煮飯」這工作，在她們也是很感覺苦惱的。假如聯合多數人家設一公共食堂，包辦全體伙食。其中工作人員，也由各家婦女輪流充任。則可以免去每個家主婦日常烹飪麻煩，而且在物格的耗費上，也必然可以減少。

　　設立公共成衣處　　成衣處的設立，爲此多數家庭義務地縫製衣服。其中工作人員，或由各地婦女輪流充任，或選擇少數有縫紉技能的婦女充任，可以視情形決定之。

　　設立公共洗衣作　　各家婦女可以輪流擔任爲全體洗衣的工作。

　　以上所陳，不過略舉其方法之大要。至於家庭聯合，其數目之多寡，可視所處地方情形來決定。（都市中可以聯合數十或數十以上家庭鄉村中則多不過一二十家少只得二三家仍然可以採用分工合作的辦法）其擔任各種工作的人數之多寡，又必須依照此集團中人數之多寡決定之。

　　也許有人說：「改革家庭組織，實行集體生活，不過是一種理想，事實上很難做到的」，其實不然，任何一個前進的國家，其最終的目的，必使人民生活科學化集體化使家庭與社會打成一片，我們國家不正朝這條路上走。不過因爲這是戰時，政府應該做的事太多，而且因經濟狀況同地域關係，（現在大多數人都已疏散至各小縣鎮或僻遠鄉村居住）不能有國營的大規模托兒所與公共食堂的設立。所以家庭婦女本身，應該自動組織起來，以補政府力量之不足，以求自己生活的改進，這於國家於個人都是十分有利的。

　　（二）組織讀書會時事研究會家事研究會等　　在家庭生活集體化之後，家庭婦女至少可以抽出一部份時間，做自己想做的事，這其間求學識的增進，是最要緊的。她們可以組織讀書會，各人閱讀自己愛好的讀物，再來大家一同研究討論。組織時事研究會，就每日新聞，研究國內外政治，經濟，文化，社會，增進每個人對於現時代與現世界之的認識，從以獲得普通常識或專門

學問。組織家事研究會，討論，衣，食，住，行，育兒以及家庭之清潔與衛生諸問題，從以獲得生活上之進步。有了這種種組織大家集思廣益，家庭婦女才可以利用很少的時間，得著很多的進益。而她們生活，也不致幽囚在家庭的圈子內，永遠得不著進修的機會了。

以上兩點，只要家庭婦女本身有了真正的自覺，便可以自動團結起來，組織起來。還有是家庭婦女本身的力量所做不到，而必須有賴於賢明的政府及知識階級的先進來推行同指導的。則如！

（三）普及國民教育掃除文盲　一般農村婦女認識字的很少，普通知識很缺乏，更說不上有什麼國家民族的信念。所以她們的生活，一直是渾渾噩噩，沒有進步，也不求進步。改進生活的責任，她們自己擔負不起來。故必須一般知識青年婦女先進，來喚醒她們，教她們識字，灌輸她們以普通常識及戰時應有的各種知識。關於這種工作，雖然政府在各地原有民眾教育館設立，可惜那只限於比較大的城鎮，而在稍稍僻遠的鄉村，便有鞭長莫及之憾！為補救這種不足，一般知識青年，很可以貢獻自己的力量替國家盡一點掃除文盲的責任。他們可以多多開辦婦女補習班，定期講演會，授她們以求知的工具，為她們作時事或普通常識的演講。而最有效的辦法，莫如作個別的家庭訪問，藉著為她們服務的機會，（如醫藥衛生看護以及家事農事的操作等）灌輸她們以各種常識，提高她們求知的慾望；並可以進一步地作抗戰宣傳，增強她們抗戰的意念。如此等等，是現在一般知識青年的任務，而應該毫不推諉地擔負起來。

（四）開辦各種生產技術訓練班　就我們國民的經濟情形言之，現在正是需要積極增加生產的時候。而一向因為國家過於貧弱，人民對於科學知識之缺乏，我們的農業工業一直還未脫離原始的生產形勢，而躋於生產科學化生產工具機械化之途。生產事業不發達，國民學習專門生產技能的也很少。以致在國家極力提倡生產的今日，需用大量有生產技能的人才，卻實在很感缺乏。一般農村或都市中家庭婦女，即因家事拖累，不能去前方作抗戰工作；政府最好普遍地在鄉村及城市多開設各種生產技術訓練班，利用她們家事餘閒，授以工業上或農業上實用的生產技能，如手紡，織布，織毛巾，造紙，製革，榨油，製茶，養蠶，造絲以及其他經濟作物的種植經濟畜牧的培殖等。使她們在學得一種或一種以上的生產技能之後，即能聯合多數家庭，擔負起實際生產的工作，以生產所得，供給軍需，供給民用，應可以使她們在抗戰

建國中略盡一點國民的責任；而同時可以促進家庭與社會的連繫，這是賢明的政府應該注意實行的。

七、結　論

　　家庭與國家有不可分離的關係，婦女與家庭也有不可分離的關係。所以婦女對國家，除去一般公民的任務以外，還有其天賦的特殊的義務。平時婦女的責任已經重大，戰時婦女的責任尤其重大。家庭婦女雖然生活在家庭中，表面上似乎與社會沒有連繫，可是她們在戰時所負的使命是很偉大而重要的。她們過去的生活太腐化；現在的生活在進步；可是這進步還嫌不夠，賢明的政府知識階級同家庭婦女本身還應該努力擔負起促進她們生活的責任。使她們生活日趨美滿，使她們個人的知識能力日漸增進，而能同其他婦女一樣，在抗戰建國的旗幟之下，努力自己本位上的工作，這是我們所深切盼望的。